Meister Frantz und der Mosche Jud

Henker von Nürnberg, Band 11

von Edith Parzefall

Impressum

Lektorat: Marion Voigt, www.folio-lektorat.de
Umschlag und Karten: Kathrin Brückmann
Das Originalbild eines Fuhrmanns stammt aus dem *Hausbuch der Mendelschen Zwölfbrüderstiftung*, Band 1. Nürnberg 1426–1549. Stadtbibliothek Nürnberg, Amb. 317.2°.

ISBN-13: 979-8655562004
Imprint: Independently published.

Druck: Amazon Media EU S.à r.l.,
5 Rue Plaetis, L-2338, Luxembourg

Karte von Nürnberg

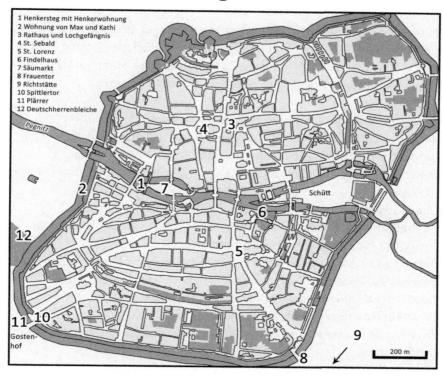

1 Henkersteg mit Henkerwohnung
2 Wohnung von Max und Kathi
3 Rathaus und Lochgefängnis
4 St. Sebald
5 St. Lorenz
6 Findelhaus
7 Säumarkt
8 Frauentor
9 Richtstätte
10 Spittlertor
11 Plärrer
12 Deutschherrenbleiche

Handelnde Personen

Historische Figuren sind kursiv gesetzt. Sie werden in diesem Roman fiktional verwendet, obwohl ich mich weitgehend an die überlieferten Fakten halte. Wie damals üblich tragen alle Nachnamen von Frauen die Endung -in. Die Anrede Frau und Herr für gewöhnliche Leute war noch nicht geläufig.

Meister Frantz Schmidt: der Nachrichter, also Henker von Nürnberg.
Maria Schmidtin: Ehefrau von Frantz, auch als Henkerin bezeichnet.
Maria, Rosina und Jorgen Schmidt: Kinder von Frantz und Maria.
Augustin Ammon: der ehemalige Löwe, wie man den Henkersknecht in Nürnberg nannte.
Klaus Kohler: Nachwuchslöwe und Sohn von **Agnes Kohlerin**.
Maximilian (Max) Leinfelder: Stadtknecht und Ehewirt der heimlichen Kundschafterin **Katharina (Kathi) Leinfelderin**.
Floryk Loyal: Magister der Philosophie, Fuhrmann und Kundschafter.
Mosche Jud: Fuhrmann und Kundschafter der Reichsstadt Nürnberg.
Herold und *Barthel:* Gastwirte, in deren Herbergen eingebrochen wird.
Abraham Rosenberg: jüdischer Händler in Fürth.
Hieronymus Paumgartner: Vorderster Losunger und Hauptmann der Reichsstadt Nürnberg.
Andreas II. Imhoff: Ratsherr, Schöffe und zweiter Hauptmann sowie Losunger mit Suspens, das heißt, er muss vorläufig nur im Notfall dieser Aufgabe nachkommen und darf weiterhin seine Geschäfte führen.
Bartholomäus Pömer: frisch ernannter dritter Hauptmann und Ratsherr.
Hans Nützel, Christoph Tucher, Martin Haller: Stadträte und Lochschöffen.
Laurenz Dürrenhofer: Lochschreiber.
Eugen Schaller unterstützt von seiner Frau **Anna Schallerin**: Lochhüter, liebevoll auch Lochwirt genannt; oberster Aufseher im Lochgefängnis.
Benedikt: Lochknecht, also Wächter im Lochgefängnis.
Ernst Haller: Stadtrat und Kriegsherr.
Hans Jakob Haller: Waldamtmann zuständig für den Lorenzer Reichswald.
Georg Wust: Pfleger zu Lauf.
Willibald Huber: Pfleger zu Hersbruck.
Hans Bemer (Rasch), Hans Frühauff (Bemer), Cuntz Wasserkräuter, Hans Ruprecht (Singer), Georg Plemel: Räuber.
Anna Gröschlin (Raschin): Anhang des Hans Bemer alias Rasch.
Hensla Schmied: Beutelschneider.

Glossar

Atzung: Geld, das Gefangene für ihre Kost bezahlen mussten.

Garaus: Torschluss.

Keuche: Gefängniszelle.

Loch(gefängnis): Verlies unter dem Rathaus, das als Untersuchungsgefängnis diente. Hier wurden auch Delinquenten festgehalten, die auf ihre Hinrichtung warteten.

Lochwirt: Lochhüter, oberster Gefängniswärter im Loch.

Losunger: Der Vorderste Losunger war der mächtigste Mann der Stadt, zuständig für Finanzen und Verteidigung, da er gleichzeitig einer der drei obersten Hauptleute war. Unterstützt wurde er vom zweiten Losunger und von Mitarbeitern in der Losungsstube.

Löwe: Henkersknecht. Es gibt verschiedene Theorien dazu, wie der Henkersknecht zu seinem Spitznamen kam, den es so nur in Nürnberg gab, allerdings überzeugt keine so recht. In Bamberg hieß der Henkersknecht beispielsweise Peinlein.

Nachrichter: So wurde der Scharfrichter in Nürnberg und anderen Gebieten genannt, da er nach dem Richter seines Amtes waltete.

Prisaun: Gefängnis, meist zur kurzfristigen Verwahrung von Delinquenten. Im **Närrischen Prisaun** wurden Geisteskranke verwahrt, die für sich oder ihre Umwelt eine Gefahr darstellten.

Reff: Rückentragekorb, Kraxe.

Reffträger: Sie lieferten zumeist Waren in kleineren Mengen in einer Kraxe zu Fuß in die Stadt.

Schmuser: Vermittler von Geschäften.

Tropfhäusler: Die Bewohner eines kleinen Hauses auf einem Grundstück, das nur bis zur Dachrinne reicht. Daher leitet sich auch der Ausdruck armer Tropf ab.

Urgicht: Geständnis.

Die Himmelsrichtungen wurden damals nach Sonnenstand bezeichnet, was sich bis heute in Namen wie Morgenland und Abendland erhalten hat:

Mitternacht: Norden.

Morgen: Osten.

Mittag: Süden.

Abend: Westen.

Kalender alten Stils: Julianischer Kalender, der in protestantischen Gebieten weiter verwendet wurde, nachdem Papst Gregor XIII. im Jahr 1582 den neuen Kalender eingeführt hatte.

Kapitel 1

Floryk Loyal warf einen letzten Blick auf den Leichnam des frisch gerichteten Friedrich Stigler, der so gern auf Hexenjagd gegangen wäre und nun seinen Kopf nicht mehr auf den Schultern trug. Schließlich folgte er Andreas Imhoff und Hans Jakob Haller. Ein paar Minuten hatten die beiden sich ausgebeten.

Der Waldamtmann Haller und Andreas hockten auf einer geschnitzten Bank im Hof des Weiherschlosses, das beinah ganz von Wasser umgeben war.

»Die Herren genießen den Sonnenschein?«, rief er ihnen zu.

»Oh ja«, antwortete Haller und lächelte. Andreas hingegen wirkte besorgt.

»Also, was kann ich tun?«

»Die Räuber ...« Andreas wischte sich die Stirn. »Sie werden immer dreister, und du hast zwei von ihnen gesehen, nein, drei.«

»Drei?« Verwirrt blickte er von einem zum anderen. »Den Mosche Jud haben nur zwei überfallen, die es dann gleich noch auf mich und Meister Frantz abgesehen hatten.«

»Ja, nur haben wir eben erfahren, dass auch Georg Plemel zu der Bande gehört.«

»Was? Der Schäfer, den ich in Altdorf beim Stehlen einer Nürnberger Uhr erwischt hab?«

»Genau der.« Andreas seufzte. »Und wir haben ihn nur ausstreichen lassen, statt alles aus ihm herauszuholen, was er über die Bande weiß.«

Haller nickte. »So geht es, wenn Ihr Euch vor allem als Losunger und Hauptmann betätigen müsst, statt als Schöffe aktiv zu sein, werter Imhoff.«

Andreas winkte ab. »Das wäre mir als Lochschöffe auch passiert. Es gab keinen Grund, ihn für mehr als einen Gelegenheitsdieb zu halten.«

Floryk war sogar noch erleichtert gewesen, weil man den Schäfer nicht seinetwegen zum Tod durch den Strang verurteilt hatte. »Was machen wir jetzt?«

Andreas stand auf und lief ein paar Schritte von ihnen weg, machte kehrt, zog den Hut vom Kopf und hielt das Gesicht in die Sonne, bevor er Floryk ernst ansah. »Es gefällt mir zwar überhaupt nicht, aber du kannst die Räuber identifizieren.«

Er nickte. »Wenn wir sie erst gefangen haben.«

»Wir haben uns überlegt, du könntest künftig vor allem auf den kleinen Strecken abseits der großen Fernstraßen Waren für deinen Vater ausliefern.«

»Auf denen es keinen Geleitschutz gibt ... Und dabei als Köder dienen?«

Sein väterlicher Freund verzog das Gesicht. »Genau das.«

Floryk wandte sich an Haller. »Und wie kommt Ihr ins Spiel?«

»Als Kontaktmann eines Kundschafters, der die Reichsstadt nicht einfach betreten darf.«

Floryk klappte der Mund auf. »Ein Jude? Warum tut der das, also für Nürnberg kundschaften, obwohl die Reichsstadt seine Glaubensbrüder verbannt hat?«

»Neben der stattlichen Bezahlung hat er noch einen persönlichen Grund. Du kennst den Mann.«

»Der Mosche? Ha, natürlich ist ihm daran gelegen, dass das Gelichter verhaftet wird, das ihn überfallen hat.«

Andreas nickte. »Er hat uns schon zuvor gelegentlich wertvolle Informationen zukommen lassen, aber nun wird er gezielt nach den Schurken Ausschau halten. Du sollst das ebenfalls tun.«

»Hat Mosche gesagt, dass Plemel zur Räuberbande gehört?«

»Richtig. Er hat den Hans Walter gekannt, den Hauptträdelsführer beim Überfall auf die Bernthalmühle. Und er hat ihn mit dem Plemel zusammen in Betzenstein gesehen.«

Verwirrt rief Floryk: »Aber der Hans Walter ist doch im Frühjahr gehenkt worden!«

Andreas schnaubte. »Natürlich *vor* seiner Hinrichtung.«

Das entlockte ihm ein Schmunzeln. »Dann bin ich ja beruhigt, nicht dass der immer noch umgeht.«

»Mosche hat den Plemel erst erkannt, als Meister Frantz ihn ausgestrichen hat. Aber weil sich offenbar einige junge Nürnberger recht aufsässig benommen haben, konnte der Jude nichts tun, ohne preiszugeben, wer und was er ist.«

Haller sprach es aus: »Jüdischer Kundschafter im Dienst der Reichsstadt. Damit kann er sicher schnell den Respekt seiner Leute verlieren und sich womöglich noch Prügel von Nürnbergern einhandeln.«

»Richtig«, stimmte Andreas zu. »Mosche riskiert viel, indem er für uns arbeitet, obwohl wir immer noch den Bann aufrechterhalten.«

»Wieso hebt ihr den nicht auf?«, fragte Floryk, da er es sich nicht recht erklären konnte.

Andreas stöhnte. »Schwieriges Thema. Erklär ich dir ein andermal.«

»Finanzielle Interessen«, antwortete Haller mit leicht verächtlicher Miene. »Wird der Bann aufgehoben, können jüdische Händler und Handwerker zu einer ernsthaften Konkurrenz für die Nürnberger werden. Welcher Bürger hier in der Reichsstadt wünscht sich nicht, das gute Fürther Glas – aus jüdischen Werkstätten – günstig zu kaufen, um nur eine Möglichkeit zu nennen.« Er warf einen kurzen Blick zu Andreas. »Unsere erfolgreichsten Kaufleute haben vor ein paar Jahrhunderten den Fernhandel von Juden gelernt und sie dann nach und nach aus dem Geschäft gedrängt.«

Überrascht sah Floryk seinen väterlichen Freund an, der zu den erfolgreichen Nürnberger Kaufleuten gehörte.

Der schürzte die Lippen, widersprach nicht, dann zog er eine Nürnberger Uhr aus seinem Beutel. »Die könnte dir dienlich sein.«

»So eine wollte ich schon immer haben!«

»Freu dich nicht zu früh«, warnte Haller und grinste.

Andreas nickte. »Sie geht nicht mehr, aber das sieht man ihr nicht an. Wir vermuten, dass die Räuber sich in den einschlägigen Herbergen herumtreiben, um geeignete Opfer zu finden, bei denen sich ein Überfall lohnt … Du, als in Ungnade gefallener Sohn eines wohlhabenden Neumarkter Tuchhändlers, solltest ihnen gerade recht kommen, vor allem wenn du so eine Kostbarkeit mit dir herumträgst. Jung, naiv und großmäulig …« Jetzt schmunzelte Andreas.

»Ja, das sieht mir gleich, aber was mach ich, wenn sie mich überfallen? Wie soll ich zwei oder drei Kerle allein abwehren oder gar überwältigen?«

»Das versuchst du gar nicht erst, außer es ergibt sich eine günstige Gelegenheit, bei der die Gefahr gering ist. Ansonsten gibst du im nächsten Pflegamt Bescheid. Außerdem haben wir allen Uhrmachern in der Umgebung eine hübsche Belohnung versprochen, wenn sie uns Bescheid geben, sobald diese Uhr zu ihnen in Reparatur gebracht wird.« Er drehte sie um, sodass Floryk die Gravur im Boden der Dose sehen konnte. Es sah aus wie ein Datum.

»Die hat mir mein Vater geschenkt, als er mir endgültig die Geschäfte übergeben hat.« Er lächelte. »Wahrscheinlich sollte sie mich zur Pünktlichkeit anhalten. Ich wollte sie schon reparieren lassen, doch weil der Plemel so dreist versucht hat, beim Korberwirt in Altdorf genau so eine zu stehlen, hab ich mir gedacht, ich warte noch damit.«

»Sehr kluger Plan.« Floryk kratzte sich den immer noch recht spärlichen Bart. »Vater hat dem Ganzen zugestimmt?«

Andreas fuhr sich durch die langen Haare. »Nur unter dem Vorbehalt, dass wir gut für deine Sicherheit sorgen.«

Floryk schnaubte ein Lachen. »Und wie wollt ihr das tun?«

Haller erhob sich und deutete zum Tor. »Wir geben dir jemanden mit. Einen verhutzelten alten Mann, der dich hoffentlich schützen kann, wenn's brenzlig wird.«

Floryk wandte sich um und sah einen drahtigen Kerl mit struppigen dunklen Haaren, die schon reichlich mit Silberfäden durchzogen waren, genau wie der lange Bart. Ganz allein zog er einen dicken Baumstamm in den Hof.

»Ihr meint doch wohl nicht diesen bärenstarken Mann?«

»Doch.« Grinsend rief Haller: »Heda, Stoffel, komm her und lern deinen Reisegefährten kennen.«

»Augenblick.« Er schleifte den Stamm noch bis zu einer Scheune, vor der ein Holzblock mit einer Axt und einer Säge zu sehen war. Als er sich ihnen näherte und die Hände an seiner schmal geschnittenen Kniehose abwischte, verstand Floryk, was der Waldamtmann gemeint hatte. Stoffels Stirn und die Haut um seine Augen herum waren ungemein faltig, wie vom Wetter gegerbt. Wenn er nicht so kraftvoll ausgeschritten wäre, hätte man ihn für siebzig halten können. Stoffel musterte ihn eingehend, bevor er die runzlige, aber kräftige Hand ausstreckte. »Du bist also das reiche Herrensöhnchen?«

Floryk lachte und schlug ein. »Und du das verhutzelte alte Manderl?«

Stoffel brach ihm fast die Fingerknöchel.

»Aua, hör auf, ich nehm's zurück.«

»Gut, dann ist das auch geklärt. Wo ist mein Gehstock?«

Lachend reichte ihm Haller einen Stock, und schon verwandelte sich Stoffel in einen gebrechlichen Alten, der sein Gewicht nur mühsam von einem Bein aufs andere verlagern konnte. Floryk prustete los. »Man könnt meinen, du wirst bald hundert. Aber sag, wie alt bist du wirklich?«

»Noch nicht ganz fünfzig, also im besten Mannesalter, würde ich sagen.«

»Trotzdem seid ihr zwei schön vorsichtig«, ermahnte Andreas.

Stoffel entblößte mit seinem Lächeln mehrere Zahnlücken und krümmte den starken Rücken. »Selbstverständlich, werter Herr Imhoff.«

* * *

Nürnberg am Mittwoch, den 29. Juli 1590
Frantz wanderte in der Stadt herum, um die Stimmung nach der Hinrichtung des Hexenjägers abzuschätzen und den Leuten die Möglichkeit zu geben, ihm Fragen zu stellen. Überwiegend freundliche Gesichter musterten ihn neugierig, doch niemand sprach ihn an. Er schlenderte durchs Spittlertor hinaus auf den Plärrer, wo sich eher zwielichtiges Gesindel herumtrieb, Huren sowie Branntweinverkäufer und andere Händler, die keine Lizenz hatten, ihre Waren in der Stadt zu verkaufen. Alles wirkte wie immer. Er spazierte zwischen den verschiedenen Karren hindurch und entdeckte einen alten Bekannten, der ihn lächelnd beobachtete. Der jüdische Fuhrmann aus Fürth war mit seinem buschigen Bart und Haupthaar nicht zu verkennen.

Frantz hob die Hand zum Gruß. »Wie geht's dir, Abraham?«

»Meister Frantz, schön Euch hier zu begegnen. Das kommt nicht oft vor. Braucht Ihr wieder eine Mitfahrgelegenheit?«

»Nein, danke. Ich will nur ein wenig aufschnappen, worüber die Leute so reden. Hoffentlich nicht über Hexen und Unholdinnen.«

»Fürwahr, ich war froh, als ich erfuhr, dass Friedrich Stigler keinen Unfrieden mehr stiften kann.« Der Fuhrmann atmete tief durch. »Es trifft sich ganz gut, Euch zu sprechen.«

»Gibt es weitere Raubüberfälle?«, fragte er sogleich. »Die Kumpane des Hans Walter aus Betzenstein sind immer noch nicht gefangen worden. Und ein jüdischer Fuhrmann ist kürzlich überfallen worden. Der Mosche. Mich und einen guten … Bekannten wollten die Schurken ebenfalls berauben.« Er scheute immer noch davor zurück, seine Freunde als solche zu bezeichnen, damit der Ruch des Henkers nicht auf sie abfärbte.

»So ähnlich, doch geht es um etwas anderes: Einbruchdiebstähle in den Herbergen an den Handelsstraßen. Es passiert immer öfter.«

Das auch noch. Frantz stöhnte. »Gut, ich werde im Rathaus Bescheid geben und mich umhören. Bist du auch schon bestohlen worden?«

»Ja, in Rückersdorf vor einer Woche beim Heroldwirt. Das ist eine der wenigen Herbergen, in der auch Juden absteigen dürfen. Der Grund gehört den Ganerben der Veste Rothenberg.«

»Ganerben?«

»Einige Ritter haben sich zusammengetan, gemeinsam Land gekauft, die Veste ausgebaut und erlauben auch Juden, sich dort anzusiedeln. Deshalb hat Schnaittach eine ungewöhnlich große jüdische Gemeinde in der Umgebung von Nürnberg.«

Frantz nickte. So verarmten Rittern waren die Juden sicher als Kaufleute und Handwerker nützlich. »Ausgerechnet beim Herold wurde eingebrochen? Bei ihm haben wir nach dem Überfall den Mosche untergebracht. Ein fürsorglicher Mann. Er hat den Verletzten in einer eigenen Kammer untergebracht, und ich durfte bei ihm auf einer Pritsche übernachten, ohne etwas dafür zu bezahlen.«

»Ja, er ist gutherzig und kümmert sich um seine Gäste. Umso schlimmer, dass es gerade dort passiert ist.«

»Du hast keine Anzeige erstattet?«

»Natürlich habe ich das, bei allen drei Herrschaften in Fürth, aber wen interessiert's, wenn ein Jude bestohlen wird?«

Frantz nickte. »Vielleicht sucht sich der Dieb deshalb Juden aus.«

»Oder es ist einer, der meint, es sei keine Sünde, von einem der Unsrigen zu stehlen. Na, wenigstens bringt er uns nicht gleich um. Verzeiht, ich will nicht bitter klingen. Außerdem sind auch Christen bestohlen worden.«

»Schon gut, ich verstehe deinen Unmut.« Wieder fühlte sich Frantz mit dem Mann auf seltsame Weise verbunden. Beide waren sie aus der ehrbaren Gesellschaft Verstoßene, und doch wurden sie dringend gebraucht.

Abraham Rosenberg lächelte jetzt wieder. »Am Ende ist es mir lieber, im Schlaf bestohlen als unterwegs von bewaffneten Räubern überfallen zu werden. Da muss man doch jedes Mal um sein Leben fürchten.«

Frantz nickte. »Solange es nicht im eigenen Haus passiert.« Eine grausige

Vorstellung, leider kam auch das viel zu oft vor. Dann wurden die Bewohner meist noch gemartert, bis sie alle Verstecke preisgaben. »Ich weiß, wo ich dich finde, falls sich etwas ergibt.« Er wollte sich schon abwenden, da fiel ihm noch etwas anderes ein. »Kennst du den Mosche Jud?«

»Schmuser und Hopfenhändler aus Ermreuth?«

»Woher er stammt, weiß ich gar nicht, aber ja, er hatte Hopfen geladen. Was macht denn ein Schmuser?«

»Geschäfte vermitteln, er braucht ja auch Arbeit in der Zeit, wenn es keinen Hopfen gibt. In Ermreuth wird auch viel Obstbau betrieben. Für die Obstbauern nimmt er unterwegs Bestellungen der Wirtschaften auf, an denen er vorbeikommt.«

»Dann kennst du den Mosche gut?«

»Eher flüchtig, wenn es derselbe ist. Mosche oder Moses ist ein beliebter Name.«

»Natürlich.«

»Der Ermreuther Mosche scheint mir jedenfalls ein zuverlässiger und rechtschaffener Mann, der gut für seine Frau und Kinder sorgt, doch viel hab ich noch nicht mit ihm gesprochen. In Ermreuth wird es wohl auch nur zwei oder drei Judenhäuser geben.«

»Die meisten Juden leben in Schnaittach?«

Rosenberg wiegte die gespreizte Hand hin und her. »Bin mir nicht sicher. In Baiersdorf, wo wir alle unsere Toten auf dem jüdischen Friedhof bestatten, und in Bruck gibt es ähnlich große Gemeinden.« Er hielt inne und blickte in die Ferne. »Das erinnert mich … In Bruck wurden einige Juden bestohlen, in ihren Häusern, nicht in der Herberge, in die auch schon zweimal eingebrochen wurde.«

»Sag, gibt es viele Herbergen in der Umgebung von Nürnberg, die auch Juden aufnehmen?«

»Nein, zumeist übernachten wir unterwegs bei Glaubensbrüdern. Einander zu helfen ist für uns eine Selbstverständlichkeit.« Rosenberg strich sich über den Bart. »Umso befremdlicher, wenn dann etwas wegkommt.«

»Du meinst, der Dieb könnte ein Jude sein?«

»Soweit mir berichtet wurde, gab es an den Türen und Fenstern keine Einbruchsspuren.«

»Dank dir. Ich sag den Räten Bescheid, allerdings gehört Bruck zum Fürstbistum Bamberg, da können sich die Stadträte nicht einmischen.«

Rosenberg sog die Lippen zwischen die Zähne und schien zu überlegen, wie viel er verraten durfte.

»Du fürchtest dich vor dem Schaden, den euer Ruf nehmen könnte, wenn ein Jude hinter den Diebstählen steckt?«, fragte er vorsichtig.

Langsam nickte der Fuhrmann. »Wir Juden haben es nirgends leicht. Umso wichtiger ist uns Redlichkeit. Doch gibt es überall schwarze Schafe.«

Das verstand Frantz nur allzu gut. Auch ihm war sein Ruf besonders wichtig. »Danke, dass du mir trotzdem davon erzählt hast.«

In Abrahams Gesicht zeigte sich ein zaghaftes Lächeln. »Die Brucker Juden haben keine Anzeige erstattet, eben deswegen, aber ich dachte mir, Ihr solltet es wissen.«

* * *

Lauf am Mittwoch, den 29. Juli 1590

Floryk fühlte sich immer unbehaglicher, als er neben Stoffel auf dem Kutschbock dieselbe Straße nach Lauf entlangfuhr, auf der er beinah schon einmal überfallen worden wäre. Als er den Birkenhain ausmachen konnte, warnte er seinen Beschützer lieber: »Halt die Waffen bereit, ja?«

»Freilich. Gibt's einen besonderen Grund, dass du das eigens sagst?«

»Hier haben die Schufte schon mal einen Fuhrmann niedergeschlagen und beraubt. Gleich da vorn bei den Birken.«

»Hoppla. Du beobachtest deine Seite, ich die meine.«

Auf Floryks Seite gab es nur Felder und etliche Sträucher, hinter denen sich Räuber allerdings gut verstecken konnten. Er zog die Faustbüchse aus dem Stoffbeutel zwischen ihnen und legte sie auf seinen Schoß.

»Du willst die Räuber gleich erschießen, falls sie Waffen ziehen?«

»Nur wenn es so ausschaut, als wollten sie uns an die Gurgel gehen. Ob sie uns umbringen oder nicht, kann ihnen auch schon egal sein, denn mit dem Tod werden sie so oder so bestraft, wenn sie sich erwischen lassen. Aber bisher haben sie meines Wissens noch niemanden ermordet.«

Stoffel brummte etwas Unverständliches.

»Das gefällt dir nicht?«

»Nein. Die Hinrichtungen werden immer mehr, aber die Verbrechen nicht weniger. So viele Todesurteile wie in den letzten zehn Jahren hat's davor nicht gegeben.«

»Wirklich?«

»Ja, sonst müsst ich mich schon sehr täuschen.«

Sie erreichten jetzt die ersten Birken, und Floryk spähte ebenfalls zwischen die silbrig leuchtenden Stämme.

»Da rührt sich nichts.«

»Trotzdem wachsam bleiben. Ich hab vergessen, den Mosche zu fragen, wie's passiert ist. Wir sind erst dazugekommen, als er schon bewusstlos war.«

Natürlich blieb alles ruhig, und sie erreichten bald Lauf. Floryk fiel sogleich auf, dass die Mühlen und Hammerwerke, die es hier reichlich gab, stillstanden. Es wurde wirklich Zeit, dass es regnete. Der Torwächter hielt sie auf.

»Was habt ihr geladen, woher und für wen?«

»Tuch aus Neumarkt für den hiesigen Händler Gerstacker.«

Er winkte sie durch, und sie rumpelten über Kopfsteinpflaster vorbei am stattlichen Rathaus. Auf dem Markt war einiges los. Ob sie sich hier etwas zu essen suchen oder doch lieber in eine Wirtschaft gehen sollten? Da fiel ihm wieder seine Aufgabe ein, Räuber anzulocken. Also Wirtschaft.

Der Tuchhändler wartete schon ungeduldig auf die Lieferung. Sowie ihr Wagen in den Hof rollte, sprang er aus dem Haus. »Na endlich! Ich hab euch schon gestern erwartet.«

»Sind aufgehalten worden«, brummte Stoffel nur.

Gerstacker betrachtete den Knecht eingehender. »Was bist denn du für einer? Doch nicht der Vater vom Loyal?«

Dafür war seine Kleidung zu schlicht und robust. Floryk lächelte. »Mein Großvater.«

Stoffel schlug ihm hart mit der Faust auf den Arm.

»Hör auf, du Grobian.« Er rieb sich die schmerzende Stelle. »Nein, der hilft mir in der nächsten Zeit.«

»So? Dann fangt endlich mit dem Abladen an.«

»Ja, ja, du bist schlimmer als mein Vater.«

Die zehn Ballen Barchent hatten sie schnell abgeladen, und Gerstacker drückte ihm die Münzen für den Stoff in die Hand.

»Den Karren dürfen wir in deinem Hof stehen lassen, bis wir was gegessen haben?«

Kurz sah sich der Tuchhändler um. »Ja, passt schon, aber Wasser müsst ihr den Rössern selber herschleppen. Da hinten ist der Brunnen. Hafer habt ihr hoffentlich.«

»Freilich.«

Stoffel nahm die zwei Eimer von der Ladefläche. »Ich hol das Wasser, gibst du ihnen was zu fressen.«

Floryk band den Pferden die Hafersäcke um. Es war doch angenehm, dass ihm ein kräftiger Kerl wie der Stoffel zur Hand ging, auch wenn er wenig redete. Als er mit den Eimern zurückkehrte, nahm Floryk die Futtersäcke ab.

Stoffel holte den Stock vom Kutschbock und übte sich im schlurfenden Humpeln. Floryk schlenderte gemütlich neben ihm her durch das Städtchen mit den vielen niedrigen Sandsteinhäusern. Wenige waren höher als zwei Stockwerke, viele nur einstöckig.

»Wo essen wir denn?«, fragte Stoffel.

»Beim Himpelwirt, der hat gute und günstige Mahlzeiten. Da gehen auch einheimische Handwerker hin und vielleicht sogar Räuber.«

»Oha. Dann machst auf verwöhntes Bürschla?«

»Ja, darfst dich nicht wundern, wenn ich ein bisserl laut werd und seltsames Zeug red.«

»Wie immer halt.«

»Was? Du kennst mich doch erst seit gestern!«

Stoffel grinste nur. Dann betraten sie die einfache Wirtschaft, die brechend voll war. Sicher aßen hier auch einige der Händler, die ihre Waren auf dem Markt feilboten.

Floryk ging zu einem Tisch, an dem noch zwei Stühle frei waren. »Sitzt da schon wer?«

Die drei Männer und eine junge Maid sahen sich nach ihnen um. Der Älteste machte eine einladende Handbewegung. »Hockt euch her zu uns.«

Bei dem Trubel würde es Floryk schwerfallen, Aufmerksamkeit zu erregen. Auf gut Glück fischte er die Nürnberger Uhr aus dem Beutel, stellte sie auf den Tisch und öffnete den Deckel. Mit einem stolzen Lächeln betrachtete er sie. »Heut kommen wir schon noch rechtzeitig zurück«, verkündete er etwas lauter als nötig und ließ die Dose zuschnappen. Zumindest die Leute am Tisch waren aufmerksam geworden. Eine überhebliche Miene zur Schau tragend steckte Floryk den Köder ein.

»Das ist aber ein kostbares Stück«, meinte der älteste Mann, möglicherweise Vater der beiden jüngeren. Die Maid schlug aus der Art, sie war vielleicht mit einem der Burschen verheiratet.

»Ja, die hat mir mein Vater geschenkt, weil ich diesen Sommer aushelf, bevor ich weiterstudiere.«

Alle Blicke richteten sich auf Stoffel. Der schüttelte den Kopf, beugte sich zu dem jüngeren Kerl neben ihm und raunte gut hörbar: »Sein Vater ist Tuchhändler. Der hat genug Geld.«

Der junge Mann schnaubte. »Na dann.«

Floryk hörte auf mit der Angeberei. Die vier waren sicher keine Räuber, und sonst achtete vermutlich niemand auf sie. Trotzdem schaute er sich um und bemerkte nichts Auffälliges.

Wie nicht anders zu erwarten gab es Eintopf und Brot. Das Essen war auch schon recht kühl, sodass sie schnell ihre Schüsseln ausgelöffelt und die Bierkrüge geleert hatten.

Als sie wieder draußen auf der Straße waren, sagte Stoffel: »Das ist ja schon ein Schmarrn, wenn du irgendwelchen Leuten die Uhr unter die Nase hältst.«

Floryk seufzte. »Das hab ich mir dann auch gedacht. Schauen wir noch zum Markt? Weit müssen wir heut nicht mehr.«

»Von mir aus. Ich soll ja nur auf dich aufpassen.«

Floryk war zwei Schritte voraus und sah sich nach ihm um. Wahrlich eine beeindruckende Verwandlung. Er grinste Stoffel an, doch da sah er eine Gestalt über die Gasse huschen, das Gesicht ihnen zugewandt. Hatte doch jemand den Köder geschluckt?

Floryk blickte wieder nach vorn und wartete, bis Stoffel zu ihm aufgeholt hatte.

»Es ist ein Kreuz mit den Knien«, lamentierte er. »Und sehen tu ich auch nicht mehr recht.«

»Ich hoffe, doch. Schaut nämlich ganz so aus, als würd uns jemand nachschleichen.«

»Oha.«

»Pass auf, beim Markt schauen wir, ob du dich irgendwo hinsetzen kannst, alt und gebrechlich wie du bist, und ich lauf ganz in der Nähe an ein paar Ständen vorbei. Wenn ich ihn wieder seh, nehm ich den Hut ab und wisch mir die Stirn.«

Stoffel nickte. »War aber keiner von unserem Tisch, oder?«

»Nein, trägt ein dunkelrotes, ziemlich verschossenes Hemd.«

»So eins hat direkt hinter dir einer angehabt.«

»Mal sehen, ob er für die Räuber auskundschaftet, wo unser Fuhrwerk steht und wohin wir wollen.«

»Ja, aber pass gut auf deinen Beutel auf«, mahnte Stoffel.

Floryk nickte, dann hatten sie auch schon den Markt beim Rathaus erreicht. »Da am Brunnen kannst dich hinsetzen.«

»Genau, da seh ich dich und den Lumpen. Er könnt auch einfach ein Beutelschneider sein.«

»Das wär mir eigentlich lieber als ein Überfall«, gestand Floryk. Er stützte Stoffel beim Hinsetzen am Ellenbogen und spähte dabei zur Gasse, aus der sie gekommen waren. »Noch seh ich nichts.«

»Dann ist er jedenfalls nicht blöd oder doch nur zufällig in dieselbe Richtung gegangen.«

»Mal sehen.« Floryk schlenderte zu den ersten Gemüseständen, hob einen Kohlrabi auf und roch daran, wobei er unter der Hutkrempe hervor zur Gasse linste. Da war der Schelm! Er legte das Gemüse weg.

»Ist ganz frisch!«, rief der Händler.

Doch Floryk musste sich erst die Stirn wischen. »Glaub ich dir, aber ob der morgen auch noch so fest ist? Vorher kriegt ihn mein Weib nicht zum Kochen. Obst hast du keins?«

Der Händler lächelte. »Du schickst sonst dein Weib zum Einkaufen, oder?«

»Freilich.«

»Merkt man.«

»Wieso?«

»Gemüsehändler verkaufen selten Obst. Da drüben beim Moser kriegst saftiges Obst aus Ermreuth.«

»Dank schön.« Floryk ging weiter und merkte, dass Stoffel nicht mehr beim Brunnen saß. Na, so was. Er blickte sich um und sah gerade noch, wie der verhutzelte Alte einem jungen Mann den Gehstock zwischen die Beine warf, ihn zu Fall brachte und sich auf ihn stürzte. Floryk griff er nach seinem Beutel. Verflucht! Dabei hatte er gar nichts gemerkt. Er lief hin. »Tu ihm nicht so arg weh«, rief er. »Wir müssen ihn auch noch befragen können.«

Stoffel drehte ihn herum. Das vom Straßendreck schmutzige Gesicht wirkte zornig. Kein Wunder. Er war vielleicht fünfundzwanzig und auf alle Fälle ein sehr geschickter Dieb.

»Wie heißt du?«, fragte Floryk.

»Geht dich nichts an.«

»Mich vielleicht nicht, aber den Pfleger.« Er sah sich nach Ordnungshütern um, entdeckte aber keine, also rief er: »He, hat jemand einen Schützen oder Stadtknecht gesehen?«

Ein paar Leute schüttelten den Kopf, andere kriegten gar nichts mit. Der Gemüsehändler kam allerdings zu ihnen. »Hat der dir bei mir am Stand den Beutel abgeschnitten und wir haben es nicht mitgekriegt?«

»Schaut ganz so aus. Durchsuch ihn, Stoffel.« An den Gemüsehändler gewandt fügte er hinzu: »Und du bist Zeuge.«

Tatsächlich hatte der Schelm sich den Beutel unters Hemd gesteckt.

»Gott sei Dank! Das hätt Ärger gegeben, wenn das Geld für die Ladung weg wär.« Er öffnete den Beutel und sah vorsichtshalber nach. Schien nichts zu fehlen, auch die Uhr war noch da. »Bringen wir ihn ins Pflegschloss.«

»Ich muss mich um meine Waren kümmern!«, warf der Gemüsehändler ein.

»Ja, ja, du kannst hierbleiben. Wir kommen womöglich mit einem Stadtknecht zurück.«

Der Mann nickte. »Braucht ihr einen Strick?«

»Gern.« Stoffel zog den Dieb auf die Beine. Prompt wollte der sich losreißen, aber da hatte er seinen Häscher unterschätzt. Aus dem Griff konnte er sich nicht lösen. Augenblicke später band ihm Floryk mit einem Seil die Handgelenke hinter dem Rücken zusammen. »Auf geht's.«

»Wohin?«, fragte der Dieb.

»Du bist nicht von hier?«

»Nein, aus Weigenhofen.«

»Au, verreck, du bist ein Markgräflicher?«, fragte der Gemüsehändler.

»Schon. Der Hensla Schmied bin ich«, gestand der Dieb nun. »Macht das einen Unterschied, woher ich komm?«

»Ich fürcht schon«, erklärte der Laufer. »Aber der Pfleger ist doch ein vernünftiger Mann.«

Floryk fragte sich, ob ein Untertan des Markgrafen von Brandenburg-Ansbach tatsächlich härter bestraft werden mochte, nachdem der Fürst eine ganze Reihe Mögeldorfer willkürlich wegen Wilderei hatte verhaften und vierteilen lassen. Hoffentlich nicht. »Jetzt komm.«

Es war ein ziemliches Stück zu laufen, bis sie über die lange Holzbrücke zum Wenzelschloss auf der Pegnitzinsel gelangten. Das ehemalige Kaiserschloss wirkte äußerst wehrhaft.

Die beiden Torwächter musterten sie eindringlich. »Was wollt ihr?«

Floryk antwortete: »Der Schurke hat mir den Beutel geklaut. Zum Glück hat's mein Knecht gemerkt und ihn aufgehalten.«

»Stimmt das?«, fragte der eine den Stoffel.

»Ja, aber der da ist der Dieb, nicht ich.« Er deutete zum Hensla Schmied.

»Ach, und du hast ihn aufgehalten?«, fragte er ungläubig.

Stoffel grinste. »Ja.«

»Dann kommt mit.« Er führte sie in den Hof des herrschaftlichen Anwesens, natürlich aus Sandstein, die Mauern teilweise von Ruß geschwärzt.

»Da drin ist das Pflegamt.« Er nickte zu einem offen stehenden Tor. »Ich muss zurück auf meinen Posten.«

»Dank dir.«

Nachdem sie auch noch einem Diener berichtet hatten, was vorgefallen war, wurden sie in die Amtsstube des Pflegers Wust gebracht.

Dessen Miene verhärtete sich immer mehr, während er ihnen zuhörte und ein Schreiber mit Papier und Tinte alles notierte. Dann fragte Wust: »Bist du der Sohn vom Hans Schmied aus Weigenhofen?«

»Ja, kennt Ihr meinen Vater?«

»Sicher. Ein anständiger Mann. Und du machst ihm so eine Schande.«

Hensla Schmied antwortete nicht, senkte nur beschämt den Kopf.

»Bist du wenigstens geständig?«

Schmied nickte. »Ja, gibt genug Zeugen, da erspar ich mir die Tortur.«

»Gut, dann müssen wir dich wohl nicht nach Nürnberg ins Lochgefängnis schaffen lassen.«

Kapitel 2

Max Leinfelder wunderte sich, den Nachrichter in der Kriegsstube anzutreffen. »Meister Frantz, Ihr habt also auch schon erfahren, dass Floryk sich den Beutel hat stehlen lassen?«

Der Henker nickte. »Ja, ohne Floryks Knecht wär der Schuft mit einem schönen Batzen entkommen.«

Da holte sie der Schreiber Dürrenhofer zur Besprechung mit den Lochschöffen ab.

»Welche der Ratsherren sind denn zurzeit dran?«, fragte Max.

»Christoph Tucher und Hans Nützel«, antwortete der Schreiber und öffnete ihnen die Tür zu einer Beratungskammer.

Die Schöffen nickten ihnen zu. »Wird nicht lange dauern«, verkündete Tucher.

Sie setzten sich, und Dürrenhofer holte Papier, Tinte und Feder heraus. »Der Mann ist geständig?«

»Ja, es gibt einige Zeugen, da hilft leugnen wenig«, antwortete Tucher.

Der Nachrichter fragte: »Welche Strafe erwartet den Mann?«

Nützel zog die Augenbrauen zusammen. »Der Hensla Schmied stammt aus Weigenhofen und ist Untertan des Markgrafen, deshalb werden wir die volle Härte des Gesetzes walten lassen. Tod durch den Strang.«

Frantz nickte und versuchte, sich den Galgen in Lauf in Erinnerung zu rufen, doch es war zu lange her. »Wird er zur Hinrichtung nach Nürnberg gebracht?«

Tucher schüttelte den Kopf. »Da er das Verbrechen in Lauf begangen hat und dort erwischt wurde, dürfen die Laufer die Hinrichtung miterleben. Könnt Ihr am Montag hinreiten, ihn am Dienstagmorgen richten und am selben Tag noch zurückkehren?«

»Natürlich.«

»Gut. Dann kommen wir jetzt zu dir, Leinfelder. Du wirst den Nachrichter begleiten und dafür sorgen, dass hinreichend Vorsichtsmaßnahmen getroffen werden.«

Verblüfft fragte Max: »Glaubt Ihr, die Schergen des Markgrafen werden etwas unternehmen wollen?«

»Wir halten es jedenfalls nicht für ausgeschlossen.«

»Ist recht.«

»Gut, das war's auch schon.« Die Herren erhoben sich.

In dem Moment ging die Tür auf. Andreas Imhoff trat ein. »Schon fertig?«

Tucher nickte. »Ist ein klarer Fall.«

»Dann gewährt mir bitte noch etwas Zeit. Wenigstens diese kleine Runde sollte Bescheid wissen, welche Rolle Floryk Loyal genau spielt.«

Die Schöffen setzten sich wieder. Was sie dann alle zu hören bekamen, fand Max doch sehr gewagt. Floryk als Köder, nur mit einem alternden Waldarbeiter zu seinem Schutz?

Meister Frantz räusperte sich. »Dann hat er den Dieb dazu verlockt, ihm den Beutel zu stehlen?«

»Mehr oder weniger, doch das ist keine Entschuldigung. Allerdings hat der Pfleger von Schönberg bereits eine Fürbitte vorgebracht, dem Schmied einen gnädigeren Tod mit dem Schwert zu gewähren.«

Meister Frantz nickte kaum merklich. Das schien ihm wohl auch angemessener.

»In der morgigen Sitzung werden wir darüber beraten, doch gerade weil Schönberg und Weigenhofen dem Markgrafen gehören, werden wir das Gesuch freundlich ablehnen.«

Der junge Nützel bekräftigte: »Wär ja noch schöner, ausgerechnet einem Markgräflichen irgendeine Gnade zu erweisen!«

Natürlich verstand Max, dass der Rat immer noch zornig war, weil der Röthenbacher Wildmeister im Dienste des Markgrafen vor zwei Jahren Nürnberger Bürger aus Mögeldorf verschleppt hatte. Äußerst grausam wurden die Leute hingerichtet. Doch sollte deswegen ein markgräflicher Dieb so viel härter bestraft werden als ein Georg Plemel, der für den Diebstahl einer Nürnberger Uhr nur ausgestrichen wurde? Nun, es war nicht seine Entscheidung. Plemel erinnerte ihn allerdings an etwas anderes. »Können wir sicher sein, dass dieser Schmied nicht auch mit den Räubern im Bund ist wie der Schäfer?«

»Gute Frage.« Imhoff schaute die Lochschöffen an.

Tucher antwortete: »Nein, nicht sicher, aber …« Er wandte sich an Meister Frantz. »Ihr werdet den armen Sünder vermutlich am Tag zuvor in seiner Keuche aufsuchen?«

Der Nachrichter nickte. »Wie immer. Bei der Gelegenheit kann ich ihn gern wegen der Überfälle befragen. Aber da ist noch etwas.«

»Was denn?«, fragte ein verdutzter Nützel.

»Die Einbrüche in Herbergen, von denen mir der Fürther Jude Abraham Rosenberg berichtet hat.«

Ach, davon hatte Max noch nichts erfahren. Nützel zog denn auch eine schuldbewusste Grimasse. »Ja, darum kümmern wir uns auch irgendwann.«

»Das meine ich nicht. Ich frage mich, ob der Hensla Schmied etwas damit zu tun haben könnte. Er stammt nicht aus Lauf, hat aber in einer Laufer Wirtschaft die Ohren gespitzt.«

Nützel schlug auf den Tisch. »Natürlich! Warum haben wir daran nicht gedacht? Befragt ihn auch dazu! Vielleicht sollten wir ihn gar ins Loch schaffen lassen.«

Tucher schüttelte langsam den Kopf. »Wenn man Pfleger Wust eine gewisse Menschenkenntnis zutrauen darf, hat dieser Bursche lediglich Gelegenheitsdiebstähle begangen. Zwei weitere hat er zugegeben. Ein Beutelschneider, aber kein Einbrecher oder Räuber. Er soll auch nicht besonders kräftig sein, keiner, der mit Gewalt vorgeht oder riskiert, sich wehren zu müssen.«

Imhoff nickte langsam. »Meister Frantz, nutzt diese Gelegenheit dennoch, und versucht, ihm zu entlocken, ob er etwas über die anderen Verbrechen weiß.«

Schöffe Nützel schien zu überlegen, kratzte sich den Bart und wandte sich schließlich an Imhoff. »Dürfen wir ihm den Tod durch das Schwert in Aussicht stellen, falls er nützliche Informationen für uns hat?«

Imhoff atmete tief durch. »Meinetwegen. Aber nur dann. Eines sollten die hier Anwesenden auch noch wissen und vertraulich behandeln.« Er machte eine spannungsgeladene Pause und blickte in die Runde. Wenn der zweitwichtigste Mann der Reichsstadt geheime Informationen mitzuteilen hatte, war das schon etwas Besonderes. Erst als sie alle nickten, sprach er weiter: »Ein jüdischer Fuhrmann namens Mosche hält ebenfalls Ausschau nach den Räubern. Er ist selbst schon einmal von ihnen überfallen worden und hat uns von Georg Plemels Beteiligung am Überfall auf die Bernthalmühle berichtet. Wenn Informationen an den Stadtrat oder an Ordnungshüter herangetragen werden, die von einem gewissen Mosche Jud stammen, dann sind diese mit höchster Aufmerksamkeit zu behandeln.«

»Ein Jude?«, fragte Nützel ungläubig. »Im Dienst der Reichsstadt?«

Imhoffs versteinerte Miene duldete keine Kritik.

»Wessen Untertan ist er?«

»Er lebt in Ermreuth, das die Muffels an die Edlen und Vesten von Stiebar zu Buttenheim und Obersteinbach verkauft haben.«

»Gott sei Dank ist das nicht auch ein Markgräflicher«, antwortete Nützel sofort.

Da huschte ein Lächeln über Imhoffs Gesicht, das jedoch schnell verflog. »Hört mir auf mit dem Markgrafen. Immer häufiger belästigt uns Seine Gnaden Georg Friedrich mit Beschwerden über falsche Grenzverläufe. Der gute Paul Pfinzing wird am Ende noch mit einem markgräflichen Kommissar alle Grenzverläufe neu vermessen. Das kann Wochen oder Monate dauern.«

»Müssen wir uns darauf einlassen?«, fragte Nützel ungehalten.

»Spätestens dann, wenn der Markgraf anfängt, bei unseren Bauern den Zehnten einzutreiben.«

Tucher nickte Max und dem Nachrichter zu. »Ihr könnt gehen.«

Sie verließen die Kammer. Im von Fackeln erleuchteten Korridor des Kriegsamts kam ihnen Ernst Haller entgegen. »Ah, der Nachrichter. Ihr seid bereit, mal wieder eine Hinrichtung in Lauf auszuführen, Meister Frantz?«

»Natürlich.«

»Meine Leute werden es zu schätzen wissen, dass der arme Sünder nicht in Nürnberg gerichtet wird.«

Meister Frantz schaute offenbar genauso verwirrt drein, wie Max sich fühlte, denn Haller erklärte: »Ich war Pfleger in Lauf, bis ich in den inneren Rat geholt worden bin und das Amt niederlegen musste.« Er seufzte. »Es sollen ja immer zwei Vertreter aus den ratsfähigen Geschlechtern im Stadtrat sitzen, auch wenn es lästig ist.«

»Verstehe«, antwortete der Nachrichter.

»Ich muss weiter. Kriegsherr bin ich ja auch noch, aber wenigstens hält sich der Markgraf wieder still. Vorläufig.« Schon wollte er weitereilen.

Max fragte dennoch: »Werter Haller, könnt Ihr mir sagen, wie viele Stadtknechte oder Schützen es in Lauf gibt? Ich soll nämlich die Hinrichtung sichern.«

Plötzlich schaute Haller sehr ernst drein. »Richtig, ein Untertan des Markgrafen … Zu meiner Zeit waren es zwei Stadtknechte, sechs Schützen und dazu die Torhüter.«

»Danke, damit lässt sich etwas anfangen.«

Während sie zum Grünen Markt schlenderten, fragte Meister Frantz: »Dann ist Ernst Haller dein oberster Dienstherr?«

»Ganz recht, viel kriegen wir allerdings nicht von ihm mit, was wohl ganz gut ist.«

»Wieso, hältst du etwa keine großen Stücke auf ihn?«

»Ach, was verstehen die Herren schon von unserer Arbeit? Seid froh, dass Euch keiner reinredet.«

Das entlockte dem Nachrichter doch ein Schmunzeln. »Wäre ja noch schöner.«

»Nehmt Ihr den Löwen mit nach Lauf?«

»Das werde ich wohl müssen, falls sich dieser Schmied wehrt. Ich kann schließlich keinen Schützen oder Stadtknecht bitten, einen armen Sünder die Galgenleiter hinaufzuzerren.«

»Stimmt, da würden sie ausnahmsweise zu Recht maulen. Ich geb in der Peunt Bescheid, dass wir von Montagmorgen bis Dienstagabend drei Rösser brauchen. Ich hoffe, Klaus kann reiten.«

»Ich auch. Das hab ich ihn noch gar nicht gefragt.«

Max lachte und bog in Richtung Bauhof ab.

Frantz freute sich nicht gerade darauf, nach Lauf zu reiten, aber wenigstens war es immer noch warm und trocken. Während er auf den Henkerturm zuging, überlegte er nicht zum ersten Mal, wie sie die zwei unteren Stockwerke besser als bisher nutzen konnten. Ganz oben schlief die Magd Bernadette, aber die Kinder bräuchten auch bald mehr Platz, und es war schon Verschwendung, den Turm nur für Gerümpel und als Treppenaufgang zu nutzen. Er trat ein und sah sich um. Hier unten könnte er sein Behandlungszimmer einrichten, doch ohne Ofen wäre es im Winter recht kalt. In diesem ungewöhnlich heißen Sommer war es allerdings angenehm kühl.

Er stieg die Steinstufen hinauf und klopfte an der Tür des Löwen. Nichts rührte sich, also betrat er die Wohnung und fand in der guten Stube seinen Knecht in einer angeregten Unterhaltung mit seiner Magd vor. Die beiden verstummten abrupt, als sie Frantz bemerkten. Hoffentlich bahnte sich da nichts an. Das würde Bernadettes Onkel Friedrich Reichart bestimmt nicht gefallen.

»Gibt's was zu tun?«, fragte Klaus.

»Am Montag musst du mit mir nach Lauf zu einer Hinrichtung mit dem Strang reiten.«

»Dienstag kommen wir zurück?«

»Richtig. Du kannst hoffentlich reiten.«

Klaus zog die Schultern hoch. »Als Abdecker braucht man natürlich einen Karren mit Ross, aber oft bin ich nicht auf dem Gaul geritten.«

»Wird schon reichen, dass du nicht runterfällst.«

»Wem geht's denn an den Kragen?«

»Einem Beutelschneider, der ausgerechnet Floryk Loyal bestehlen wollte und auch noch Untertan des Markgrafen ist. Ich soll ihn auch wegen weiterer Schandtaten befragen, aber das erzähl ich dir dann unterwegs.« Er ging durchs Behandlungszimmer, wo die zwei Mädel herumtollten. »Wo ist denn der Jorgla?«

»Spielt draußen mit der Ursel. Uns wollen sie nicht dabeihaben«, maulte Rosina mit ihren dreieinhalb Jahren. Die kleine Marie war erst gut zwei Jahre alt, da war es kein Wunder, dass die Racker die beiden zurückließen. Er erinnerte sich, wie er selbst am Rockzipfel seiner großen Schwester gegangen hatte, wenn die sich ohne ihn irgendwohin schleichen wollte, und grinste. »Ich weiß, das kommt euch blöd und ungerecht vor, aber ohne die beiden habt ihr bestimmt mehr Spaß.«

Entschlossen nickte Rosi. »Genau, die sind doof!«

»Sprich nicht so über deinen Bruder. Familie ist wichtig. Auf Jorgla wirst du dich immer verlassen können.« Wenigstens hoffte er das. Er ging weiter in die Küche. Keine Maria. »Wo ist denn eure Mutter?«

»Hat sich hingelegt.«

Das wunderte ihn denn doch. Er betrat das Schlafgemach. Sein Weib lag nur mit einem dünnen Nachthemd bekleidet auf dem Bett und lächelte ihm zu. »Ach, Frantz, kaum lege ich mich auf die faule Bärenhaut, schon erwischst du mich.«

Er schloss lieber die Tür hinter sich, denn der Anblick war sehr verführerisch. »Dir geht's gut?«

»Ist nur die Hitze, die mir zu schaffen macht, besonders nachmittags.«

»Deswegen ratscht deine Magd mit meinem Knecht in der Küche, statt was zu arbeiten.«

Maria kicherte. »Wie der Herr, so's G'scherr.«

Er setzte sich zu ihr auf die Bettkante und küsste sie. »Wenn es nicht so heiß wäre, würde ich dich jetzt gern noch mehr zum Schwitzen bringen. Sie umfing ihn mit den Armen, dann stieß sie ihn zurück. »Bist du warm, geh weg!«

Seufzend stand er auf. »Dann lass ich dich lieber allein, sonst passiert doch noch etwas ganz Schreckliches.« Sein Übermut verflog, als er daran dachte, dass er fortmusste. »Am Montag soll ich nach Lauf reiten.«

»Ach?«

Frantz erzählte und schloss mit den Worten: »Ich werd Klaus mitnehmen, und Leinfelder soll die Hinrichtung sichern.«

»Das ist sicher besser so.«

* * *

Rückersdorf am Montag, den 3. August 1590
Frantz war mit Klaus und Max im Morgengrauen gen Lauf aufgebrochen. Da er den armen Sünder eingehend verhören sollte, wollte er möglichst früh in Lauf ankommen. Der junge Löwe hielt sich ganz gut auf dem Ross, doch man merkte deutlich, dass er nicht oft ritt. Das Tier machte es ihm allerdings leicht.

In Rückersdorf hielten sie ein zweites Mal und ließen die Rösser an einer Tränke ganz in der Nähe des Heroldwirts ihren Durst stillen. Hier hatte er vor etwa vier Wochen den verletzten Mosche Jud untergebracht, nachdem dieser von Räubern überfallen worden war, und selbst eine Nacht in der Herberge verbracht. Inzwischen wusste er, dass in der Wirtschaft seither schon zweimal dreiste Diebe eingestiegen waren und die Leute bestohlen hatten. Auf dem Rückweg sollte er mit dem Herold reden. Vielleicht konnte der noch etwas Bedeutsames über den oder die Einbrecher erzählen. Er ließ den Blick schweifen und packte dann einen halben Brotlaib, Schinken und ein großes Stück Käse aus. »Nehmt euch was.«

Klaus griff sogleich zu, Max hingegen schien ebenfalls den Ort kritisch zu mustern. Bestimmt dachte auch er an die Einbrüche. Rückersdorf wirkte recht gewöhnlich, lag aber direkt an einem der Haupthandelswege von Nürnberg nach Prag, der Residenz des Kaisers.

»Wo ist denn die Wirtschaft vom Herold?«, fragte Max.

Frantz deutete in die Richtung. »Gleich da vorn, das drittletzte Haus.«

»Sollen wir mit ihm reden?«

»Das machen wir lieber morgen auf dem Rückweg, heute brauchen wir genug Zeit für den Hensla Schmied.«

Ein Karren rollte heran. Der Kutscher starrte Frantz an, dann zügelte er die Rösser und nahm den Hut ab. »Meister Frantz?«

»Mosche?« Verblüfft musterte er ihn.

»Ganz recht.«

»So unblutig hätte ich dich beinah nicht erkannt. Die Verletzung hat dir keine weiteren Schwierigkeiten gemacht?«

Der Jude lächelte. »Nein, abgesehen von der Beule, die mich noch einige Tage geplagt hat, ist die Wunde dank Euch sehr gut verheilt.«

»Das freut mich zu hören.«

Der Karrenmann senkte die Stimme. »Seid Ihr wegen der Einbrüche hier? Da geht's wirklich nicht mit rechten Dingen zu. Trifft oft Juden.«

Frantz musterte ihn neugierig. »Bist du auch schon bestohlen worden?«

»Einmal, und ausgerechnet beim Herold, der sich in meiner Not um mich gekümmert hat.«

»Eigentlich bin ich auf dem Weg zu einer Hinrichtung in Lauf, aber morgen will ich mit dem Wirt über die Diebstähle reden. Bei dem ist ja schon zweimal eingebrochen worden.«

»Heut Abend schlaf ich wahrscheinlich hier und pass auf, ob sich was tut.« Er blickte über die Schulter zu seiner Ladung. »Den Hopfen muss ich allerdings noch bis Neunkirchen am Sand bringen. Wird spät werden.«

»Ich schätze, du bist inzwischen in jeder Herberge auf der Hut.«

»Oft kommt es nicht vor, dass ich in einer Herberge übernachte, aber ja, wenn, dann schlaf ich unruhig. Wir sehen uns bestimmt wieder.« Er hob die Zügel an.

»Augenblick noch. Ich möchte dir meine Begleiter vorstellen. Max Leinfelder ist ein Nürnberger Stadtknecht, dem du vertrauen kannst.«

Mosche lächelte. »Gut zu wissen.«

»Und mein neuer Henkersknecht, Klaus Kohler.«

Jetzt grinste der Fuhrmann. »Dann bist du sowieso vertrauenswürdig, solang du nicht aus Eichstätt kommst.«

Sie lachten. Frantz sagte: »Hab ich's mir doch gedacht, dass ich dich bei der Hinrichtung vom Friedrich Stigler gesehen hab.«

»Bann oder nicht, das wollt ich mir nicht entgehen lassen. Ihr habt seinen

Mythos zerstört.«

»Mythos?«, fragte Frantz verwirrt.

»Seinen ungerechtfertigten Ruf als Hexenjäger.«

»Das hoffe ich.«

»Ich muss weiter.« Er trieb die Rösser an.

Frantz wandte sich zu Max um. »Nun weißt du wenigstens, wie der Mosche ausschaut. Der Rat hält viel auf ihn als Zuträger.«

»Ist recht unauffällig, der Mann.«

Kapitel 3

Lauf am Montag, den 3. August 1590

Laut hallten die Hufe ihrer Rösser auf der Holzbrücke zum Wenzelschloss hinüber. Der Torwächter erkannte ihn sofort. »Meister Frantz?«

»Der bin ich.«

»Pfleger Wust erwartet Euch schon.«

Im Innenhof sahen sie allerdings keine Menschenseele. Frantz ritt voraus zu einem Scheunentor, aus dem der Geruch von Heu und Pferdemist drang, und spähte hinein. »He, jemand da?«

Ein grimmig dreinschauender Knecht stapfte heran. »Ihr seid der Nachrichter?«

»Ganz recht, Frantz Schmidt.« Er stieg ab und löste sein Bündel vom Sattel.

Mit einem Grunzen nahm der Kerl ihm die Zügel ab. »Ich kümmer mich um die Gäule.«

»Danke.« Den unfreundlichen Kerl fragte Frantz lieber nicht, wo sie etwas zu essen und zu trinken bekämen, sondern er sah sich noch einmal um. Eine Magd lief über den Hof zum Eingangsportal. Er eilte ihr mit weit ausholenden Schritten hinterher. »Einen Augenblick, bitte!« Sie wandte sich zu ihm um und trat einen Schritt zurück. »Der Henker?« Ihr Blick fiel auf sein Richtschwert.

»Der bin ich.«

»Kommt mit.« Dann bemerkte sie seine Begleiter. »Gehören die zu Euch?«

»Ja.« Frantz stellte seine Begleiter vor.

Die Magd ging voraus und rief in der Vorhalle nach einem Diener, der seltsam beklommen wirkte.

»Ihr seid schon da? Das ist jetzt dumm«, meinte er und rieb sich das bärtige Kinn.

»Wieso?«

»Ach, nichts. Folgt mir, bitte.« Als die anderen sich anschließen wollten, hielt sie der Diener auf. »Nur Meister Frantz.«

Max brummte. »Ich müsste dann allerdings auch mit dem Pfleger sprechen.«

»Später. Wartet hier.« Der Diener führte Frantz in eine karge Stube mit Schreibtisch und Papierstapeln, wo er noch einige Zeit warten musste, bis der Pfleger Georg Wust erschien.

»Meister Frantz«, sagte der Pfleger knapp und schaute ihn finster an.

Frantz deutete eine Verneigung an und überreichte das Schreiben des Stadtrats. »Das Urteil gegen Hans Schmied, das ich zu vollstrecken bemächtigt bin.«

»Ich danke Euch.« Wust erbrach das Siegel, öffnete den Umschlag und las. Dabei verfinsterte sich seine Miene immer mehr. »Das gefällt mir gar nicht.«

»Was?«, rutschte Frantz heraus, obwohl es ihm nicht gebührte.

Wust atmete tief durch. »Der Rat lehnt die Bitte des Pflegers von Schönberg, den Hensla Schmied mit dem Schwert zu richten, freundlich ab. Das machen die Herren nur, weil mein Schönberger Kollege im Dienst des Markgrafen steht. Und der hat unseren Untertanen schon lange keine Gnade mehr erwiesen.« Er seufzte. »Es ist mir so zuwider. Wir sind Nachbarn, und der Schmied ist kein verdorbener Kerl, dem man die Qualen und die Schmach am Galgen wünscht.« Er schüttelte ungehalten den Kopf. »Entschuldigt mich, ich muss mich dringend um etwas kümmern.« Und schon eilte er hinaus und ließ Frantz in der Kammer stehen.

Im Korridor fand Frantz den Diener, der ihn zurück zu den anderen geleitete. »Ihr wollt sicher erst einmal etwas essen.«

»Sehr gern, aber vorher möchte ich das Schwert ablegen.«

Verblüfft starrte der Mann auf die Scheide an Frantzens Gürtel. »Ihr habt *das Richtschwert* mitgebracht, obwohl der Hensla gehenkt werden soll?«

»Ja, das trage ich immer bei Hinrichtungen. Und manchmal kommt es auch zu einer Umwandlung des Urteils im letzten Moment.« Doch das kam nur infrage, falls Hensla ihnen wichtige Informationen über die Räuber oder die Einbrecher verriet.

Der Mann nickte. »Bitte tragt es weiter.« Er schritt voraus in den Hof und deutete zum gegenüberliegenden Gebäudetrakt. »Da ist der Speisesaal fürs Gesinde. Im oberen Stockwerk bekommt Ihr eine Kammer.«

Max fragte: »Und wann kann ich mit dem Pfleger über die Sicherheitsmaßnahmen bei der Hinrichtung sprechen?«

»Noch etwas Geduld, bitte.« Damit eilte er auch schon davon.

»Merkwürdig«, murmelte Max.

Frantz nickte und ging voraus zum Gesindetrakt. In der Eingangshalle rief er: »Kriegen wir hier etwas zu essen?«

Eine Magd eilte herbei. »Meister Frantz? Natürlich, wer sonst. Setzt Euch an einen der Tische.« Immerhin nannte sie ihn beim Namen, schenkte ihm aber kein Lächeln. »Eure Begleiter auch.« Sie deutete zu einer Tür.

An dem langen Tisch im Gesindesaal war Frantz froh, nicht allein hier zu sein, sonst hätte er sich wie ein Aussätziger gefühlt. Die Bediensteten hielten größtmöglichen Abstand, und der Pfleger war alles andere als freundlich gewesen. Missmutig sah er Klaus an. »So ist es nicht immer, wenn ich auswärts eine Hinrichtung durchführen soll.«

»Dann bin ich ja beruhigt«, antwortete sein Knecht.

Eine ältere Frau stellte ihnen wortlos Brot, Schmalz, Käse, Räucherschinken und Bretter hin. Ein Knecht brachte einen großen Krug Bier und Becher. Nachdem er sich entfernt hatte, schenkte Max ihnen allen ein. »Versteht ihr, was hier vorgeht?«

»Nein, aber der Pfleger scheint nicht begeistert, dass Hensla Schmied mit dem Strang gerichtet werden soll.«

»Hm.«

Schweigend aßen sie, doch Frantz hatte keinen rechten Appetit, schließlich sollten sie den Gefangenen befragen. »Solange uns nichts anderes gesagt wird, gehe ich als Nächstes zum Prisaun und rede mit dem Schmied. Du solltest mitkommen, Max, damit du auch hörst, was er zu sagen hat.«

»Und ich?«, fragte Klaus.

»Wartest irgendwo. Hier oder draußen.« Er erhob sich und rief: »Bin fertig und den ehrbaren Leuten hier nicht länger im Weg.« Missmutig ging er nach draußen und atmete tief durch. »So was kenne ich von früher, als Henker auf Wanderschaft, habe es aber schon lange nicht mehr erlebt.«

Max nickte und deutete in Richtung eines niedrigen Gebäudes mit eisenbeschlagener Tür. »Das scheint mir das Prisaun zu sein. Zwei Bewaffnete am Eingang. Die standen vorhin noch nicht da.«

Sie gingen zu ihnen.

Ein Wächter fragte: »Meister Frantz?«

»Richtig, und Stadtknecht Max Leinfelder. Wir möchten den armen Sünder sprechen.«

»Weshalb?« Die Verwunderung stand ihm ins Gesicht geschrieben.

Wie offen sollte er sein? »Falls er Fragen hat, wie die Hinrichtung verlaufen wird.« Es ging den Mann schließlich nichts an, dass sie ihn zu weiteren Verbrechen verhören sollten.

»Na, so was.«

»Es hilft, wenn ich die Leute ein wenig kenne.«

»Dann folgt mir.« Sie stiegen in ein Kellergewölbe. Hensla Schmied war sogar in seiner Keuche angekettet, zwar nur mit einem Arm, doch das würde ihn sicherlich am Schlafen hindern. »Haltet Ihr ihn für so gefährlich?«, fragte Frantz und deutete auf die Kette.

Da kam der Eisenmeister herbei. »Heut morgen wollt er abhauen, wie der Knecht ihm die Morgensuppe gebracht hat.«

»Verstehe.«

Der Gefangene setzte sich aufrecht hin und betrachtete seinen Besuch durch die Gitterstäbe. »Ihr seid der Nachrichter. Jetzt schon?«

Frantz schüttelte den Kopf. »Keine Sorge, ich will nur mit dir reden, bevor es morgen ernst wird.«

»Was wollt Ihr?«

»Dir erzählen, was geschehen wird.«

»Hab ich oft genug gesehen. Was gibt's da noch zu sagen?«

Na, wenn er nichts davon hören wollte, sollte es Frantz recht sein. »Du hast schon öfter Leute bestohlen?«

Schmied atmete tief durch. »Das war erst das dritte Mal. Und dabei hab ich mich auch noch so blöd angestellt.«

»Kennst du den Schäfer Georg Plemel?«

Schmied runzelte die Stirn. »Wen soll ich kennen?«

»Einen Schäfer namens Georg Plemel, der mit seiner Herde in der ganzen Umgebung von Nürnberg herumzieht.«

»Gesehen hab ich schon manchen Schäfer, aber nicht nach dem Namen gefragt.«

Das hörte sich aufrichtig an. »Du hast dir dein Opfer in einer Herberge hier in Lauf ausgesucht.«

Schmied zog die Nase hoch. »Ja, hat sich so ergeben. Was muss der auch mit einer Nürnberger Uhr protzen?«

»Bist du schon mal in eine Herberge eingestiegen, um Fuhrleute zu bestehlen?«

»Häh? Ich? Wie käm ich denn dazu? Das ist saugefährlich. Wenn da einer aufwacht, die erschlagen einen doch gleich.« Schmied schaute dermaßen entsetzt drein, dass Frantz ihm glaubte. Fragend blickte er zu Max.

Der übernahm. »Hast du von dem Überfall auf die Bernthalmühle gehört?«

Schmied kratzte sich den Kopf. »Das war im Frühling, oder? Böse Sache, aber die haben fette Beute gemacht, was man so hört.«

»Richtig. Du hast keine Ahnung, wer die Kumpane des Hans Walter waren?«

Diesmal wunderte sich der Gefangene nicht, sondern schien ernsthaft zu überlegen. »Sind nur Gerüchte, aber von einem Bemer war die Rede.«

»Wer hat dir von dem erzählt?«

28

»Puh, du fragst mich was. In der Schönberger Wirtschaft werd ich's aufge-schnappt haben.«

»Ausgerechnet da«, brummte Max. Er wollte offenbar lieber nicht auf markgräflichem Gebiet Nachforschungen anstellen.

»Dank dir, Hensla«, sagte Frantz und wandte sich zum Gehen.

»Wartet. Erzählt mir was wegen morgen.«

»Leider hat der Pfleger Wust noch keine Zeit für uns gehabt, deshalb weiß ich nicht genau, wann's losgeht, aber du kriegst vorher noch eine üppige Mahlzeit, wie gestern und heut wahrscheinlich auch schon. Der Geistliche wird dir bis zum Schluss Beistand leisten.«

Jetzt stiegen dem Dieb Tränen in die Augen. »Ihr auch?«

Frantz antwortete: »Vor allem bei den letzten Schritten.«

Hensla Schmied schluckte. »Die Galgenleiter hinauf.«

»Ja.«

»Schickt Ihr den Pfarrer zu mir? Ich meine, jetzt gleich.«

»Freilich.« Frantz sah sich nach dem Eisenmeister um, der in der Nähe ge-blieben war und sie jetzt hinaufführte.

»Ich sag dem Pfarrer Bescheid, der ist eh schon die meiste Zeit im Schloss. Hat der gute Mann auch nicht oft, dass er einem armen Sünder Trost spenden muss.«

»Danke.«

An der Treppe blieb der Eisenmeister zurück.

Im Hinaufsteigen fragte Max: »Euch ist der Schmied bestimmt auch auf-richtig vorgekommen, oder?«

»Schon, wenigstens glaub ich nicht, dass wir allein durch Befragungen mehr aus ihm hätten herausholen können.« Es wäre zu schön gewesen, wenn sie mit ihm auch gleich den Herbergseinbrecher erwischt hätten.

Als sie in den Hof traten, staunte Frantz. Pfleger Wust unterhielt sich mit Klaus und wirkte dabei recht freundlich. Sowie er sie bemerkte, kam er ihnen entgegen. »Ihr wart schon beim Hensla Schmied?«

»Ja«, antwortete Frantz schlicht.

»Gut, eigentlich wollte ich dabei sein, aber so ist es vielleicht besser. Trinkt Ihr mit mir einen Becher Wein?«

Die plötzliche Freundlichkeit überraschte Frantz. Hatte er dem Mann Un-recht getan? »Höchstens Bier, ich bin nicht gern betrunken.«

Die Verblüffung in Wusts Gesicht wich schnell einer gewissen Achtung. »Sehr vernünftig von Euch. Reden wir bei zwei Humpen Bier. Ach, Leinfel-der, du kommst besser auch mit. Wir müssen ja noch über die Hinrichtung morgen reden. Um den Kohler kümmert sich derweil eine Magd, zeigt ihm die Kammer.«

Klaus nahm ihnen die Bündel ab.

Lächelnd folgte Frantz dem Mann ins Pflegschloss. Das ließ sich schon besser an.

Wust führte sie diesmal in eine gemütliche Stube. »Gegessen habt Ihr schon?«

»Ja, danke.«

»Gut. Verzeiht, dass ich vorhin so kurz angebunden war, aber der Vater vom Hensla Schmied ist noch bei mir gehockt, als Ihr gekommen seid. Hans Schmied hat für seinen Sohn um Gnade gebeten, und ich durfte ihm die unfrohe Botschaft verkünden und das Gesuch mit *freundlichen* Worten ablehnen.« Er seufzte.

Sie setzten sich in einen Erker mit kleinem Tisch, an dem der Pfleger womöglich mit dem Vater des Gefangenen gesprochen hatte. Frantz stellte sich vor, wie es für den unglücklichen Mann gewesen sein musste, hier auch noch vom Eintreffen des Henkers zu erfahren. »Dann verstehe ich, dass Euch mein Erscheinen etwas verstört hat.«

Wust lächelte. »Verstört trifft es ganz gut.«

Der Diener stellte ihnen drei Humpen hin und schenkte aus einem großen Krug ein. Obwohl er die Antwort kannte, fragte Frantz: »Die Schmieds sind Untertanen des Markgrafen?«

»Ja, aber das hat nichts zu bedeuten, wenn der junge Schmied hier straffällig geworden ist. Der Vater ist ein anständiger Mann. Er dauert mich, sein Sohn auch ein wenig.«

Frantz nickte. »Keine Gnade für Markgräfliche.«

Wust presste die Lippen aufeinander, dann trank er einen großen Schluck. »Was der Fürst den Mögeldorfern hat antun lassen, trägt ihm der Rat der Reichsstadt natürlich nach, aber dass es so ein kleiner Strauchdieb jetzt büßen muss, ist nicht recht. Das kratzt den Markgrafen doch überhaupt nicht.«

»Falls der Fürst davon erfährt, freut es ihn vielleicht sogar. Schließlich glaubt er, die Reichsstadt verhängt viel zu milde Strafen.«

»Das halte ich durchaus für möglich. Der Vater hat mich heute angefleht, seinem Sohn den Strang zu ersparen, ihm den gnädigeren und ehrbareren Tod durch das Schwert zu gewähren, doch das steht nicht in meiner Macht.« Eindringlich sah er Frantz an. »Dabei wollen wir doch besser als der Markgraf sein, oder nicht?«

»Natürlich.« Am liebsten hätte Frantz dem Pfleger geraten, die Anweisung von Richter und Schöffen zu missachten, doch so einen Vertrauensbruch konnten sie nicht begehen. Da fiel ihm ein möglicher Ausweg ein. »Sagt, in was für einem Zustand befindet sich der Galgen?«

»Ihr meint …« Ein Lächeln huschte über Wusts Gesicht. »Vielleicht solltet

Ihr nach dem Rechten schauen. Es wäre doch sehr unangenehm, wenn das Gestell morgen umstürzt. Gebraucht haben wir ihn schon länger nicht mehr.«

Frantz nickte. »Ich kümmere mich gleich darum. Notfalls müsste ich wohl den armen Sünder mit dem Schwert richten. So schnell lassen sich Mängel nicht beheben.«

»Ja, eine Hinrichtung können wir unmöglich verschieben. Das wäre dem Schmied gegenüber zu grausam. Während Ihr Euch darum kümmert, bespreche ich mit dem Leinfelder alles Weitere.«

Frantz verließ die Stube und fand den Weg ins Freie. Wo Klaus wohl war? Ach, es war besser, wenn er allein nach dem Galgen schaute. Dann musste sein Knecht nicht lügen, falls der Rat unangenehme Fragen stellte. Er ging zum Stall und rief nach dem Pferdeknecht. »Ich brauch mein Ross heute doch noch.«

»Wieso das?«, fragte der Mann, obwohl es ihn nichts anging.

Frantz verkniff sich eine rüde Bemerkung. »Ich will beim Galgen nach dem Rechten schauen und bin bald zurück.«

»Hm.« Der Knecht trabte in den Stall. Dem gefiel es wohl auch nicht, dass der Beutelschneider gehenkt werden sollte. Bald kehrte er mit dem gesattelten Ross zurück.

Frantz hätte am liebsten die Riemen überprüft, doch das wäre eine ziemliche Unverschämtheit gewesen. Er stieg auf, merkte, dass der Sattel gut festgezurrt war, und ritt zum Tor hinaus.

Durfte er sich wirklich darauf einlassen? Wenn der Pfleger den Dieb zum Tod durch den Strang begnadigen wollte, sollte das auch etwas zählen.

Beim Galgen angelangt, zügelte Frantz das Ross und stieg ab. Zwei Pfosten und ein Querbalken, von Streben gestützt. Zu dumm, dass die Leiter noch nicht bereitstand, dann hätte er hinaufsteigen und sich den Zustand des Balkens genauer anschauen können. Er betrachtete die Pfosten, die solide genug wirkten, drückte dagegen und spürte kaum ein Nachgeben. Ein Blick nach oben zeigte ihm leichte Risse im Holz des Querbalkens. Sonne, Wind und Eis hatten ihre Spuren hinterlassen. Die Oberseite sah sicher noch schlimmer aus. Brachte er es über sich, den Räten zu erzählen, der Galgen hätte einstürzen können?

Er atmete tief durch und trat einige Schritte zurück, um die doch etwas windschiefe Konstruktion genauer zu betrachten. Unmöglich war es nicht. Als er das Amt des Nachrichters zu Nürnberg angetreten hatte, drängte er auch schon bald auf einen Neubau des Galgens. Die Räte würden nicht an seinem Wort zweifeln.

Entschlossen ritt er zurück zum Pflegschloss. Ein anderer Diener erwartete ihn anscheinend schon, rief den Stallknecht herbei und führte Frantz sogleich

31

zurück in die Stube. Bei seinem Eintreten sprang Wust vom Stuhl auf und schaute ihn erwartungsvoll an. »Euer Befund?«

Frantz wiegte den Kopf hin und her. »Ganz geheuer ist mir vor allem der Querbalken nicht. Es wäre schon sehr unangenehm, wenn der bricht. Überhaupt solltet Ihr Euch überlegen, die Pfosten mauern zu lassen, damit künftig höchstens der Querbalken getauscht werden muss, nicht gleich die ganze Konstruktion.«

Ein schmales Lächeln zeigte sich im Gesicht des Pflegers. »Ich fürchte, Ihr habt recht, da wird eine vollständige Erneuerung nötig sein.«

Frantz erwiderte das Lächeln. »Ich bin natürlich kein Zimmermann, doch halte ich Eure Entscheidung für sehr vernünftig.«

»Dann sind wir auf morgen gut vorbereitet.« Er schaute Leinfelder an. »Oder hast du noch Fragen?«

»Die Schützen und der Stadtknecht wissen Bescheid, dass ich im Zweifelsfall das Sagen habe?«

»Noch nicht, aber ich bring dich gleich zu ihnen, dann hören es alle aus meinem Mund. Allerdings gehe ich davon aus, dass es ruhig zugehen wird.«

* * *

Lauf am Dienstag, den 4. August 1590

Hensla Schmied bekam seine letzte Mahlzeit in einer Stube über dem Verlies im Beisein des Geistlichen. Max und Ferdl, einer der beiden Laufer Stadtknechte, standen vor der Tür Wache, während sich die Schützen nur ein paar Schritte von ihnen entfernt unterhielten. Meister Frantz wartete am Eingangsportal auf den Pfleger. Die Stimmung war wesentlich entspannter, seit sich herumgesprochen hatte, dass Schmied durch das Schwert sterben würde. Der arme Sünder hatte es allerdings erst an diesem Morgen erfahren. Max verstand nicht recht, weshalb, aber es ging ihn auch nichts an. Das gesamte Gesinde schien sich ebenfalls im Hof zu versammeln. Auch aus der Stadt kamen immer mehr Schaulustige herbei, die offenbar die Prozession zur Richtstätte begleiten wollten, und warteten am anderen Ende der Brücke.

Der Schall einer Trompete erklang. Der Pfleger trat mit drei Männern aus dem Schloss, einer von ihnen sehr fein in Schwarz gekleidet. Wust sprach ein paar Worte mit Meister Frantz.

Ferdl beugte sich zu Max. »Der feine Herr links ist der Pfleger von Schönberg, der daneben ist der Vater vom Schmied.«

Max betrachtete die beinah fröhlichen Gesichter. Bestimmt hatten sie soeben erfahren, dass die Strafe abgemildert worden war.

Der Nachrichter überquerte den Hof zum Prisaun, nickte ihnen zu, klopfte und trat ein. Max folgte mit seinem Kollegen.

»Hensla Schmied, bist du bereit?«, fragte Meister Frantz.«

»Ja.« Der arme Sünder lächelte, als der Nachrichter ihm das blaue Mäntelchen umlegte.

»Verzeih mir, dass ich dich vom Leben zum Tod bringen werde.«

»Ich verzeihe Euch. Begleitet Ihr mich und den Pfarrer auf dem Weg?«

»Wenn du das möchtest.«

Ferdl band Schmied die Arme vor der Brust und ging voraus in den Hof. Draußen verlas der Pfleger das Geständnis und ließ Hensla Schmied die Urgicht ablegen. Dann verkündete er das Urteil. Ein überraschtes Raunen ging durch die Menge. Und ein ... Jauchzer. Max sah sich um, konnte aber nicht feststellen, wer den ausgestoßen haben mochte. Schmied hatte offenbar den einen oder anderen Freund hier. Wenn nicht gar einen Kumpan? Hätten sie ihn doch ins Loch schaffen und mit Tortur bedrohen sollen? Zu spät. Der Pfleger und sechs weitere Honoratioren führten die Prozession zur Richtstätte an.

Max und Ferdl bestiegen ihre Rösser, um einen möglichst guten Überblick zu behalten. Die Schützen hingegen umringten die Gruppe aus Nachrichter, armem Sünder und Pfarrer, falls jemand versuchte, an sie heranzukommen.

»Reite du möglichst weit vorn mit und schau dich immer wieder um«, wies Max seinen Kollegen an. Ferdl nickte und ritt voraus. Max ließ die Zuschauer aus dem Schlosshof strömen, bevor er als Letzter den Flussarm überquerte. Wachsam schaute er sich um, doch alles ging sehr gesittet ab. Wie in Nürnberg hatten auf dem letzten Stück des Wegs zur Richtstätte einige Leute Stände mit Essen, Bier und Wein aufgebaut, doch das musste warten.

In einer Seitenstraße zum Weg nach Prag bemerkte er ein Fuhrwerk, dessen Fahrer ganz nach diesem Mosche Jud aussah. Ob er kurz zu ihm hinreiten sollte, um zu erfahren, was der hier suchte? Ach was, auch das konnte bis nach der Hinrichtung warten.

* * *

Frantz fiel erst jetzt ein, dass er sich die hölzerne Plattform für Enthauptungen besser ebenfalls schon gestern hätte anschauen sollen. Falls die Balken morsch waren, konnte es doch noch eine peinliche Veranstaltung werden. Allerdings brauchten sie dann nur auf die Wiese auszuweichen, um mit der Hinrichtung fortzufahren. Sie blieben stehen, und der Pfarrer betete noch einmal das Vaterunser mit dem armen Sünder, bevor er ihm das letzte Abendmahl reichte. Die Gelegenheit nutzte Frantz und besah sich das Podest, stieg hinauf und war zufrieden. Die Bretter hielten.

Von hier oben konnte er außerdem beobachten, wann der arme Sünder so weit war. Frantz bemerkte, dass die Blicke von Wust und von Schmieds Vater auf ihm ruhten. Er ignorierte sie, wünschte jedoch, er könnte sein Schwert ziehen und ein paar Schwünge durch die Luft ausführen, aber nicht vor den versammelten Leuten. Der Pfarrer schaute jetzt zu ihm und nickte. Frantz stieg hinunter, nahm Hensla Schmied den Mantel ab und reichte ihn Klaus. Dann führte er den armen Sünder aufs Podest, löste die Nestelschnur an Schmieds Hemd und zog es ihm über die Schultern herab. »Möchtest du noch etwas zu den Leuten sagen?«

»Ich weiß nicht recht. Ja, doch.«

»Gut. Willst du im Stehen oder Knien sterben?« Der Mann war klein genug, um es sich aussuchen zu können.

»Im Knien, in aller Demut will ich vor den himmlischen Richter treten.«

»Gut, während deiner letzten Worte bleibst du allerdings besser stehen, damit die Leute dir ins Gesicht schauen können.« Er trat zurück.

Hensla Schmied ließ den Blick über die Menge schweifen, bevor er begann: »Ich möchte dem Pfleger von Lauf für das gnädige Urteil aus tiefstem Herzen danken. Meinen Vater bitte ich inständig um Verzeihung. Ich wollte dir keine Schande machen. Alle anderen bitte ich, für meine Seele zu beten. Ich bereue zutiefst.« Er sank auf die Knie und ließ den Kopf hängen. Anerkennende Rufe wurden laut.

Frantz unterdrückte ein Seufzen und trat zu ihm. »Gut gemacht, aber jetzt solltest du den Kopf heben.«

Verwundert blickte der Mann zu ihm auf, dann dämmerte die Erkenntnis, und er reckte den Hals. »So?«

»Ja, schön ruhig halten, dann hast du es gleich überstanden.« Frantz trat schräg hinter ihn und zog das Schwert. Stille legte sich über den Platz. Nur das Gezwitscher von Vögeln war noch zu hören. Er holte aus und traf den Nacken an der richtigen Stelle, spürte kurz den Widerstand eines Wirbels, dann kullerte der Kopf über die Plattform. Blut sprudelte aus dem durchtrennten Hals, während der leblose Körper zusammensackte. Klaus zog ihn näher an den Rand und fing mit einer Schüssel das Blut auf. Einige Leute drängelten sich zu ihm. Das gab wieder ein gutes Nebeneinkommen.

Frantz blickte in den wolkenlosen Himmel und bat den Allmächtigen um Gnade für Hensla Schmieds reuige Seele und um Verzeihung, weil er wieder gegen das fünfte Gebot verstoßen hatte. Dann musterte er die Menschen um ihn herum und entdeckte den Vater des armen Sünders neben dem Pfleger von Schönberg. Beide Männer hatte Wust ihm vorgestellt. Tränen liefen über Hans Schmieds Gesicht, doch als sich ihre Blicke trafen, zeigte sich der Anflug eines Lächelns. Viele der Zuschauer wandten sich bereits ab, um sich an den Ständen gütlich zu tun, andere unterhielten sich noch in Grüppchen. Frantz stieg hinunter und begab sich zu Pfleger Wust. »Werdet Ihr den Stadtrat über das notgedrungen abgemilderte Urteil informieren?«

»Das werde ich unterlassen, doch falls Ihr gefragt werdet, sollt Ihr natürlich …«, er räusperte sich, »… sagen, wie es kam.«

»Werter Kollege«, ertönte es hinter Frantz.

Er drehte sich um und fand sich dem Schönberger Pfleger und dem Vater des armen Sünders gegenüber. Ersterer deutete eine Verbeugung an. »Meister Frantz. Auch ich möchte Euch danken.«

Der Vater stammelte: »Danke, danke. Habt größten Dank.«

So etwas hatte Frantz auch noch nicht erlebt. »Es war besser so.« Er bereute keinesfalls, Hensla Schmied einen gnädigen Tod mit dem Schwert bereitet zu haben.

Der Schönberger verabschiedete sich jetzt mit Handschlag von Wust. »Euer Galgen ist wirklich bußwürdig, werter Amtsbruder«, fügte er mit einem verhaltenen Lächeln hinzu.

Wust nickte. »Zum Glück hat Meister Frantz es rechtzeitig bemerkt.«

»Ein fähiger Mann.«

Gute Nachbarn wollten sie sein, einander nicht fürchten müssen, trotz des markgräflichen Grolls gegen die Reichsstadt Nürnberg. Das gefiel Frantz, doch nun war es Zeit, nach Hause zu reiten. Klaus hatte anscheinend bereits das Blut des armen Sünders verkauft, denn er packte Schüssel und Schöpfkelle in einen Sack. Max, hoch zu Ross, unterhielt sich mit seinem Laufer Kollegen. Nun, die beiden wussten, wo er zu finden war. Zusammen mit dem Pfleger kehrte er zum Schloss zurück und ließ die anderen beiden Pferde satteln. Im Hof verabschiedete er sich von Wust. »Ich wünsch Euch weiterhin eine gute Nachbarschaft mit den Schönbergern.«

Der Pfleger lächelte. »Danke, wir tun unser Bestes.«

Frantz sah, dass der Stallknecht schon ihre Bündel an die Sättel geschnürt hatte. »Dank dir.«

Der Mann schüttelte den Kopf. »Nichts zu danken. Der alte Schmied ist ein feiner Mann. Ich bin froh, dass Ihr seinen Sohn mit dem Schwert richten konntet.«

Frantz lächelte ihm zu. Er hatte sich also nicht geirrt. »Der Sohn war auch kein so großer Lump.« Er blickte zum Himmel. »Der Allmächtige möge sich seiner Seele erbarmen.«

»Amen.«

Frantz führte die Rösser durch das Tor und über die Brücke, dann stieg er auf und ritt zurück zum Richtplatz, doch auf halbem Weg kamen ihm Max und Klaus entgegen.

»Ihr habt es offenbar eilig«, rief Max.

»Ist ja doch ein halber Tagesritt bis Nürnberg. Dein Bündel hängt am Sattel vom Klaus.«

»Ah, sehr gut.«

»Oder hättest du noch etwas mit dem Pfleger besprechen wollen?«

»Nein, das passt schon. Haltet Ausschau nach dem Mosche Jud und seinem Fuhrwerk. Ich glaube, ich hab ihn vorhin in einer Seitenstraße gesehen.«

»Ist er das?«, antwortete Klaus und nickte gen Fahrstraße, auf die gerade ein Karren bog.

»Ich denke schon.«

Klaus stieg auf, und sie ritten dem Fuhrwerk hinterher.

»Heda, Mosche!«, rief Frantz, als sie ein Stück aufgeholt hatten.

Der Karren wurde langsamer, und der Fahrer drehte sich herum. »Ich hab schon gedacht, ich hätte Euch verpasst.«

»Ist was passiert?«, fragte Max.

»Und ob. Beim Heroldwirt ist schon wieder eingestiegen worden! Das ist jetzt das dritte Mal. Ich hab da übernachtet und überhaupt nichts mitgekriegt. Diesmal hab ich meine Münzen allerdings gut versteckt. Mir ist nichts abhandengekommen.«

Frantz wollte fluchen. Hätten sie letzte Nacht dort verbracht, hätten sie den Schuft womöglich auf frischer Tat erwischt. »Gut, dann reiten wir jetzt besser los. Danke, dass du uns Bescheid gesagt hast.«

»Gern geschehen, aber da ist noch was.« Mosche sah sich in alle Richtungen um. »Ihr wisst, dass der Mann, den Ihr vor zwei Wochen ausgestrichen habt, zu der Räuberbande gehört, die die Bernthalmühle überfallen hat?«

»Georg Plemel? Ja, das wurde mir berichtet. Sehr bedauerlich, dass du uns nicht früher darüber in Kenntnis gesetzt hast.«

»Tut mir leid, aber ich hab ihn erst erkannt, als Ihr ihn freigelassen habt. Vor dem Richter und den ganzen Zuschauern hab ich mich nicht getraut, was zu sagen. Die Gemüter schienen mir recht erhitzt.«

»Stimmt.« Eine Gruppe junger Männer hatte sich recht aufmüpfig benommen, weil der Hexenjäger immer noch in Haft saß. Plemel war inzwischen womöglich schon in Böhmen oder im Welschland. »Woher weißt du das überhaupt?«, fragte er den Kundschafter.

»Ich hab ihn mit dem Hans Walter in Betzenstein gesehen. Den habt Ihr doch im Frühjahr aufgehängt.« Er lächelte. »Erratet Ihr, wer dem Stadtrat den Hinweis gegeben hat, wo der zu finden war?«

»Du?«

»Ganz recht. Noch zwei bewaffnete Kerle waren dabei, aber die haben sich rechtzeitig davongemacht.«

Walter hatte ihnen einige Namen seiner Kumpane verraten, nur war darunter kein Georg Plemel. Allerdings hatte der Räuber von manch einem auch nur den Spitznamen gekannt. Er selbst hatte sich Keeshäckel rufen lassen.

Mosche fuhr fort: »Der Georg Plemel soll in Forchheim gesehen worden sein.«

»Hm, da kommen wir nicht leicht an ihn heran«, antwortete Max.

Wieder stieg Ärger in Frantz hoch, weil sie den Schuft vor zwei Wochen hatten laufen lassen, sonst wäre das Gelichter vielleicht schon unschädlich gemacht worden. »Hast du den Rat informiert?«

Der Jude verneinte. »Hab mir gedacht, ich passe Euch lieber nach der Hinrichtung ab, schon allein wegen des Einbruchs. Der Heroldwirt hat natürlich jemanden zum Laufer Pfleger geschickt.«

»Wo in Forchheim ist er gesehen worden?«

»In einer Herberge an der Straße nach Buttenheim.« Mosche seufzte. »Am nächsten Morgen haben einige Fuhrleute gemerkt, dass sie bestohlen wurden. Das hat mir der Elias Jud aus Bruck gestern Abend erzählt. Dem ist jetzt zweimal in kurzer Zeit was gestohlen worden.«

»Du meinst, die Räubergesellen vom Hans Walter stecken auch hinter den Diebereien?«, fragte Frantz ungläubig.

Mosche zuckte die Schultern. »Für mich schaut's fast so aus. Einbrecher, Diebe und Räuber, je nachdem wie einfach es ist, an Beute zu kommen. Einen Karrenmann haben sie jedenfalls in der Gegend auf offener Strecke überfallen, ihm zwölf Gulden geraubt.« Nachdenklich rieb er sich das Kinn. »Der Fuhrmann hat erzählt, dass zwei jüngere Kerle dabei waren, ohne Waffen. Vielleicht sind die fürs Einsteigen zuständig, während sich die anderen um die grobe Arbeit kümmern. Und ein Schäfer wie der Plemel hat viel Zeit, Häuser und Herbergen auszukundschaften.«

»Doch, das wäre denkbar. Hast du irgendeine Ahnung, wo wir das Gelichter erwischen können?«, fragte Max.

»Der Plemel wär der beste Weg gewesen. Tut mir leid.«

»Was weißt du sonst noch über die Räuber und die Herbergsdiebstähle?«

»Mit mehr Informationen kann ich im Moment nicht dienen, doch ich werde die Augen und Ohren offen halten.«

»Dank dir, wir sollten jetzt aufbrechen.«

Max und Klaus trieben schon die Rösser an, da drehte Frantz sich noch einmal zum Kundschafter um. »Du machst das immer so?«

»Was meint Ihr?« Mosche sah ihn verwundert an.

Frantz lächelte. »Du trägst immer irgendwelchen Leuten deine Botschaften an den Rat auf? Du hast ja auch schon meinen ehemaligen Knecht als Boten benutzt.«

Da grinste der Jude. »Wenn mir vertrauenswürdige Leute begegnen, bietet sich das an.«

Frantz hob die Hand zum Gruß und folgte seinen Gefährten.

Kapitel 4

»Was für eine Dreistigkeit«, sagte Max, kurz bevor sie in Rückersdorf einritten. »Der Einbrecher hat doch genau gewusst, dass Ihr gar nicht weit entfernt heute einen Mann richten werdet. Trotzdem hat er es gewagt.«

Meister Frantz brummte etwas Unverständliches, das nach Zustimmung klang.

Misstrauisch betrachteten die Leute sie. Ein Bauer fragte: »Was seid denn ihr für welche?«

»Siehst du das nicht an meiner Stadtknechtstracht?«, antwortete Max ruppiger als nötig.

»Könnt ja jeder anziehen. Gesehen hab ich dich hier noch nicht.«

Meister Frantz richtete sich gerade auf und antwortete im Vorbeireiten: »Frantz Schmidt, Nachrichter zu Nürnberg.«

»Hoppla, der Henker. Redet mit dem Heroldwirt. Bei dem ist schon wieder eingebrochen worden.«

Vor dem Wirtshaus standen einige Leute herum und schimpften. Meister Frantz deutete zum Eingang. »Der dünne Schlacks ist der Herold.«

Da musste Max doch lächeln. Es fiel schwer, der Küche eines so dürren Wirts rechtes Vertrauen entgegenzubringen.

Meister Frantz schien seine Gedanken zu erraten und fügte hinzu: »Der Koch ist dafür kugelrund.«

Ein Grinsen unterdrückend stieg er ab und ging zum Wirt. »Bei dir ist schon zum dritten Mal eingebrochen worden?«

Der Mann nickte so heftig, dass ihm die dunklen Locken ins Gesicht fielen. »Ich werd noch narrisch! Warum immer bei mir? Bald will hier gar keiner mehr übernachten.«

»Zeig mir, wo der Kerl eingestiegen ist.«

Der Blick des Mannes haftete an der Erscheinung des Nachrichters, dann blinzelte er mehrfach. »Ihr seid auch hier, Meister Frantz? Das ist gut! Bindet die Pferde einfach an der Tränke fest.« Schon eilte der Wirt voraus.

Vorsichtshalber lösten sie ihre Bündel von den Sätteln. Meister Frantz trug auch noch das Richtschwert am Gürtel. Das durfte keinesfalls in falsche Hände geraten.

»Soll ich mitkommen?«, fragte Klaus unsicher.

Meister Frantz sah sich um. »Ist nicht nötig, pass lieber auf die Rösser auf, falls der Dieb noch in der Nähe ist. Dem wäre so eine Frechheit, unsere Pferde zu stehlen, durchaus zuzutrauen.«

In der Gaststube konnten sie den Wirt nicht entdecken. »Herold?«, rief Max.

»Hier hinten!«

Sie folgten der Stimme in einen ebenerdig gelegenen Schlafsaal mit mindestens zehn Pritschen.

»Hier ist es passiert«, verkündete Herold und winkte sie zu einer Tür. »Da drin stehen zwei Abortkübel, deshalb bleiben die Läden bei dem Wetter nachts offen. Da ist er wahrscheinlich reingekommen. Schade, dass er nicht in einen der Kübel gestiegen ist.«

Max grinste, dann machte er Platz für Meister Frantz. Die Kammer war recht eng. Ob der Einbrecher wusste, durch welches Fenster er klettern musste, um nicht gleich auf einen schlafenden Gast zu treten? Das Fenster war recht hoch und reinspähen nicht so leicht möglich. »Das sollten wir uns von draußen anschauen.«

»Natürlich.« Herold führte sie hinaus und um das Gebäude herum zum entsprechenden Fenster. Gerade rechtzeitig konnte Meister Frantz den Wirt zurückhalten. »Die Fußspuren. Nicht drauftreten.«

Tatsächlich konnte Max sie auf dem sandigen trockenen Grund direkt am Haus deutlich erkennen. »Die sind bestimmt von dem elenden Dieb!«

Meister Frantz hob einen Fuß hoch und hielt ihn über die Abdrücke. »Meine Stampfer wären viel zu groß.«

Max tat es ihm nach. Seine passten schon eher. »Der wird wohl so groß wie ich sein.« Einen halben Kopf kleiner als der Nachrichter. »Fällt Euch was auf? Die Schritte kommen von links, beim Weggehen zeigen die Zehen in die andere Richtung.« Er wandte sich nach rechts und sah ein großes Holzgebäude. »In der Scheune werden die Rösser und Fuhrwerke untergebracht?«

»Ja, manchmal auch Ochsenkarren. Da hab ich noch gar nicht nachgeschaut, aber niemand hat bisher was von gestohlenen Waren gesagt, nur Geld ist weggekommen.«

Die Fußspuren verloren sich leider nach nur drei Schritten im Gras, deshalb ließ sich nicht feststellen, wohin der Schuft gelaufen war. Das Tor stand jetzt offen. »Sind noch alle Gäste hier?«, fragte Max.

»Einige Fuhrleute sind schon fort, weil sie ja ausliefern müssen. Nur die Bestohlenen warten auf den Schreiber und Stadtknecht aus Lauf. Ob die jemals wieder bei mir Herberge suchen?« Zerknirscht sah Herold sie an.

Max verzog das Gesicht. »Womöglich erst, wenn wir den Malefizschurken erwischt haben.« Er wandte sich wieder dem Hauptgebäude zu und versuchte, auf Zehenspitzen durch das Fenster zu schauen. Wenigstens bei Tageslicht konnte man erkennen, dass es sich um eine kleine Kammer ohne Schlafplätze handelte. »Hast du nachts da drinnen eine Lampe oder Fackel brennen?«

»Eine Talglampe.«

Max kratzte sich den Bart. »Gesehen hat ihn niemand?«

»Nein, sonst hätten wir ihn eingefangen.«

»Kannst du mir eine Liste mit allen Namen deiner Gäste letzte Nacht erstellen?«

»Ähm, das macht mein Sohn. Der kann besser schreiben.«

Meister Frantz räusperte sich. »Du kannst sie auch mir sagen, dann notiere ich sie.«

»Wirklich? Ihr könnt schreiben?«

Der Henker lächelte. »Natürlich.«

»Hm.«

Max war froh, diese Aufgabe nicht übernehmen zu müssen. Sie setzten sich an einen der Tische in der geräumigen Gaststube, aber es dauerte, bis der Wirt Papier und Schreibzeug fand und sich zu ihnen setzte.

Meister Frantz notierte Namen und, falls bekannt, Herkunftsort auf. Vor allem christliche Händler waren beraubt worden und zwei Juden, darunter einer namens Elias, den Mosche erwähnt hatte. »Dank dir, Herold. Der Rat wird womöglich auch noch jemanden vorbeischicken, doch nachdem wir eh gerade durch Rückersdorf gekommen sind …«

»Ich weiß es zu schätzen. Warum die Laufer so lange brauchen, versteh ich auch nicht.«

»Na, wegen der Hinrichtung«, erklärte Max.

Die Augen des Wirts weiteten sich. »Natürlich, was bin ich doch für ein Dummbartl!« Er wirbelte zum Nachrichter herum, starrte das Richtschwert an und schluckte mit sichtlicher Mühe. »Ihr habt heute einen Menschen vom Leben zum Tod gebracht.« Es klang nicht nach einer Frage.

»Ganz recht.« Der Nachrichter blickte auf das Blatt. »Das ist alles, was du uns sagen kannst?«

Herold schien zu überlegen, bevor er antwortete: »Ich fürchte, ja. Wollt Ihr was essen?«

Viel Proviant hatten sie nicht dabei. Fragend sah Max den Nachrichter an. »Wenn wir auf die Laufer warten wollen, wär eine Brotzeit ganz angenehm.«

Meister Frantz nickte. »So viel Zeit sollten wir haben.«

»Sehr gern, geht aufs Haus.« Herold stand auf, blieb aber noch einmal stehen. »Stellt euch vor, einen Kessel hat er aus der Küche mitgenommen. Sehr ärgerlich. Auch wenn der nicht so teuer war, muss ich doch erst wieder einen besorgen.«

»Hm, vielleicht wollte er in dem Kessel was wegtragen«, vermutete Max.

Der Wirt nickte und schien zu überlegen, was das gewesen sein könnte.

Max schlug vor: »Reden wir in der Zwischenzeit mit den Bestohlenen und anderen Gästen, die noch nicht aufgebrochen sind.«

Herold schnaubte. »Die stehen alle draußen herum und regen sich auf, damit es auch jeder mitkriegt. Die Brotzeit stell ich gleich bereit.«

Sie traten auf die Straße. Meister Frantz hielt zielstrebig auf ein Grüppchen Fuhrleute zu und fragte in die Runde: »Ihr habt nichts von dem Dieb mitgekriegt?«

»Es war so laut im Saal«, antwortete einer. »Das Schnarchen hat mich zwar immer wieder aufgeweckt, aber ich hab nicht gemerkt, dass jemand herumgeschlichen wär.«

»Hat am Morgen jemand gefehlt?«

»Meister Frantz?«, fragte ein anderer erstaunt.

Er nickte. »Ganz recht, ich bin der Nachrichter zu Nürnberg.«

Nur drei der Männer traten einen Schritt zurück. Derjenige, der ihn erkannt hatte, lächelte den Henker an. »Ich bin der Sohn von Abraham Rosenberg. Mir sind zehn Gulden gestohlen worden. Dem Elias was von seinem Flachs, dem Steiger noch mehr Geld als mir und dem Fischer auch was von seinen Waren.«

Der Nachrichter schaute auf den Zettel. »Dann bist du der Noah Jud?«

»Ganz recht. Wenn ich als Jude einen Nachnamen angeb, schauen die Leut immer ganz merkwürdig. Ist ja hier noch gar nicht üblich.«

Meister Frantz nickte und malte ein R hinter den Namen. »Was genau gestohlen wurde, könnt ihr dann dem Schreiber vom Laufer Pflegamt erzählen. Wir sind nur zufällig vorbeigekommen und wollten uns selbst ein Bild machen, wie der Kerl rein und raus ist. Waren in der Früh noch alle Betten besetzt, oder hat sich jemand schon bei Anbruch der Dämmerung davongemacht?«

Gute Frage, dachte Max und harrte gespannt der Antwort.

Die Bestohlenen schüttelten alle den Kopf, doch dann runzelte der junge Rosenberg die Stirn und rieb die Falten schließlich mit Daumen und Zeigefinger weg. »Ich glaub, der Mosche war schon aus dem Saal raus, aber dem ist diesmal nichts gestohlen worden. Wie wir's gemerkt haben, dass schon wieder einer eingebrochen ist, ist er bei der Morgensuppe gesessen und hat ebenfalls schnell sein Bündel überprüft, war ganz erleichtert, dass ihm diesmal nichts gefehlt hat. Dann ist er rastlos geworden, hat noch gemeint, er hätt's eilig, weil er einen Umweg über Lauf fahren muss.«

»Richtig, der Mosche Jud ist uns begegnet und hat uns von den Diebstählen erzählt«, antwortete Meister Frantz.

Einer namens Fischer erklärte: »Ja, ich hab mitgekriegt, wie der aufgestanden und in die Gaststube gegangen ist.«

Max fragte: »Wann war das?«

Fischer zuckte die Schultern. »Hell war's schon, aber im Haus hat sich noch nicht viel gerührt. Ich hab dann auch mein Bündel geschnürt und gemerkt, dass jemand drin herumgewühlt hat. Dann hab ich den leeren Geldbeutel gefunden, hab die anderen aufgeweckt und bin raus zum Wirt. Vielleicht war's der Mosche. Einem Juden kann man nicht trauen.«

Rosenbergs Sohn verzog kaum merklich das Gesicht.

Ein älterer Fuhrmann brummte: »Einem Juden trau ich eher als dir. Du schuldest mir immer noch einen Gulden.«

»Gierhals«, erwiderte Fischer.

Dummerweise konnte Max nicht verraten, dass Mosche Kundschafter des Nürnberger Stadtrats war, stattdessen sagte er: »Der ist ja gleich aufgebrochen, um uns nach der Hinrichtung in Lauf abzupassen.« Das schien den Verdacht vorläufig auszuräumen. Trotzdem hätte ein Übernachtungsgast als Einbrecher ein leichtes Spiel gehabt. Er musste nur warten, bis sich niemand mehr rührte, leise die Sachen durchsuchen, sich hinausschleichen, um die Beute auf seinem Fuhrwerk zu verstecken. Dann konnte er durch die Tür wieder hineinspazieren, diese verriegeln und sich wieder schlafen legen. Aber die Fußabdrücke deuteten doch eher auf einen Einbrecher.

Trotzdem … Ob er eine Durchsuchung der Karren veranlassen sollte? Nein, so eine Entscheidung sollte er lieber dem Pfleger von Lauf überlassen. Außerdem waren inzwischen nur noch die Bestohlenen hier. Drei unbehelligte Fuhrwerker, außer Mosche, waren längst aufgebrochen. Andererseits ließ sich gut von der eigenen Schuld ablenken, wenn man vorgab, selbst beklaut worden zu sein. Max musterte die Schuhe der Opfer. Natürlich waren die alle in etwa so groß wie seine und in keinster Weise auffällig. Jeder von ihnen hätte die Abdrücke hinterlassen können.

Hufschlag näherte sich. Bald kamen zwei Männer in Sicht, einer davon in Stadtknechtstracht. Der Ferdl und ein Schreiber. Na, endlich, schließlich wollten sie heute Abend wieder in Nürnberg sein.

Die Rösser verfielen in Schritt. Eilig hatten es die beiden offensichtlich nicht. Der feiner gekleidete Schreiber schaute recht missmutig drein. Als sie vor der Wirtschaft hielten, richtete sich dessen Blick sofort auf den Henker. »Meister Frantz, ich hätte nicht erwartet, Euch heute noch einmal zu sehen.«

»Auf dem Rückweg nach Nürnberg haben wir von dem Einbruch erfahren, da wollten wir doch gleich vor Ort mehr herausfinden.«

Stadtknecht Ferdl sah den Nachrichter verwundert an. »Aber Ihr habt doch heute bei uns …« Sein Blick wanderte zum Richtschwert.

»Ganz recht.«

Der Schreiber schenkte dem Stadtknecht keine Beachtung. »Bleibt bitte zur Befragung der Zeugen und Opfer. Das wird Euch womöglich eines Tages zugutekommen, wenn wir den Schurken erwischt haben. Bestimmt könnt Ihr noch eine Nacht im Pflegschloss untergebracht werden.«

Max prüfte den Sonnenstand. Wenn sie nicht zu viel Zeit hier vertrödelten, konnten sie es noch nach Nürnberg schaffen, deshalb antwortete er: »Mit den verbliebenen Fuhrleuten haben wir schon gesprochen, uns das Gebäude und den Schlafsaal angeschaut, aber Euch fallen sicher weitere Fragen ein, die uns ebenfalls interessieren. Trotzdem sollte es nicht nötig sein, noch eine Nacht in Lauf zu verbringen.«

Meister Frantz schenkte ihm ein dankbares Lächeln.

»Wie Ihr meint.« Der Schreiber wandte sich an die Fuhrleute. »Ihr seid bestohlen worden?« Als sie nickten, forderte er die Männer auf, mit in die Gaststube zu kommen.

Max folgte mit Meister Frantz.

»Hast du Klaus irgendwo gesehen?«, fragte der Henker, bevor sie eintraten.

Schmunzelnd deutete Max zum Haus gegenüber der Wirtschaft. »Er scheint mir eine wichtige Zeugin zu befragen.« Recht interessiert lehnte der Henkersknecht mit den Armen auf einer Fensterbank und unterhielt sich mit einer hübschen Maid.

Meister Frantz warf erst die Stirn in Falten, dann lächelte er. »Sie könnte tatsächlich einiges über die Vorfälle hier mitgekriegt haben.«

* * *

Nürnberg am Mittwoch, den 5. August 1590
Floryk betrat die Kriegsstube und grüßte den Amtmann. »Ich soll mich hier bei den Lochschöffen melden.«

»Dauert noch etwas. Der Nachrichter und der Leinfelder sind auch herbestellt worden.«

»Hm, dann warte ich draußen.«

»Ist recht, aber lauf nicht zu weit weg. Hab keine Lust, dich zu suchen.«

»Ja, ja.« Er war doch kein kleiner Bub mehr, dem man so etwas sagen musste.

Vor der Tür begrüßte ihn eine bekannte Stimme: »He, Magister Lümmel, wie bekommt dir die viele frische Luft?«

Floryk grinste Meister Frantz in Begleitung von Max Leinfelder an. »Vorläufig ganz gut, aber ich hoffe, dass ich vor dem Winter andere Aufgaben übernehmen darf.« Und nur zu gern wollte er inzwischen in Italien seine Studien fortführen.

»Lauerst du uns absichtlich auf?«, fragte Max.

»Überhaupt nicht, bin herbestellt worden, genau wie ihr.«

Meister Frantz erzählte sogleich: »Beim Heroldwirt ist erneut eingebrochen worden. Bei dir ist aber nichts mehr vorgefallen?«

»Nein, hab auch aus der Umgebung nichts gehört. Die Räuber halten sich zurück, aber wenn sie wieder Geld brauchen, machen sie bestimmt weiter mit den Überfällen.«

Max fügte hinzu: »Vor allem, wenn der Winter kommt und sie nicht mehr einfach im Freien schlafen können. Aber es könnte sein, dass dieselben Schurken auch hinter den Einbrüchen in Herbergen stecken. Jedenfalls hat sich Plemel in einer bei Forchheim aufgehalten, in der am nächsten Morgen wieder Fuhrleuten Geld fehlte.«

»Es erscheint mir sonderbar, dass hartgesottene Räuber auch noch lautlose Diebe sein sollen. Zu einem wie dem Plemel passt es allerdings ganz gut. Der hat sich recht geschickt angestellt.«

Meister Frantz nickte versonnen. »Falls derselbe Schelm in so weit auseinanderliegende Herbergen schon jeweils zweimal eingebrochen ist, in eine davon jetzt zum dritten Mal, könnte er selbst auf der Route von Bruck nach Rückersdorf unterwegs sein, also von Erlangen nach Lauf und darüber hinaus. Als Fuhrmann, Postbote oder auch Viehhirte …«

Da trat der Amtmann auf die Straße und rief: »Steht nicht so nutzlos rum, ihr werdet gebraucht.«

Ein Amtsdiener führte sie in eine der kleinen Kammern, wo Andreas Imhoff und Ernst Haller sie erwarteten. Eigentlich hatte Floryk angenommen, die Lochschöffen anzutreffen, nicht den zweiten Hauptmann und einen der Kriegsherren.

Max berichtete vom Treffen mit dem Mosche Jud und von dem Einbruch beim Heroldwirt, doch zumindest Imhoff wusste bereits Bescheid.

Haller schlug mit der Faust auf den Tisch. »Ausgerechnet wieder beim Herold. Den Mann kenn ich gut.«

Verwundert sah Floryk ihn an. Ein so feiner Herr stieg doch sicher nicht in einfachen Herbergen ab.

Haller schien seine Gedanken zu lesen. »Ich war Pfleger in Lauf, bis ich in den inneren Rat geholt worden bin.«

»Ach so. Aber wie sollen wir den Spitzbuben fangen?« Er seufzte. »Es kann Monate dauern, bis ich ihm zufällig über den Weg laufe.«

»Hoffentlich nicht«, sagte Andreas. »Hör dich überall um, auch bei jüdischen Fuhrleuten. Wobei die in Bruck nicht in der Wirtschaft übernachten, sondern eher bei ihren Glaubensbrüdern. Dort gibt es einige Judenhäuser, aus denen aber in letzter Zeit ebenfalls gestohlen wurde, wie uns Abraham Rosenberg durch Meister Frantz wissen ließ.«

»Ob der Langfinger Juden nicht leiden kann? Dann sollte ich wohl meine Ohren aufsperren, falls jemand über diese Leute herzieht.«

Andreas nickte. »Kann nicht schaden, aber das tun viele Menschen. Wir haben auch unseren jüdischen Kundschafter auf den Schurken angesetzt. Der kriegt von jüdischer Seite sicher mehr in Erfahrung als du.«

Meister Frantz sagte: »Mosche hat vorletzte Nacht ebenfalls in Rückersdorf Quartier genommen, allerdings nichts von den Diebstählen mitbekommen.«

Haller warf Andreas einen fragenden Blick zu. »Was hat es mit diesem Juden auf sich?«

»Eigentlich dürft Ihr als jüngerer Bürgermeister davon gar nichts wissen, aber als Kriegsherr müsst Ihr wohl unterrichtet sein, nachdem wir schon Leinfelder eingeweiht haben. Den Mosche Jud aus Ermreuth haben wir vor Jahren in unsere Dienste genommen. Damals hat er uns einen wertvollen Hinweis gegeben. Zurzeit ist Mosche recht umtriebig, hat uns auch über den Stigler interessante Informationen beschafft.«

Haller rümpfte die Nase, sagte jedoch: »Ihr seht mich überrascht, dass die Reichsstadt trotz des Banns mit Juden zusammenarbeitet.« Als dazu niemand eine Erklärung anbot, fragte er: »Dieser Mosche wird sich weiter umhören?«

Andreas nickte. »Er und alle anderen auswärtigen Kundschafter.«

Meister Frantz rieb sich das Kinn. »Darf ich fragen, wie Ihr mit Mosche in Verbindung tretet?«

»Weshalb wollt Ihr das wissen?«

»Aus Neugier, weil er doch nicht in die Stadt darf.«

Andreas schien mit sich zu ringen und antwortete dann ausweichend: »Das wissen nur die Septemvirn. Wir tun, was getan werden muss, um die Sicherheit der Reichsstadt zu gewährleisten.«

Meister Frantz ließ nicht locker. »Könnt Ihr ein Treffen zwischen Mosche und mir anbahnen?«

»Vielleicht, doch könnte es ein paar Wochen dauern, bis er reagiert.«

»Ach?«

»Der Mann leistet gefährliche Arbeit, darf seine Deckung nicht verlieren. Ihr könnt Euch vorstellen, welch grausames Ende ihm der Markgraf bereiten würde, falls er ihn für einen Verräter in Nürnberger Diensten hielte. Mosche lässt uns auf immer wieder überraschenden Wegen Botschaften zukommen, wie Ihr wisst, einmal sogar durch Augustin Ammon.« Imhoff lächelte. »Wie geht's dem alten Löwen?«

»Wesentlich besser, seit er im Ruhestand ist. Er schmiedet sogar Heiratspläne.«

Da lachte Floryk. »Ich hab's doch gesagt.«

Max dagegen schaute finster drein. Schließlich fragte er: »Dann lassen wir jetzt einfach alles so weiterlaufen, bis uns jemand einen brauchbaren Hinweis gibt?«

Andreas übergab mit einer Handbewegung das Wort an Ernst Haller. Der wirkte annähernd so fröhlich wie Max, als er sagte: »Uns fällt nichts ein, was wir sonst noch tun können. Dir vielleicht?«

Max mahlte mit den Kiefern, schüttelte dann aber den Kopf.

Getrübter Stimmung verließen sie die Kammer, da rief Andreas: »Moment, Floryk, Meister Frantz. Auf ein Wort.«

Max und Haller wirkten irritiert, weil sie ausgeschlossen wurden, gingen aber weiter. Andreas senkte die Stimme. »Falls jemand den Mosche dringend erreichen muss, kann der Waldamtmann Hans Jakob Haller mit ihm in Verbindung treten, aber das muss unter uns bleiben.« Dabei schaute er vor allem Meister Frantz an. Floryk hatte es sowieso schon geahnt.

Der Nachrichter nickte. »Ich danke Euch für Euer Vertrauen.«

»Das habt Ihr Euch verdient, doch vor Hallers Verwandtem wollte ich es lieber nicht hinausposaunen. Durch seine Arbeit kommt Hans Jakob viel herum und hat öfter mit Juden zu tun. Er genießt ein gewisses Ansehen bei ihnen.«

Dass Ernst Haller davon nichts wissen sollte, überraschte Floryk. Unwillkürlich blickte er über die Schulter, doch Andreas winkte ab. »Nur weil er noch nicht sehr lange im Rat ist; und schließlich ist es Hans Jakobs Angelegenheit, mit wem er verkehrt, mit der reichen Verwandtschaft oder mit Juden, die ihm auch mal aushelfen.«

Meister Frantz lächelte. »Abraham Rosenberg hat ihm sogar das Leben gerettet.«

»Richtig.« Andreas sah Floryk an. »Mit ihm solltest du bei Gelegenheit ebenfalls reden, also wenn du nächstes Mal nach Fürth kommst ... Vielleicht weiß Rosenberg inzwischen mehr.«

* * *

Frantz begleitete Floryk zu dessen Fuhrwerk, das er in der Peunt abgestellt hatte. Währenddessen plagten ihn zwiespältige Gefühle, weil er dem Stadtrat immer noch nicht von Rosenbergs Verdacht erzählt hatte, der Herbergsdieb könnte ausgerechnet ein Jude sein. Doch es widerstrebte ihm. Der selbst ernannte Hexenjäger Friedrich Stigler hatte ihm deutlich vor Augen geführt, wie leichtgläubig die Menschen waren, wenn sie Angst hatten. Über Juden waren womöglich mehr Gerüchte im Umlauf als über Hexen und Dämonen. Geschichten von Ritualmorden, gern auch an kleinen Kindern, und von Hostienschändung erzählten sich die Leute. Das erinnerte ihn stark an den Hexenwahn, der erst vor Kurzem beinahe auch Nürnberg ergriffen hätte. Verleumdung reichte oft schon, um die Menschen aufzuhetzen, und dann meist nicht nur gegen einen Einzelnen, der tatsächlich Verfehlungen begangen hatte, sondern gegen ganze Gruppen. Natürlich waren die Ratsherren vernünftiger als gewöhnliche Menschen, doch gerade weil Juden die Stadt nicht betreten durften, konnte der Rat sie nicht beschützen, falls es zu Übergriffen käme. Da erinnerte er sich an eine alte Geschichte, die Augustin ihm erzählt hatte. Eine Frau wollte tatsächlich ihr Kindlein an Juden verkaufen, um das lästige Wesen loszuwerden und dabei einen schönen Batzen einzuheimsen. Was sie sich vorgestellt hatte, dass die Juden mit dem Kindlein machen würden, wollte er lieber nicht wissen. Zum Glück zeigten die Leute das Weib an, und sie wurde zum Tode verurteilt. Das musste schon im letzten Jahrhundert gewesen sein, bevor die Juden aus Nürnberg vertrieben wurden.

»So schweigsam?«, unterbrach Floryk seine Gedanken.

»Hm, ja.« Vielleicht sollte Frantz wenigstens ihm davon berichten, wenn er sowieso demnächst mit Rosenberg sprechen würde. Kurz bevor sie die Peunt erreichten, rang er sich durch. »Frag Rosenberg … möglichst rücksichtsvoll, ob sich sein Verdacht, der Dieb könnte ein Jude sein, irgendwie erhärtet hat.«

»Ein Jude?« Ungläubig sah der Bursche ihn an. »Aber nicht der Mosche, oder?«

Abwehrend hob Frantz beide Hände. »Wohl kaum. Verrate Rosenberg bitte nicht, dass Mosche Kundschafter ist.« Dann sagte er ihm, was der Fürther Fuhrmann über die bestohlenen Juden in Bruck erzählt hatte. »Bei denen kann natürlich genauso gut ein Christ eingestiegen sein, der weiß, dass sie zu Hause eben auch mit Waren handeln.«

»Wirklich, Christen kaufen bei Juden ein?«

»In anderen Herrschaftsgebieten offenbar ganz gerne, weil sie gute Ware für wenig Geld bekommen. Selbst hier am Plärrer kaufen Nürnberger Bürger heimlich bei jüdischen Fuhrleuten ein.« Frantz lächelte. »Steht zwar unter Strafe, doch die Ordnungshüter unternehmen nicht viel, weil es sich auf Dauer ja doch nicht vermeiden lässt.« Aber gerade deswegen fürchtete Frantz, der Zorn der Stadtbevölkerung könnte sich gegen Juden im Allgemeinen richten, wenn einer von ihnen die Diebstähle beging und in Nürnberg gerichtet werden sollte.

»Dem Stadtrat habt Ihr nichts von der Möglichkeit erzählt, dass ein Jude der Einbrecher sein könnte?«, fragte der Bursche mit einem verwunderten Ausdruck im Gesicht.

»Nein, es kam mir doch alles recht vage vor.«

»Stimmt natürlich, aber es treibt Euch um.«

Frantz kratzte sich die Wange. »Ich frage mich unwillkürlich, was für eine Hinrichtung Rat und Richter für einen Juden beschließen würden. Andernorts werden sie auf besonders qualvolle Weise vom Leben zum Tode gebracht.«

Floryk schüttelte so heftig den Kopf, dass ihm die Kappe verrutschte. »So etwas würde der Stadtrat bestimmt nicht anordnen. Eigentlich haben die

Herren doch gar nichts gegen Juden. Laut Hans Jakob Haller wurden sie nur verbannt, um lästige Konkurrenten loszuwerden.«

»Das mag sein. Weißt du schon, wann du wieder nach Fürth kommst?«

»Voraussichtlich bereits morgen Abend. Wo wohnt der Mann denn?«

Frantz beschrieb ihm den Weg. Vor dem Tor zum Bauhof blieben sie stehen. »Dann wird es Zeit, dich ziehen zu lassen. Bleib vorsichtig.«

»Natürlich.«

Frantz schlenderte zurück zum Henkerturm, aus dem gerade Klaus mit Bernadette und den Mädeln heraustrat. Man konnte sie für eine glückliche Familie halten. »Wohin des Wegs?«, fragte er.

Die Magd zuckte zusammen. »Was? Ach, Meister Frantz. Ich soll Maria die Plagen vom Hals halten.«

Rosina zog eine Schnute. »Bin gar keine Plage, nur Marie.« Sie stupste ihre kleine Schwester an, die ein paar Schritte torkelte und wartete.

Frantz grinste und stieß Rosi an. »Ich werd deine Mutter fragen, ob das stimmt. Viel Spaß.« Er sprang die Stufen hinauf, stürmte in seine Wohnung und umfing Maria, die gerade Wäsche zum Trocknen an die offenen Fenster hängte.

»Frantz, was ist denn mit dir los?«, rief sie erstaunt.

»Ich hab gehört, die Kleinen waren dir lästig. Da dachte ich mir, nun darf ich dir lästig sein.«

Sie lachte. »Solange du nicht das ganze Waschwasser in der Wohnung herumspritzt.«

»Ich könnte mich reinsetzen, und du wäschst mich.«

»Gute Idee«, antwortete sie ohne mit der Wimper zu zucken.

»Wirklich?«, fragte er verdutzt.

»Sicher, wird nur etwas kühl und dreckig sein. Am Ende musst du hinterher richtig baden.«

»Hm, dann lass ich's lieber.« Lächelnd setzte er sich an den Tisch. »Ich frage mich immer noch, wie wir am besten den Turm nutzen können.«

Kapitel 5

Floryk lenkte den Karren in den Hof hinter der Fürther Herberge. Von hier aus sollte es auch nicht weit zu Rosenberg sein.

Ein Knecht kam müde aus dem Stall geschlurft. »Zwei Rösser mit Wagen und zwei Betten?«

»Richtig, ist noch was frei?«

»Freilich, geht nur rein, ich kümmer mich ums Fuhrwerk.«

»Danke.«

Stoffel schlüpfte sogleich in seine Rolle als gebrechlicher Alter und stieg ächzend vom Bock. »Es ist ein Kreuz, wenn man alt wird.«

Floryk nahm seinen Arm, wie um ihn zu stützen. »Fall nicht um.« Nach ein paar Schritten meinte er, ein leises Glucksen von Stoffel zu hören. Kraftvoll stieß er das Tor auf und ließ seinen Knecht vorgehen. »Übertreib's nicht zu sehr, sonst fragen sich die Leut, warum ich dich überhaupt dabeihab.«

»Kannst ja sagen, dass ich dein Großvater bin, der mal wieder was von der Welt sehen will.«

»Das hat mir letztes Mal einen blauen Fleck eingebracht.«

»Du bist aber auch nachtragend.«

Einige Tische waren bereits besetzt, doch den Wirt konnte Floryk nicht entdecken. »Hocken wir uns hin.« Er fischte die Nürnberger Uhr aus seinem Bündel und sah Stoffel an. »Was meinst du?«

Sein Knecht hob die Schultern. »Weiß nicht recht.«

»Ah, zwei neue Gesichter.« Der Wirt kam an den Tisch. »Ne, deins kenn ich schon«, sagte er zu Floryk und musterte Stoffel kritisch. »Zwei Pritschen und zwei Essen?«

»Richtig.«

Der Mann öffnete den Mund, um noch etwas zu sagen, doch da fiel sein Blick auf die Nürnberger Uhr. »Da hast du aber was ganz Besonderes.«

Aus den Augenwinkeln beobachtete Floryk, dass sich die anderen Gäste umdrehten. »Erbstück«, sagte er. »Weiß noch nicht, ob ich die behalt oder verkauf. Momentan hab ich das Geld nicht so dringend nötig.« Das sollte Anreiz genug sein, falls es hier einen Dieb gab. Hoffentlich fragte der Wirt jetzt nicht, wie spät es war. Schnell steckte er die Dose weg, als wäre ihm soeben sein Leichtsinn bewusst geworden.

Der Wirt deutete mit dem Kinn zu Stoffel. »Aber von dem hast die nicht geerbt, oder?«

»Ich leb doch noch, du Knollfink«, krächzte Stoffel etwas gekünstelt.

»So sicher war ich mir nicht.«

Floryk winkte ab. »So ein Gschmarri, bring uns Wein und was zu essen, und schon schaut er aus wie höchstens sechzig.«

Stoffels Bauchmuskel zuckten, als wollte er losprusten.

»Das will ich sehen.« Der Wirt holte ihnen einen Krug Wein und zwei Becher, dann brachte eine Küchenmagd Grütze mit geräucherten Fischstücklein. Erst als sie gegangen war, sagte Floryk: »Du weißt, dass ich nach dem Essen noch mal wegmuss.« Dann senkte er die Stimme. »Soll ich die Uhr bei dir auf dem Tisch vergessen?«

»Nein, lass sie in deinem Bündel, sonst halten dich alle für den größten Dummbartl, oder es kommt den Leuten verdächtig vor.«

»Hast recht.«

Stoffel gähnte ausgiebig. »Ich leg mich gleich nach dem Essen hin.«

»Ist besser so in deinem Alter«, antwortete Floryk wieder lauter.

Sowie sie ihre Schüsseln geleert hatten, brachten sie ihre Bündel in den Schlafsaal. Stoffel schob eine Faustbüchse und einen Dolch unter die Decke.

»Ich geh dann spazieren und schau, ob sich jemand herumschleicht.«

Stoffel nickte und verstaute ihre beiden Bündel unter der Pritsche, auf die er sich legte.

»Soll ich sie dir ans Handgelenk binden?« Die dünnen Hanffäden würde bei dem wenigen Licht, das durch die Fenster fiel, keiner sehen können.

»Ach was, ich schlaf nicht so bald ein.«

»Gut, dann geh ich jetzt.«

»Verlauf dich nicht.«

»Wer bin ich denn, dass ich mich in so einem kleinen Flecken wie Fürth verlaufe?«

Stoffel brummte nur.

Auf dem Weg durch die Gaststube rief Floryk: »Wirt, ich lauf noch ein wenig herum. Sperr mich bloß nicht aus.«

»Dann bleib nicht zu lang weg.«

»Ja, ja.« Floryk musste nur ein Stück der Straße folgen, dann zweigte ein Pfad nach links ab, und schon sah er die drei Katen. Die mittlere sollte Rosenberg gehören. Drinnen brannte Licht, jemand war zu Hause. Sacht klopfte er. Nach wenigen Augenblicken öffnete ein junger Mann und sah ihn verwundert an. »Ja bitte?«

»Verzeih, wenn ich störe. Mein Name ist Floryk Loyal. Ich würd gern Abraham Rosenberg sprechen.«

»Kommt herein.«

»Mir wär's lieber, wenn er herauskommt, falls es nicht zu viele Umstände macht.«

Nun kräuselte sich die hohe Stirn des jungen Mannes. »Ich frage ihn.«

»Sag ihm, Meister Frantz schickt mich.«

»Hm.« Ein versonnenes Lächeln zeigte sich auf dem Gesicht des jungen Mannes, bevor er verschwand.

An seiner Stelle kehrte ein noch breiter lächelnder älterer Mann zurück. »Meister Frantz schickt dich?«

»Ja. Floryk Loyal heiß ich.«

Rosenberg trat heraus und zog die Tür hinter sich zu. Wortlos gingen sie ein paar Schritte, dann sagte Floryk: »Du hast von den Einbrüchen in Herbergen gehört?«, fragte er, obwohl er die Antwort kannte.

»Natürlich, ich hab Meister Frantz davon erzählt. In Rückersdorf letztens ist mein Sohn ebenfalls bestohlen worden.«

Das hatte ihm niemand verraten, aber es spielte auch keine Rolle. »Du hast aber keine Ahnung, wer dahinterstecken könnte?«

Rosenberg schüttelte den Kopf.

»Kennst du einen Mosche Jud aus Ermreuth?«

Rosenberg blieb stehen und sah ihn überrascht an. »Ja, der ist Hopfen- und Obsthändler und auch schon mindestens einmal bestohlen worden.«

»Was hältst du von ihm?«

Der Jude schürzte die Lippen und blickte zur Seite. Schließlich schaute er ihn wieder an. »Unauffällig ist er, hat zwei oder drei Kinder. Ich kann nichts Schlechtes über ihn sagen. Nach ihm hat mich auch schon Meister Frantz gefragt.«

Floryk kratzte sich verlegen am Kopf. Die nächste Frage war doch etwas unverschämt.

»Hast du noch etwas auf dem Herzen?«, fragte Rosenberg, der offenbar sein Unbehagen spürte.

»Verzeih, aber wie wahrscheinlich ist es, dass ein Jude andere Juden bestiehlt? Ich mein, ihr genießt den Ruf, eine eingeschworene Gemeinschaft zu bilden.«

Rosenberg atmete tief durch. »Ja, bei Problemen wenden wir uns immer erst an unsere Leute, bevor wir einen Goi um Hilfe bitten, aber ...«

»Goi?«

»So nennen wir Nichtjuden. Ich kann nicht behaupten, dass meine Glaubensbrüder keine Verbrechen verüben. Das tun sie, auch an anderen Juden. Dennoch fällt es mir schwer zu glauben, dass Mosche hinter den Einbrüchen stecken soll.«

»Mosche?« Floryk entfuhr ein Lachen. »Nein, ich wollte nur deine Meinung über ihn hören. Er ist ja viel zwischen Bruck und Rückersdorf unterwegs und hat uns auch schon manchen nützlichen Hinweis gegeben.« Hatte er jetzt zu viel verraten? Eilig fügte er hinzu: »Weil er doch überfallen worden ist und deshalb nach den Schurken Ausschau hält.«

Der alte Jude entspannte sich. »Da bin ich erleichtert.«

»Trotzdem möchte ich dich fragen: Suchen wir eher einen Christen oder einen Juden? Ihr schlaft nicht oft in Herbergen, oder?«

»Nein, meist kommen wir unterwegs bei anderen Juden unter.« Der Mann war ihm gegenüber nicht so redselig wie beim Nachrichter. Erstaunlich.

Floryk räusperte sich. »Meister Frantz hat mir erzählt – im Vertrauen –, dass du den Verdacht hegst, es könnte ein Jude hinter den Einbrüchen stecken.«

Rosenberg musterte ihn mit einer Spur Misstrauen, dann atmete er tief durch. »Meister Frantz hat dir also davon erzählt.«

»Erst gestern. Seltsamerweise scheint er den Schöffen oder Kriegsherren nichts davon gesagt zu haben, nur dass es in Bruck eine größere jüdische Gemeinde gibt, wo in letzter Zeit auch vermehrt in Judenhäusern gestohlen worden ist.«

Die Mundwinkel des Mannes zuckten, als könnte er sich nicht entscheiden, ob er lächeln oder das Gesicht verziehen sollte.

Floryk sah den Mann eindringlich an. »Ich bin Hugenotte, ich weiß, was Vertreibung aus religiösen Gründen bedeutet. Meine Eltern sind in Frankreich geboren, mussten weiterziehen nach Flandern, wo ich auf die Welt gekommen bin. Auch dort mussten wir immer weiter zurückweichen, als französische Truppen einrückten. Seit Antwerpen gefallen ist, lebe ich hier.«

Da endlich nickte der Jude. »Dann verstehst du, dass ich meine Glaubensbrüder nicht leichtfertig in Unglimpf bringen möchte. Doch ich fürchte tatsächlich, dass ein Jude hinter den Diebstählen stecken könnte, sosehr es mir auch das Herz beschwert.«

»Hast du jemand Bestimmten in Verdacht?«

Rosenberg schüttelte den Kopf. »Ich war erst kürzlich in Bruck und habe mich mit meinen Glaubensbrüdern unterhalten. Zwei der Bestohlenen sind kleine Händler, deren Ehewirtinnen auch direkt Waren an die Leute in der Umgebung verkaufen, während die Männer mit den Karren unterwegs sind. Gois und Juden gehen bei ihnen ein und aus. Sogar an Sonntagen kommen manchmal Christen zu ihnen, um günstig einzukaufen. Wenn es der Büttel merkt, gibt es allerdings Ärger.« Er seufzte. »Ich weiß nicht, was ich sagen soll. Es könnte jeder sein.«

»Und die Herberge in Bruck … wie heißt die?«

»Das ist der Barthelwirt, bei dem auch schon zweimal eingestiegen worden ist. Mit dem hab ich auch geredet, aber er weiß ebenso wenig, wer dahinterstecken könnte. In der Nähe seiner Herberge stehen zwei der Judenhäuser, in denen ebenfalls etwas gestohlen wurde, einmal in der gleichen Nacht. Es ist alles sehr merkwürdig.«

Floryk fragte sich, wie er mehr herausfinden sollte. Und es bestand die Möglichkeit, dass der oder die Einbrecher zu den Wegelagerern gehörten. Es war alles nicht so einfach. »Kennst du einen Schäfer namens Georg Plemel?«, fragte er auf gut Glück.

Rosenberg blickte in den dämmrigen Himmel. »Schäfer begegnen mir gelegentlich, doch kann ich mich an diesen Namen nicht erinnern.«

»Wenn dich dein Weg nächstes Mal nach Bruck führt, könntest du deine Glaubensbrüder fragen, ob ihn jemand kennt? Er soll nämlich in einer Herberge bei Forchheim abgestiegen sein, in der die Leute ebenfalls bestohlen wurden, und er steht mit den räuberischen Wegelagerern im Bunde.«

»Verstehe. Ich werde mich nach ihm erkundigen.«

»Hab Dank, Abraham. Ich hoffe, der oder die Schurken werden bald erwischt.«

»Ich auch.«

»Du weißt, dass du jederzeit mit dem Waldamtmann Hans Jakob Haller in Verbindung treten kannst, wenn du etwas herausfindest?«

Wieder lächelte Abraham Rosenberg breit. »Natürlich weiß ich das.«

»Gut.« Floryk verabschiedete sich und wanderte zurück zur Herberge, wo er sich aufmerksam umschaute. Verdächtige Gestalten konnte er nicht ausmachen, dennoch lief er vorsichtshalber einmal um das Gebäude herum, dann sah er sich im Hof um, bevor er hineinging.

In der Stube hockten noch dieselben Leute, und ein neuer Gast war hinzugekommen. »Bin wieder da«, rief er in Richtung Küche und begab sich möglichst leise in den Schlafsaal. Auf Zehenspitzen schlich er sich zu Stoffels Pritsche. Vielleicht war sein Begleiter ja doch eingeschlafen. Als er sich nach seinem Bündel bückte, spürte er im nächsten Augenblick die Mündung der Faustbüchse an der Schläfe.

»Floryk! Du blöder Hund, du saublöder. Beinah hätt ich dich erschossen.«

Floryk lachte erleichtert auf. »Ich wollte doch nur mein Zeug holen. Aber wenigstens weiß ich jetzt, dass du noch gut genug hörst.«

Stoffel sank zurück auf die Pritsche. »Mach das nicht noch mal.«

* * *

Nürnberg am Sonntag, den 9. August 1590

Nach dem Gottesdienst in der Sebalduskirche sah sich Frantz wie meist nach bekannten Gesichtern um. Seine Frau unterhielt sich mit einer Nachbarin, die ihm etwas zu geschwätzig war. Kein Gerücht war der zu abwegig, um es nicht weiterzuverbreiten. Während er den Blick über die Gesichter der Umstehenden schweifen ließ, schlich sich Jorgen, sein Ältester, davon. Unauffällig beobachtete er, wohin es den Buben zog. Ach, da waren die Leinfelders, und natürlich wollte er zu Ursel. Zu seiner Überraschung entdeckte Frantz ganz in der Nähe den Waldamtmann Hans Jakob Haller, der sonst immer in die Peterskirche draußen beim Weiherhaus ging. Ob Frantz ihn ansprechen sollte? Der Mann hatte sicherlich einen guten Grund, den wesentlich weiteren Weg zu laufen.

Da gesellten sich die Leinfelders zu ihnen. Auch am Tag des Herrn konnte Frantz seine Neugier nicht zügeln und fragte Max: »Gibt es was Neues zu den Räubern oder Dieben?«

Der Stadtknecht schüttelte den Kopf und seufzte. »Das kann dauern, bis die uns ins Netz gehen. Ihr habt ihn auch bemerkt?«

Verwundert sah Frantz ihn an. »Wen?«

»Haller.«

»Richtig. Vielleicht hat er ja etwas von seinen jüdischen Bekannten gehört.«

»Genau das frage ich mich natürlich auch.«

Kathi gluckste. »Was stellt ihr beiden euch so an. Ihr kennt ihn doch. Fragt ihn einfach.«

Frantz sah sie in gespieltem Entsetzen an, dann sagte er zu ihrem Mann: »Max, dein Weib ist von Sinnen. Wir sollen einfach fragen, wenn wir uns genauso gut allerlei ausmalen können?«

»Ja, so ist sie. Gönnt einem keinen Spaß.«

Lachend ging Kathi stracks auf den Waldamtmann zu. Dessen Gesicht hellte sich auch sofort auf. Angeregt redeten die beiden.

»Und nun?«, fragte Max.

Maria stieß Frantz einen Finger in den Rücken. »Nun stellt euch nicht so an, ihr zwei.«

Frantz sah sich nach der geschwätzigen Nachbarin um, doch die redete bereits auf andere Leute ein. Es musste ja niemand mitbekommen, dass sie mit Haller über jüdische Zuträger redeten. Er nickte Max zu und ging voraus. »Werter Haller, Euch sieht man selten hier bei der Messe.«

»Stimmt, sonst gehe ich meist in die Peterskirche zum Gottesdienst.« Freundlich musterte der Mann ihn.

Noch einmal blickte Frantz sich um. »Wir sind neugierig wie die Waschweiber. Der hier noch mehr als ich.« Dabei nickte er zu Max. »Habt Ihr etwas Interessantes erfahren bezüglich der Räuber oder Einbrecher?«

Haller grinste. »Und Ihr meint, deswegen komme ich am Sonntag in die Stadt, um den Räten unauffällig etwas zu stecken?« Er schüttelte den Kopf. »Ich muss Euch enttäuschen. Meine Frau und ich sind bei einem guten Freund zum Essen eingeladen.« Er schaute Max an. »Du kennst ihn. Der Genannte der Bierbrauer, Herdegen.«

»Ah, guter Mann.«

Auch Frantz erinnerte sich. Herdegen hatte schon einmal für die Reichs-stadt Kontakt zu den Fürther Juden aufgenommen, um mehr über die Machen-schaften des Markgrafen zu erfahren. »Dann müssen wir uns wohl weiter ge-dulden.«

»Ganz recht«, antwortete Haller.

Kapitel 6

Bei Hersbruck am Mittwoch, den 2. September 1590

Floryk war es so leid, Woche um Woche in der Gegend herumzukutschieren, ohne dass sich etwas ergab. Schlimmer war jedoch, dass auch Stoffel immer grantiger wurde, weil er kaum etwas zu tun hatte. Er warf sein Bündel auf die Pritsche im Schlafsaal der Herberge. Schlafen, Essen, Aufladen, Abladen, Rösser versorgen, Essen, Schlafen. Es musste doch mehr im Leben geben! Wenigstens war es immer noch ungewöhnlich warm, aber trotzdem. Er sollte seinen Stolz hinunterschlucken und Vater bitten, ihn andere Aufgaben über-nehmen zu lassen. Bis sie die Räuber fingen, war er womöglich so alt, wie Stoffel aussah. Der kümmerte sich um eines der Rösser, das sich eine Flanke an Dornen oder sonst etwas aufgeritzt hatte.

Ohne große Hoffnung, etwas von Bedeutung zu erfahren, begab Floryk sich in die Gaststube. Zu seiner Überraschung entdeckte er dort den Mosche Jud mit einem Krug Bier. Floryk starrte ihn offenbar etwas zu lange an, denn der Kerl lächelte, nickte und zog einen Stuhl zurück, wie um ihn einzuladen. Kurz überlegte er, dann gesellte er sich zu dem Mann und fragte: »Wie geht's deinem Schädel?«

Mosche grinste. »Wieder gut, danke für deine Hilfe.«

»Unter Fuhrleuten muss man sich doch umeinander kümmern.«

»Ganz recht.« Versonnen musterte der Mosche ihn. Ahnte der Kundschaf-ter etwas von Floryks Rolle? Schließlich sah er sich um. Nur drei andere Ti-sche waren besetzt, und von den Leuten schenkte ihnen niemand Beachtung. »Du hast den Plemel Georg erwischt, den der Nachrichter ausgestrichen hat?«

Floryk nickte. »Den Lumpen hab ich beim Klauen einer Nürnberger Uhr beobachtet, aber da haben alle gedacht, der wär nur das eine Mal schwach ge-worden. Hast du ihn seither noch mal gesehen?«

Der Jude zog eine Grimasse, bemerkte den Wirt, der sich mit Schüssel und Krug näherte, und blickte auf seinen Humpen Bier.

Im nächsten Moment stellte der Wirt Eintopf und Krug auf den Tisch. Floryk dankte ihm und ignorierte dessen verwunderten Blick. Deshalb fühlte sich der Wirt offenbar bemüßigt, es zur Sprache zu bringen: »Nur falls du's nicht weißt, der da ist ein Jud.«

Verdutzt sah Floryk ihn an. »Ja und?«

»Ich mein nur. Der hat mir bloß eine Obstbestellung aus Ermreuth gebracht. Direkt mit ihm selber mach ich natürlich keine Geschäfte.«

Floryk winkte ab. »Schon recht, ich kauf auch manchmal was von Juden. Die haben halt oft das bessere Zeug zum günstigeren Preis.«

Der Wirt presste die Lippen aufeinander, blickte von einem zum andern und stapfte davon.

Mosche grinste. »Der kann Juden nicht leiden, aber ist doch immer froh, wenn er das gute Obst von mir kriegt. Sonst fährt ihm das ja keiner her. Deswegen besteh ich auch immer drauf, hier was zu trinken.«

»Du lieferst das Obst tatsächlich nur für die Bauern aus, bist kein Zwischenhändler?«

»Nein, sonst würd sich der da ja strafbar machen als Nürnberger Bürger. Mit dem Hopfen halt ich's genauso. Bei der Gelegenheit nehm ich natürlich auch Bestellungen auf.«

»Und was machst du im Winter?«

Mosche zuckte die Schultern. »Da muss ich schauen, was geht, was ich für Geschäfte einfädeln kann.« Da verdüsterte sich sein Gesicht. »Wir Juden dürfen ja kaum was machen.«

Kurz schaute sich Floryk um, ob der Wirt in Hörweite war, und sah ihn gerade noch in der Küche verschwinden. »Jetzt erzähl, was ist mit dem Plemel?«

»Der war am Überfall auf die Bernthalmühle beteiligt.«

»Ich weiß. Das war ein ziemliches Schurkenstück, nach allem, was ich gehört hab.«

Mosche senkte die Stimme zu einem Flüstern. »Die meisten aus der Räuberbande sind noch auf freiem Fuß. Ein paar der Gesellen vom Walter hab ich vorgestern bei Pommelsbrunn gesehen, darunter auch einen der Schufte, die mich überfallen haben. Der scheint sich da bei einem Bauern als Tagelöhner zu verdingen. Die anderen zwei und ein Weib sind bei ihm am Feldrand gestanden und haben irgendwas beraten. Beim Heranfahren hab ich den Namen Plemel gehört, und dass er seinen Anteil noch nicht gekriegt hat. Da hab ich aufgemerkt, den Hut tiefer ins Gesicht gezogen und bin langsam an ihnen vorbeigerollt. Erkannt haben sie mich offenbar nicht. Die Frau hat gefragt: ›Wem soll ich denn die Waffen verkaufen?‹ Da hat einer zu mir geschaut und gelacht: ›Vielleicht Fuhrmännern, die werden ja in letzter Zeit öfter ausgeraubt.‹ Den hat einer Rasch genannt und einen Deppen geschimpft, der lieber den

Mund halten sollte.«

Das klang fürwahr nach der Räuberbande! »Warum hast du sie nicht gleich gemeldet?«

»Wem denn? Nach Hersbruck darf kein Jude rein, nicht einmal um Verbrecher im Pflegamt anzuzeigen.« Diesmal schaute Mosche sich um, ob jemand in Hörweite war. »Du musst das für mich machen. Das ist aber noch nicht alles. In der folgenden Nacht ist auch in die Herberge in Pommelsbrunn eingebrochen und allerlei Zeug gestohlen worden.«

»Wirklich? Vermaledeite Räuber! Du meinst also, das sind auch die Herbergsdiebe?«

Mosche nickte langsam. »Kommt mir ganz so vor.« Dann seufzte er. »Oft kann ich's mir nicht mehr leisten, bestohlen oder beraubt zu werden. Die Schurken gehören dingfest gemacht. Bald!«

»Ganz deiner Meinung. Hast du irgendeine Ahnung, wo die jetzt sein könnten?«

»Der eine Räuber, der mich mit dem anderen zusammen überfallen hat, könnt noch für den Bauern arbeiten. Singer hat ihn der Rasch genannt. Über den dritten Mann und die Frau kann ich nichts weiter sagen.«

»Pommelsbrunn … Das ist gar nicht weit von hier.« Fieberhaft überlegte Floryk. Konnte er den Karren einfach hierlassen, mit einem Ross hinreiten und … Ach, was dachte er da. Er allein auf Räuberhatz? Natürlich könnte er den Stoffel mitnehmen, aber dann stand es vielleicht immer noch zwei gegen drei, das Weib nicht zu vergessen. »Erzähl mehr. Wo ist der Hof, auf dem der Singer arbeitet?«

»Ich kann dir nur ungefähr beschreiben, auf welchem Feld er bei der Ernte geholfen hat.«

»Schon erstaunlich, dass der auch so eine ehrbare Arbeit macht.«

»Wahrscheinlich nur, um nicht weiter aufzufallen.«

»Hast du Zettel und Stift? Dann kannst du's mir aufmalen.«

Grinsend schüttelte Mosche den Kopf. »Hab ich recht gehabt, du bist Kundschafter und hast nicht ganz zufällig den Nachrichter auf deinem Karren mitgenommen.«

Floryk schnaubte, aber es spielte nun auch keine Rolle mehr. »Ich hab dich was gefragt. Deine Belohnung kriegst du bestimmt auch so, im Gegensatz zu mir.«

»Du machst das aus reiner Herzensgüte?«, fragte der Schelm.

»Bürgerpflicht, außerdem könnten sie mich ja als Nächstes ausrauben«, antwortete Floryk völlig ernst. »Also, sprich.«

»An der Straße von Nürnberg kommend, rechter Hand bei einem der Weiler, bevor man die Ortschaft erreicht.«

»Geht's genauer?«

Mosche schüttelte den Kopf. »Tut mir leid, so recht weiß ich's nicht mehr. Sieht ja ein Feld wie das andere aus.«

»Hm, und du hast den Singer einfach so im Vorbeifahren erkannt?«

»Du weißt ja, wie es ist. In diesen Zeiten schaut man schon genau hin, wer da am Weg herumlungert.«

»Gut, ich lauf gleich noch zum Pflegamt und geb alles weiter.«

Mosche wirkte erleichtert. »Mach das, und sag bitte dazu, dass du die Auskunft von mir hast.«

»Natürlich.« Hastig löffelte er seinen Eintopf aus, dann suchte er Stoffel im Stall. »Wie geht's dem Ross?«

»Wird schon wieder, hab etwas Wundsalbe draufgestrichen.«

»Gut, ich muss zum Hersbrucker Pfleger.«

»Du hast was erfahren?«

Feixend nickte Floryk.

»Dann lauf.«

Neugierig war der Kerl nicht gerade, also eilte Floryk los. Hoffentlich ließen sie ihn noch in die Stadt. Es dämmerte bereits. Tatsächlich wollte der Wächter am Spitaltor ihn abweisen, weil er in Kürze schließen musste.

Floryk protestierte: »Ich hab eine dringende Nachricht für den Pfleger! Es geht um die Räuber, die hier in der Gegend ihr Unwesen treiben.«

»Hoppla, na, dann herein mit dir. Falls schon zu ist, wenn du wieder raus-willst, musst halt am Turmtor klopfen.«

»Mach ich. Wo find ich denn um diese Zeit den Pfleger?«

»Im Pflegschloss, schätz ich.«

Floryk eilte die breite Straße entlang, bis er einen Platz erreichte, von dem aus er mehr sehen konnte, und das wuchtige Sandsteingemäuer erspähte. Er fragte einen Passanten: »Das ist das Pflegschloss?«

»Freilich, was sonst?«

Bald stand er vor dem verschlossenen Tor und hämmerte dagegen. Ein Diener öffnete. »Wer stört zu später Stunde?«

»Floryk Loyal, Fuhrmann und Kundschafter des Rats. Ich muss dringend mit dem Pfleger sprechen.«

»Hm.« Knarzend öffnete sich das Tor. Der Wächter schickte ihn zu einem Eingang des Hauptgebäudes.

Floryk trat ein und rief: »Heda! Ist hier jemand?«

Ein konsternierter Diener erschien. »Was willst denn du hier?«

Seufzend erklärte Floryk noch einmal den Zweck seines späten Besuchs, und der Mann führte ihn in eine karg eingerichtete Kammer. »Warte hier.«

Floryk setzte sich auf einen Holzstuhl und starrte die Wand an. Sie waren vielleicht ganz nah dran, die Räuber zu erwischen. Er stand auf und lief in dem kleinen Raum auf und ab. Ob die Frau gestohlene Waffen verkaufen sollte? Wahrscheinlich. Die meisten Karrenmänner, die ohne Geleitschutz unterwegs waren, trugen inzwischen Faustbüchsen.

Endlich kam Pfleger Willibald Huber mit noch einem Mann herein, der Papier, Tintenfass und Feder auf einem Brett trug.

»Was gibt's denn so Dringendes?«, blaffte der Pfleger.

»Die Räuber, die schon das ganze Jahr ihr Unwesen in der Gegend treiben, sind in der Nähe von Pommelsbrunn gesehen worden.«

»Was? Sprich! Hast du sie gesehen? Woher kennst du sie?«

»Ich nicht, aber ein Fuhrmann namens Mosche.« Jud ließ er lieber weg, damit der Mann ernst genommen wurde. »Den haben sie schon einmal beraubt, und mich beinah auch.«

»Setzen wir uns«, sagte der Schreiber und machte sich bereit.

Floryk wandte ein: »Vielleicht solltet Ihr gleich jemanden losschicken.«

»In der Nacht? Bis Schützen Pommelsbrunn erreichen, ist es stockfinster.«

Das stimmte natürlich. Floryk sank auf den Stuhl und berichtete, während die Feder des Schreibers über das Papier flog.

Schließlich fragte der Pfleger: »Dieser Mosche, ist das ein Jude?«

»Ja, ein vertrauenswürdiger.« Wie viel durfte er über dessen Kundschaftertätigkeit verraten? »Er ist dem Stadtrat bekannt.«

»So?« Voller Misstrauen furchte sich die Stirn des Amtmannes, die grauen Augen schienen ihn durchdringen zu wollen.

Floryk beschloss, wenigstens eine Andeutung zu machen. »Er hat sich um die Belange der Reichsstadt verdient gemacht.«

»Hm.« Der Mann strich sich über den ergrauenden Spitzbart. »Morgen bei Tagesanbruch schicken wir einen Boten nach Nürnberg und einen unserer zwei Stadtknechte nach Pommelsbrunn.«

»Nur einen gegen mehrere Räuber?«, fragte Floryk verdutzt.

»Wenigstens einer muss in der Stadt bleiben. Deine Räuber sind heute vielleicht schon in Sulzbach, das zur Oberen Pfalz gehört. Da können wir eh nichts ausrichten.«

»Aber der Tagelöhner könnte noch auf dem Hof sein!«

»Oder er hat die Sense ins Heu geworfen und sich mit seinen Kumpanen auf weitere Raubzüge begeben.«

Floryk überlegte, was Stoffel und er tun konnten. Eigentlich sollten sie morgen nach Nürnberg fahren, um den Rest der Ladung bei einem dortigen Tuchhändler abzuliefern, doch so dringend konnte das nicht sein. »Ich werd mit meinem Knecht ebenfalls nach Pommelsbrunn fahren. Womöglich gar bis Sulzbach.«

Der Pfleger nickte. »Sag Bescheid, wenn euch was auffällt. Wahrscheinlich schickt der Rat weitere Stadtknechte oder Schützen. Ich danke dir jedenfalls, dass du mich benachrichtigt hast.«

Floryk verabschiedete sich und fand das Stadttor glücklicherweise noch offen. In der Gaststube der Herberge hockte Stoffel vor einem Krug Wein und zwei Bechern. Von Mosche war nichts mehr zu sehen. Floryk plumpste auf einen Stuhl und griff nach dem zweiten Becher. »Meiner?«

»Freilich.«

Gierig trank er mehrere Schlucke. »Ich fürchte, wir müssen selber auf Räuberhatz gehen.«

Kapitel 7

Nürnberg am Donnerstag, den 3. September 1590

Max war gerade erst aus dem Bett geschlüpft, als der Amtsdiener aus der Kriegsstube bei ihm vor der Tür stand. »Du sollst heute in deinem Sonntagsstaat zum Dienst erscheinen.«

Kathi lief sogleich zur Truhe, in der sie die gute Kleidung aufbewahrten. Max war noch zu verdutzt, doch dann fragte er: »Was ist los?«

»Du und der Michel werdet in Hersbruck gebraucht, allerdings sollt Ihr nicht als Stadtknechte zu erkennen sein. Zwei Rösser werden schon für euch gesattelt.«

Das war ja merkwürdig. »Und was machen wir da?«

Er reichte ihm ein Papier. »Eine Abschrift der Botschaft. Genaueres erzählt euch der dortige Pfleger.«

Max las das Blatt mit einiger Mühe. »Einer der Räuber ist in der Nähe gesehen worden?«, fragte er ungläubig. Vielleicht hatte er sich ja verlesen.

»So steht's da.«

»Sagst du auch dem Michel Bescheid?«

»Freilich.«

»Gut, dann treffen wir uns in der Peunt.«

Kathi half ihm beim Anziehen, besonders die gepufften Ärmel zum Anschnüren waren lästig. Zu viel Friemelei für seine groben Finger.

»Ich pack dir eine Brotzeit zusammen.«

»Nicht zu viel. Im Pflegamt kriegen wir sicher auch was. Wasserschlauch ist bei der Hitze allerdings wichtig.«

Kathis Augen weiteten sich. »Ich hab noch gar kein Wasser geholt!«

Es war auch noch erbärmlich früh. »Ich schöpf unterwegs selber was. Gib mir lieber zwei Schläuche mit, falls Michel nicht dran denkt.« Zuletzt gürtete er sich das Schwert und den Pistolenhalfter um. Sein Weib reichte ihm Pulver und Kugeln, dann küsste sie ihn. »Pass auf dich auf!«

»Immer.«

Im Laufschritt, nur ein kleines Bündel um die Schulter geschlungen, eilte er zum Brunnen, schöpfte Wasser und füllte beide Schläuche. Auf halbem Weg zur Peunt traf er Michel. »Es tut sich was!«, grüßte der ihn freudig.

»Ja, endlich. Hoffentlich erwischen wir die Schurken. Wenigstens den einen.«

»Ja, das könnte der Durchbruch sein. Haben wir einen, verrät er vielleicht, wo sich die anderen verstecken.«

Außer Atem erreichten sie den Bauhof, wo bereits zwei Pferde gesattelt bereitstanden. Sie saßen auf und ritten los.

Ohne seine Stadtknechtstracht fühlte sich Max verkleidet, aber gerade mit der Bewaffnung konnten sie tatsächlich wie lohnende Beute wirken. Allerdings gelangten sie unbehelligt am späten Vormittag zum Hersbrucker Pflegschloss und wurden bereits erwartet. Bei einer Brotzeit setzte Pfleger Huber sie über Floryks Aussage in Kenntnis und darüber, dass er bereits einen Stadtknecht losgeschickt hatte.

»In Tracht als solcher erkennbar?«

Kurz stand dem Mann der Mund offen, dann glitt sein Blick über ihre Aufmachung. »Ja«, krächzte er und räusperte sich. »Hab mir nichts dabei gedacht, aber so wie ihr angezogen seid, erzählen euch die Leute vielleicht mehr.«

Max nickte. »Der Stadtknecht ist noch unterwegs?«

Der Pfleger schüttelte den Kopf und ließ den Mann rufen. »Cuntz Gerber, das sind die Stadtknechte aus Nürnberg, Leinfelder und Hasenbart. Erzähl, was du herausgefunden hast.«

»Nichts, keiner der Bauern will einen Singer beschäftigt haben.«

»Wo hast du überall gefragt? Bei allen Höfen zwischen hier und Pommelsbrunn?«

Gerber trat von einem Bein aufs andere. »Ja, nein, also Arbeiter auf den Feldern an der Fahrstraße hab ich nach einem Singer gefragt.«

»Hm.« Also nicht alle. »Gut, wir müssen los.«

Da reichte ihm der Pfleger eine grobe Karte der Gegend um Pommelsbrunn. »Hab ich für euch abmalen lassen. Da sind alle größeren Höfe eingezeichnet, die Tagelöhner beschäftigen könnten.«

»Danke.«

Huber begleitete sie zum Ausgang. »Hat es geschadet, dass ich einen Stadtknecht in Tracht losgeschickt habe?«

»Schwer zu sagen. Singer könnte dadurch gewarnt worden sein, und mancher wollte ihn vielleicht nicht verraten, aber wer weiß, er hätte ihn auch erwischen können.«

Im Hof waren ihre Rösser getränkt, gefüttert und abgerieben worden. Max dankte dem Stallknecht und schwang sich in den Sattel.

»Heute Nacht werdet ihr hier übernachten?«, fragte der Pfleger.

»Wahrscheinlich, aber das kommt ganz darauf an, ob und was wir herausfinden.«

»Gott sei mit euch«, verabschiedete sich der Mann, und sie ritten los.

Entlang der Fahrstraße sahen sie kleinere Weiler, bis sie schließlich durch ein Dorf mit Wirtschaft kamen, in der sie auf dem Rückweg Erkundigungen einholen konnten. Als Pommelsbrunn bereits auszumachen war, ritten sie nur noch Schritt und suchten mit Blicken die Umgebung ab.

»Da!« Michel deutete zu einer Wiese, auf der mehrere Arbeiter Heu schnitten. »Ob der Stadtknecht die schon befragt hat?«

Max grinste. »Die haben bestimmt erst angefangen, nachdem die Sonne den Tau getrocknet hatte. Reiten wir hin. Ich übernehm das Reden.«

»Gern.«

Im Schritt näherten sie sich entlang des Rains zwischen einem Feld und der Wiese. Sowie sie in Hörweite kamen, rief Max: »Singer!«

Langsam hielten die Männer inne und sahen sich nach ihnen um. Keiner hatte auffällig auf den Namen reagiert. Einer wies die anderen an, weiterzuarbeiten, und ging ihnen entgegen. »Was wollt ihr?«

Das war sicher der Bauer, deshalb fragte Max: »Arbeitet für dich der Singer?«

»Wer?«

»Ein Tagelöhner, der sich Singer nennt. Den suchen wir dringend, weil sein Vater krank geworden ist.«

Der Mann schüttelte nur den Kopf und stierte sie an.

»Hat dich schon ein Stadtknecht nach ihm gefragt?«

»Wieso ein Stadtknecht?«

»Nur so, dem Pfleger haben wir nämlich auch Bescheid gegeben.«

»Ach so. Wenn mir ein Singer begegnet, sag ich im Pflegamt Bescheid?«

»Ja, bitte.« Etwas spät fragte sich Max, ob das so eine gute Idee war, die Obrigkeit ins Spiel zu bringen. Der Mann mochte sich etwas anmerken lassen, falls Singer tatsächlich auftauchte. Aber nun konnte er nichts mehr daran ändern. »Dank dir.« Sie wendeten und ritten weiter die Straße entlang.

Wesentlich misstrauischer benahm sich der nächste Bauer. »Ja, den sucht auch ein Stadtknecht.«

Wieder erzählte Max die Mär vom kranken Vater, woraufhin sich der Mann entspannte. »Ach so. Hab schon befürchtet, hier treibt sich ein Verbrecher herum.«

Max verzog das Gesicht. »Leider passieren in der Gegend wirklich immer mehr Überfälle, deswegen tragen wir auch Waffen.«

»Ist wahrscheinlich besser so.«

In Pommelsbrunn hielten sie und beschlossen, in der Wirtschaft etwas zu trinken und sich umzuhören. Nur wenige Reisende und Handwerker nahmen gerade ihr Mittagsmahl ein, als sie die Gaststube betraten.

Michel raunte ihm zu: »Sollen wir lieber auch was essen, damit wir nicht verdächtig wirken?«

Nach der Brotzeit im Pflegamt roch es für Max hier nicht sehr verlockend. Grütze und Schmalz? »Lieber nur Bier, oder hast du schon wieder Hunger?«

»So verfressen bin ich auch nicht..«

Sie setzten sich an einen freien Tisch in der Mitte des Raums und bestellten zwei Humpen. Als der Schankknecht das Bier brachte, fragte Max: »Der Singer ist bestimmt auch öfter hier.«

»Wer?«

»Ein Tagelöhner, der sich Singer nennt.«

Der Knecht schüttelte den Kopf, nahm das Geld und verschwand.

Michel rieb sich das Kinn. »Vielleicht hat sich der Zuträger getäuscht, und es war ein Hof vor Pommelsbrunn aus Richtung Sulzbach kommend?«

»Könnt gut sein, auf jeden Fall hören wir uns da auch um.«

Max zeichnete auf der Karte ein, wo sie schon überall gefragt hatten, während er sein Bier trank, und besah sich die Lage der übrigen Gehöfte. Da ging die Tür auf, und er blickte unwillkürlich auf.

Eine Frau zwischen dreißig und vierzig betrat die Wirtschaft und schaute sich unsicher um, als fühlte sie sich in so einer Umgebung nicht recht wohl. Die Haube wies sie als Ehewirtin aus, das schlichte Kleid war aus gutem Stoff geschneidert. Man konnte sie für die Frau eines Handwerkermeisters halten. Als ihr Blick ihn erfasste, kam sie langsam näher. Etwas Verhuschtes haftete ihr an, was nicht zu einer Meistersfrau passte. Das Bündel auf ihrem Rücken musste ziemlich schwer sein, denn die Knöchel der Hand, mit der sie es festhielt, traten weiß hervor. Bestimmt wollte sie ihnen etwas verkaufen. Max wappnete sich gegen eine rührselige Geschichte, die sie ihnen womöglich auftischte, um einen viel zu hohen Preis für ihre Waren zu rechtfertigen. Das erlebte er oft genug, wenn er die Händler in Nürnberg kontrollierte. Am schlimmsten waren die Straßenverkäufer ohne Erlaubnis.

Sie blieb vor ihrem Tisch stehen, blickte von einem zum anderen. Michel zog die Augenbrauen hoch.

Das Weib setzte sich ungebeten, ließ das Bündel zu Boden sinken und flüsterte: »Brauchen die Herren vielleicht eine Pistole? Die Straßen sind recht unsicher geworden.«

Ha, war das am Ende das Weib, das die gestohlenen Waffen für die Räuber verhökern sollte? Max lächelte. »Wo hast du die denn her?«

Sie senkte den Kopf. »Von meinem Mann – Gott hab ihn selig. Er ist vor ein paar Wochen gestorben. Und ich muss jetzt zusehen, wie ich mich durchschlage als arme Witwe. Die Faustbüchse kann ich am allerwenigsten brauchen, weiß ja nicht einmal, wie man damit umgeht.«

»Dann zeig sie mir. Falls sie gut gepflegt worden ist, könnten wir ins Geschäft kommen.«

Michel schaute weiterhin grimmig drein, als wäre sie ihnen nur lästig, doch seine Augen funkelten. Die Frau bemerkte nichts davon, während sie in ihrem Bündel kramte. Max spähte am Tisch vorbei hinunter. Mehrere Läufe konnte er ausmachen. Er zwinkerte Michel zu und nickte.

Im nächsten Moment legte sie eine alte Luntenpistole auf den Tisch. Max verzog das Gesicht. »Na, so eine kann ich nicht brauchen. Dauert viel zu lang, die Lunte mit dem Feuerschläger anzuzünden, wenn's ernst wird.« Er winkte sie weg.

Sie presste die Lippen aufeinander, schaute von einer Seite zur anderen, dann legte sie die Waffe zurück in das Bündel und holte eine Radschlosspistole heraus. »So eine wäre euch lieber?«

Max grinste breit. »Viel lieber. Was hast denn noch alles … geerbt?«

Ihre Finger tanzten fahrig über den Tisch. Bestimmt fragte sie sich, wie viel sie preisgeben konnte. »Wollen die Herren vielleicht mit mir nach draußen kommen?«

Begeistert nickte Max und leerte seinen Krug in einem Zug. »Soll ich dir dein schweres Bündel tragen helfen?«, fragte er und stand auf.

Ein ängstlicher Ausdruck huschte über ihr Gesicht.

Max klopfte auf den Lederbeutel an seinem Gürtel. »Keine Sorge, ich kann zahlen, wenn du mir was Gutes zu bieten hast.«

Da hob sie ihr Bündel auf und eilte voraus zur Tür. Max und Michel folgten langsamer. »Du lenkst die ab, ich schau, ob sich draußen jemand herumtreibt«, raunte ihm sein Kumpel zu.

»Gut, sobald sie uns alles zeigt, nehmen wir sie sowieso fest.«

Sie traten hinaus in den Sonnenschein und sahen das Weib davonrennen.

»He, bleib stehen!«, rief Max und lief ihr hinterher. Mit ihrer Last kam sie nicht weit. Er kriegte ihren Arm zu fassen und riss sie so heftig herum, dass sie ihr Bündel verlor. Die Waffen klapperten zu Boden. Max packte sie an beiden Handgelenken. »Wo hast du die wirklich her?«

»Hab ich doch gesagt, von meinem verstorbenen Mann.«

»Was hat der gemacht, dass er so viele Schießeisen gebraucht hat?«

»Jäger war er.«

»Wilderer vielleicht.« Keine einzige lange Büchse, mit der man auf die Jagd gehen konnte, befand sich unter den Waffen.

»Warum bist du weggelaufen?«

»Du hast mir Angst gemacht, hab gefürchtet, dass du mir einfach alles wegnimmst.«

Michel kam jetzt heran und band ihr mit einem Strick die Hände zusammen. »Sie scheint allein zu sein, oder sie ist mit Feiglingen unterwegs.«

»Kann uns nur recht sein.« An die Frau gewandt fügte er hinzu: »Du hast also keinen Grund, das Gelichter zu schützen, wenn sie sich um dich auch nicht scheren. Wir suchen den Singer und seine Kumpane, und du weißt, wo sie sind.«

Die Frau schüttelte den Kopf und sah ihn trotzig an. »Ich weiß nicht, wovon du redest.«

»Wie heißt du?«

»Anna, Anna Raschin.«

»Ach.« Michel feixte. »Gar die Frau vom Rasch?«

Da verlor ihr Gesicht alle Farbe. Offenen Mundes starrte sie ihn an, bevor sie hauchte: »Du kennst ihn?«

»Und ob«, antwortete Michel. »Verrat uns, wo wir ihn finden.«

»Wieso?«

Die Frage überraschte Max. Dass sie sie gefesselt hatten, war für sie wohl noch kein Grund, sie für Ordnungshüter zu halten. Michel schaute ebenfalls verdutzt drein. »Vielleicht kommen wir mit ihm ins Geschäft«, flunkerte er dennoch. »Wenn er noch mehr Waffen heranschaffen kann. Du stellst dich nämlich nicht gerade geschickt an.«

Die Raschin schniefte. »Hab so was auch noch nie zuvor gemacht.«

Selbstgefällig lächelte Max. »Bist bloß seine Diebshur, oder?«

Heftig schüttelte sie den Kopf. »Hur bin ich keine. Ich gehör dem Rasch und sonst niemandem.«

»Auch recht. Sag, wo finden wir ihn und seine Bande? Die machen doch immer noch gemeinsam weiter, obwohl der Walter Hans erwischt worden ist.«

»Den kennt ihr auch?«

»Sowieso. Was der in der Bernthalmühle durchgezogen hat, war schon beachtlich.«

Michel nickte. »Ja, saubere Arbeit, das muss der Neid ihm lassen.«

»Neid?«, fragte sie und musterte ihn skeptisch.

»Freilich. Der Neid der weniger Erfolgreichen.«

65

Da lächelte sie, schaute sich in alle Richtungen um und sagte: »Wo sie jetzt genau sind, weiß ich auch nicht, aber sie wollten weiter gen … Mitternacht, glaub ich.«

Hm, dann wollten sie vermutlich in Richtung Vorra. »Wann hast du sie zuletzt gesehen?«

»Gestern, da hinten.« Sie winkte zur Straße nach Sulzbach.

»Ist der Singer auch mit ihm unterwegs?«

Sie schüttelte den Kopf, dann zog sie die Schultern hoch. »Den haben sie gestern getroffen, der ist aber nicht mit, will weiter als Tagelöhner arbeiten, weil's gerade viel Arbeit gibt. Aber das macht er bestimmt nicht mehr lang.«

»Schätz ich auch«, antwortete Michel und blickte die Straße entlang. »Kannst du uns genauer sagen, wo der Singer arbeitet?«

»Ja, rechter Hand auf einem Feld an der Straße hab ich ihn gesehen, aber ob er noch für denselben Bauern arbeitet, weiß ich auch nicht.«

Was sollten sie jetzt tun? Die Frau mussten sie sofort festsetzen und dann schauen, ob sie den Singer noch erwischten. Aber die Raschin erst nach Hersbruck zu bringen, kostete zu viel Zeit. Er wandte sich an Michel. »Lassen wir sie im Wirtshaus einsperren oder bringen wir sie erst nach Hersbruck?«

»Ich frag den Wirt.«

»Was soll das heißen? Ihr wollt doch Waffen!«, protestierte sie.

Max feixte. »Nein, wir wollen Räuber fangen, und du kommst vielleicht halbwegs gut davon, weil du uns hilfst, also pass auf, was du sagst.«

»Ihr Schandbuben!«

»Halt's Maul, wir sind Stadtknechte der Freien Reichsstadt Nürnberg.«

Das ließ sie fürwahr verstummen. Michel kehrte mit einem zufriedenen Lächeln zurück. »Wir können sie in seinem Weinkeller einsperren, solange wir sie gut fesseln, damit sie ihm nicht den halben Wein wegsauft.«

Max packte die Waffen zusammen und verschnürte das Bündel. Musste ja nicht jeder sehen, was das Weib verkaufen wollte. »Nehmen wir die mit?«

»Ja, besser ist das.«

* * *

Floryk und Stoffel waren über Pommelsbrunn hinaus bis nach Hartmannshof gefahren, wo sie in einem Wirtshaus ein schlichtes Mittagsmahl aßen. Wie in allen, die sie zuvor besucht hatten, erfuhren sie nichts von Bedeutung. Ob der Mosche sich einen Spaß mit ihnen erlaubte? Als Jude hatte er nicht viel Grund, der Reichsstadt einen Gefallen zu tun. Außer der Belohnung natürlich, aber die war sicherlich vom Erfolg abhängig.

»Was jetzt?«, fragte Stoffel.

Auf der Haupthandelsstraße bis nach Sulzbach weiterzufahren lohnte wirklich nicht der Mühe, insbesondere da sie bald Geleitschutz annehmen und bezahlen mussten. »Biegen wir auf die alte Straße gen Süden ab. Da werden sich Räuber eher trauen.«

»Warum nicht nach Norden?«

»Eines so gut wie das andere. Im Norden fahren wir zurück.«

»Wenn du meinst«, brummte Stoffel.

»Hast du einen besseren Vorschlag?«

»Nein, aber ich halt's wirklich nicht mehr lang aus, den ganzen Tag auf dem Bock zu hocken und höchstens ein bisserl auf- und abzuladen. Heut kann ich nicht mal das machen.« Er seufzte. »So eine elende Nichtstuerei bekommt mir nicht, die staubige Straße noch weniger.« Er hustete übertrieben.

In diesem langen heißen Sommer war es wirklich besonders staubig. »Ich mag auch nicht mehr«, gestand Floryk. »Wenn wir wieder in Nürnberg sind, fragen wir, ob sie uns ziehen lassen.«

Da hellte sich Stoffels Gesicht doch etwas auf. »Das wär schön.«

Sie kehrten zu ihrem Karren zurück und fuhren zur Abzweigung nach Waizenfeld. Kurz vorher entdeckte Floryk zwei Reiter, die ihnen auf der Straße entgegenkamen. »Ob das unsere Räuber sind? Ich könnt halten und so tun, als müsst ich den Rössern Wasser geben.«

»Ja, halt an. Ich kram auf der Ladefläche herum und hol dann die Eimer.« Der Karren stand noch nicht, da sprang Stoffel schon hinunter und zog die Faustbüchse, bevor er sich hinter dem Karren halb verbarg.

Auch Floryk fischte seine hervor und legte einen Hanfsack über die Hand mit der Waffe. Mit Misstrauen und Hoffnung im Widerstreit blickte er den Reitern entgegen. Da beschlich ihn das Gefühl, die Männer zu kennen. Wenn das nicht … Natürlich! »He, Stoffel, das sind Stadtknechte.« Er grinste Max und Michel entgegen und winkte.

Die beiden zügelten ihre Rösser. »Ah, Floryk, du machst uns wieder Arbeit mit deinen Räubergeschichten«, rief Max.

Er verzog das Gesicht. »Ich weiß, aber ich kann auch nichts dafür. Hat sich vielversprechend angehört, was der Mosche erzählt hat, aber wir haben noch nichts über diesen Singer erfahren.«

Da lachten die beiden. Michel feixte. »Wir haben dafür die Frau erwischt, die für die Räuber Waffen verkaufen sollte.«

»Dann stimmt die Geschichte?« Erneut packte Floryk das Jagdfieber. »Vielleicht sind sie doch noch in der Nähe. In der Wirtschaft hier haben sie uns nichts zu einem Singer oder Rasch sagen können.«

»Wir haben bisher den Bauern auch nicht auftreiben können, bei dem der Singer gearbeitet haben soll. Von Nürnberg kommend haben wir vor Pommelsbrunn alle Bauern befragt. Die Raschin meinte allerdings, es müsste hinter der Ortschaft gewesen sein. Rechter Hand haben wir bis hierher alle befragt, die wir angetroffen haben. Jetzt klappern wir die ganzen Höfe auf der anderen Seite zwischen hier und Pommelsbrunn ab. Wohin seid ihr unterwegs?«

»Wir wollten jetzt noch ein Stück südlich der Handelsstraße in Richtung Sulzbach fahren.«

»Laut der Raschin – ja, sie will seine Ehewirtin sein – sind er und der andere nach Norden weiter, aber nicht der Singer.«

Floryk nahm den Hut ab und kratzte sich den Kopf. »Dann sollten wir doch in Richtung Mitternacht fahren.«

»Du willst weiter den Lockvogel spielen? Ihr zwei werdet vielleicht nicht mit dem Gesindel fertig.« Während er die letzten Worte sprach, weiteten sich Maxens Augen.

Floryk blickte über die Schulter, sah, wie Stoffel die Faustbüchse auf den Stadtknecht richtete, und grinste. »Keine Sorge, wenn die was von uns wollen, sind wir vorbereitet.«

Michel schnaubte geringschätzig. »Und was machst du, wenn du einen anschießt und der andere über dich herfällt?«

»Dann ist Floryk auch noch da.«

»Und wenn sich der erste Räuber wütend auf dich stürzt, weil du ihn nur leicht verletzt hast, und dir keine Zeit zum Nachladen bleibt?«

Immer noch grinsend kam Stoffel um den Karren herum, legte die Waffe auf den Bock und trat neben Michels Ross. »Versuch's.«

Der beäugte ihn misstrauisch.

Stoffel war es wirklich zu langweilig auf den Fahrten geworden. Kurzerhand packte er den Stadtknecht und zog ihn vom Ross. Michel schrie auf. »Blöder Hund, was soll der Mist?«

»Na los, greif mich an.«

Michel rappelte sich auf und klopfte sich den Staub von der Hose.

»Lohnt nicht, liegst gleich wieder im Dreck«, verkündete Stoffel.

Da wurde Michel fuchtig, stürzte sich auf den frechen Kerl, doch der duckte sich unter der Faust weg und rammte ihm die seine in den Magen. Um Luft ringend ging Michel in die Knie.

»Das reicht«, sagte Max, konnte sich ein Grinsen jedoch nicht völlig verkneifen. »Ich seh schon, wir brauchen uns keine Sorgen um euch zu machen, aber seid auf der Hut.«

Stoffel reichte Michel die Hand, um ihn hochzuziehen, doch dafür war sein Kumpel zu stolz. Mühsam richtete er sich ohne Hilfe auf und bestieg sein Ross.

Stoffel packte die Pistole wieder in den Holster unter seinem ärmellosen Lederwams und schwang sich auf den Bock. »Gen Mitternacht also.«

Max erklärte noch: »Wir werden wohl in Hersbruck übernachten. Den Rückweg nehmen wir vermutlich auch über die Straßen im Norden, wenn wir die Räuber bis dahin noch nicht erwischt haben.«

»Dann begegnen wir uns hoffentlich noch einmal. Genaue Pläne haben wir noch keine, aber bald müssen wir wieder was arbeiten.«

»Was wir sonst machen, ist auch keine Arbeit«, brummte Stoffel.

Floryk ließ die Zügel auf die Rücken der Rösser klatschen und wendete das Fuhrwerk erneut.

* * *

Max ließ jede Hoffnung fahren. Inzwischen hatten sie auch auf der anderen Seite des Fahrwegs alle Bauern bis auf einen nach einem Tagelöhner, namens Singer gefragt, aber niemand wollte ihn kennen oder gar beschäftigt haben. Sie näherten sich dem letzten Hof. »Bringen wir's hinter uns, und dann holen wir unsere Gefangene.«

Michel nickte grimmig.

Am Hof trafen sie einen Knecht an, der gerade eine Handkarre voller Mist auf den stinkenden Haufen leerte. Ohne viel Hoffnung fragte Max nach dem Tagelöhner.

»Singer? Ja, so hat sich der Hans Ruprecht genannt.«

Max konnte es kaum fassen, wollte jubeln. »Wo ist er?«

»Nicht mehr da. Ist gestern weitergezogen.«

Mist, verfluchter! »Hat er gesagt, wohin er wollte?«

»Ach, solche Vaganten überlegen sich das doch meistens erst, wenn sie schon auf der Straße stehen und sich entscheiden müssen.« Kopfschüttelnd rollte der Knecht die Karre zurück in den Stall. Das war der Erste, der sie nicht einmal fragte, warum sie sich nach Singer erkundigten. Jetzt kannten sie immerhin – vermutlich – seinen richtigen Namen: Hans Ruprecht.

»Reiten wir zurück und holen die Raschin ab«, sagte Michel und wischte sich die Stirn mit dem Ärmel.

»Ja.« Max prüfte den Sonnenstand. »Wir sollten wirklich in Hersbruck übernachten. Vielleicht verrät sie uns noch was. Bis Nürnberg kommen wir heute sowieso nicht mehr vor Sonnenuntergang.«

»Oder wir steigen beim Heroldwirt ab.« Michel feixte. »Wenn wir schon keinen Räuber erwischen, fangen wir vielleicht einen Einbrecher.«

Max lachte und wendete das Ross. »Wär mir recht. Aber leg dich nicht noch einmal mit einem Fuhrmann an.«

Sein Kumpel schnaubte verächtlich. »Wer rechnet auch damit, dass so ein alter Kerl noch so grob werden kann.« Er rieb sich den Bauch.

Sie ritten los. Max schöpfte wieder Hoffnung, sorgte sich gleichzeitig jedoch um Floryk. Wenn die Räuber zu dritt unterwegs waren, hatten er und sein

Rabauke von einem Großvater geringe Aussicht, sie zu überwältigen. Trotzdem sagte er: »Endlich taugt mal einer der Hinweise, nachdem wir in Forchheim und Buttenheim vergeblich nach dem Plemel gesucht haben.«

»So ein Schäfer fällt halt gar nicht auf.«

Kapitel 8

Weindorf am Freitag, den 4. September 1590

Neben dem maulfaulen Stoffel auf dem Kutschbock fuhr Floryk an den Weinhängen entlang und fragte sich, ob sie hier haltmachen und zum Mittagsmahl ein Seidel des hiesigen Weins probieren sollten. Das beschauliche Weindorf trug seinen Namen zu Recht. Saftig hingen die Trauben an den Rebstöcken, bereit für die Ernte. Auch er wollte bald die Früchte seiner Mühen ernten und in Padua oder Bologna weiterstudieren … Hoffentlich erwischten Michel und Max den Singer noch! Er hatte wirklich keine Lust mehr, darauf zu warten, dass er überfallen oder in einer Herberge bestohlen wurde. Vielleicht waren die Räuber längst in einer ganz anderen Gegend.

Gerade wollte er seinem Gefährten die Rast vorschlagen, als zwei Männer den Hang herunter auf die Straße schlenderten. Jeder hielt Trauben in einer Hand und naschte davon. Angeregt sprachen sie miteinander und diskutierten womöglich, ob sie schon ernten sollten.

Einer schaute ihnen jetzt entgegen und hielt eine Rispe hoch. »He, wollt ihr probieren? Wir sind uns nicht einig, ob sie schon reif genug sind.«

»Das lasse ich mir gefallen«, brummte Stoffel.

Nur allzu gern zügelte Floryk die Rösser. Was für eine freundliche Gegend. »Freilich helfen wir euch bei so einer schwierigen Entscheidung.« Grinsend zupfte er ein paar der Früchte ab, hielt die Hand Stoffel hin und steckte sich eine Traube in den Mund. Eine herrliche Süße breitete sich auf Zunge und Gaumen aus. Er schloss sogar die Augen für einen Moment.

»Mist«, zischte Stoffel.

Floryk riss die Lider auf und blickte in die Mündung einer Faustbüchse.

»Absteigen und her mit dem Geld«, befahl der Kerl, der ihn mit den Trauben verlockt hatte. Die lagen zermatscht auf dem Boden, erinnerten an blutiges Gedärm. Was dachte er da! *Reiß dich zusammen, Floryk.* Der andere durchsuchte schon die Ladefläche. Das waren nicht dieselben Kerle, die den Mosche überfallen hatten.

»Ganz ruhig«, sagte Stoffel. Wen genau er meinte, war schwer zu sagen. Vermutlich sie alle.

»Ihr kriegt, was ihr wollt.« Mit zitternden Fingern hob Floryk sein schweres Bündel auf. Sollte er es versuchen? Er warf Stoffel einen kurzen Blick zu, sprang hinunter und schwang das Bündel gegen den Kopf des Kerls. Vor Schreck ließ der die Waffe fallen und taumelte zurück. »Saukerl.«

»Selber!« Floryk griff nach dessen Faustbüchse, doch da durchfuhr ihn ein dumpfer Schmerz, und er ging zu Boden.

»Schon gut!«, rief Stoffel. »Tut dem Heißsporn nichts. Wir geben euch alles.«

Floryk rollte auf den Rücken und ächzte. Der zweite Kerl hatte ihm mit einem Knüppel auf den Rücken geschlagen. Stoffel stand auf dem Kutschbock und wirkte ganz entsetzt. Der andere Räuber richtete indes die Faustbüchse auf ihn. »Los, her mit dem Beutel.« Natürlich hielt er den älteren von ihnen für den Händler, der das Sagen hatte. Inzwischen trug Stoffel auch bessere Kleidung, die ihm Hans Jakob Haller aufgedrängt hatte, falls er sich als Händler ausgeben wollte. Mit übertrieben zitternden Händen machte er sich am Geldbeutel zu schaffen. Wie Floryk wusste, befand sich darin auch ein kurzes Messer. Ob Stoffel es wagte?

Floryk sah sich nach dem Kerl mit dem Knüppel um und setzte sich auf. Der merkte es sofort, grinste ihn an und hob das Rundholz höher. »Versuch's nur, Bürschla.«

»Ich hab genug für heute«, stöhnte er.

Da lenkte sie Stoffel ab. »Hilft mir einer runter, oder darf ich mich wieder hinsetzen?« Ohne eine Antwort abzuwarten, warf er dem Kerl mit der Pistole den Beutel zu. Überrascht versuchte der, ihn aufzufangen, doch mit der Waffe in einer Hand war es gar nicht so einfach. Das Säcklein purzelte auf den Boden. Sowie der Räuber sich danach bückte, sprang Stoffel vom Bock auf den Schurken.

»He!«, rief der andere und wollte seinem Kumpan zu Hilfe kommen, doch Floryk hechtete nach dessen Beinen und brachte ihn zu Fall.

Wo war sein Bündel gelandet? Er brauchte die Waffe! Während er sich umschaute, rappelte sich der Räuber auf. Da sauste der Knüppel schon wieder auf Floryk zu. Er hob den Arm, um sich zu schützen, doch der Schlag schmerzte höllisch. Mit der anderen Hand bekam er allerdings das obere Ende zu fassen und entriss dem Kerl das Holz. Er sprang auf die Beine und holte aus. Verflucht, der angeschlagene Arm war womöglich gebrochen. Der Schmerz wollte gar nicht nachlassen. Aus dem Augenwinkel sah er, wie Stoffel den anderen Räuber bändigte.

»So ein Scheißdreck!«, rief derjenige vor Floryk und zog einen Dolch. Statt anzugreifen wirbelte er herum und rannte um sein Leben.

»Der haut ab«, rief Floryk und setzte ihm nach.

»Bleib da, hilf mir, den Kerl zu binden. Der sagt uns vielleicht, wo wir seinen Spießgesellen erwischen.«

Floryk kehrte gern zurück. Ihm tat alles weh. Er kniete mit einem Bein auf dem Rücken des Räubers. »Ich glaub, mein Arm ist gebrochen. Binden musst du ihn selber.« Stoffel drückte ihm die Pistole des Schurken in die Hand, ging zum Wagen und holte seine lange Büchse von der Ladefläche, zielte auf den Flüchtenden und drückte ab. Leider konnte Floryk den Schurken nicht sehen. »Hast du ihn erwischt?«

»Nur ein Streifschuss am Arm, fürchte ich.« Stoffel brachte ein Seil mit und band dem Räuber die Arme hinter dem Rücken zusammen. »Wohin rennt dein Kumpel?«

»Was weiß denn ich«, sagte der Kerl und wehrte sich nicht mehr. Der Schuss hatte ihm wohl zu verstehen gegeben, dass es zwecklos war, wenn er nicht gleich hier sein Leben aushauchen wollte.

»Du warst beim Überfall auf die Bernthalmühle dabei«, sagte Floryk mit Bestimmtheit.

»Ich? So ein Gschmarri, ich weiß doch gar nicht, wo die Mühle ist. Wir wollten uns nur einen Spaß mit euch erlauben.«

»Ist gar nicht lustig, wenn man eine Büchse ins Gesicht gehalten kriegt.«

Stoffel rief: »Da kommen Leut.«

»Spießgesellen von dir?«, fragte Floryk.

»Bestimmt, die machen euch jetzt den Garaus.«

Floryk blickte über die Schulter und sah zwei Männer und eine Maid herbeilaufen.

»Was ist los? Hast du geschossen?«, fragte der Älteste.

Stoffel legte die Flinte weg. »Die wollten uns überfallen. Einer ist weggerannt. Hab ihn nur am Arm erwischt.«

»Dann ist er verletzt. Vielleicht kriegen wir den noch«, sagte der Jüngere und preschte dem Räuber hinterher.

»Seid bloß vorsichtig!«, rief Floryk. »Er hat einen Dolch.«

Da rannte auch der zweite los. Floryk stand auf, zog mit seinem unverletzten Arm den Gefangenen auf die Beine und lächelte die Maid an. »Wenigstens einen haben wir dingfest gemacht.«

»Ihr seid ganz schön mutig«, antwortete sie und sah ihn bewundernd an.

Floryk schoss die Hitze ins Gesicht, doch er nickte selbstzufrieden.

»Kommst du öfter hier durch?«

Oh, du süße Versuchung. An ihren vollen Lippen hing noch etwas Traubensaft, die dunklen Augen funkelten. Floryk schluckte. »Eher selten.«

»Schade.« Ihr Blick ging in die Ferne. »Schau, der Vater und mein Bruder haben jetzt den Weinberg erreicht.«

Da entdeckte er die beiden ebenfalls, seufzte und warf Stoffel einen vorwurfsvollen Blick zu. »Ich hätt ihm doch gleich nachlaufen sollen.«

Der gab ein Grunzen von sich. »So plump, wie du auf den da losgegangen bist, tätst jetzt wahrscheinlich tot zwischen den Weinstöcken liegen, und ich müsst dich suchen.«

So eine Unverschämtheit! Nur hatte er nicht ganz unrecht. »Wo ist denn hier das nächste Amt der Reichsstadt mit Prisaun?«, fragte Floryk die Maid.

Enttäuschung trübte ihr Gesicht. »In Lauf. Ist noch ein ganzes Stück zu fahren.«

Floryk leckte sich die Lippen. »Schade, dabei hätt ich gern euren Wein probiert.«

»Musst halt öfter die Strecke fahren«, antwortete sie mit einem verführerischen Lächeln.

Hufschlag ließ ihn die Straße entlangblicken. Zu seiner Erleichterung erkannte er Max und Michel. Er zog den Hut vom Kopf und winkte ihnen damit. Die Stadtknechte trieben sogleich ihre Rösser zum Galopp an.

»Was ist passiert?«, rief Max aus einiger Entfernung.

Da merkte Floryk, dass der Gefangene ausbüxen wollte, doch Stoffel packte ihn am Seil. »Du bleibst da.«

Jetzt zügelten die Stadtknechte ihre Rösser.

Floryk erklärte: »Der da und noch einer wollten uns ausrauben. Der andere ist uns entwischt, aber Stoffel hat ihn am Arm verletzt, Streifschuss, und zwei Weinbauern jagen ihn.«

»Welche Richtung?«, blaffte Michel.

Stoffel deutete über die Felder und Wiesen zum Weinberg. »Da ist er verschwunden, aber tut den beiden nichts, die ihn fangen wollen.«

Michel preschte schon los, doch Max fragte: »Bringt ihr den da zum nächsten Pflegamt?«

»Freilich. Nach Lauf.«

»Gut. Ist der andere bewaffnet?«

»Einen Dolch hat er, vielleicht auch eine Faustbüchse, aber gesehen hab ich keine.«

»In Ordnung.« Max trieb sein Ross an.

* * *

»Schon wieder einen Räuber im Wald jagen!«, stöhnte Michel, als sie den Weinberg erreichten und ihre Rösser zügelten.

Max grinste. »Du hast doch keine Ahnung. Das sind Rebstöcke ordentlich in Reihe gepflanzt. Wald schaut anders aus.«

»Trotzdem, wie sollen wir den Mistkerl finden?«

Max stieg ab und blickte zurück. Die Spur von niedergetrampelten Wiesenblumen war zwar nicht sehr deutlich, aber sie endete ungefähr hier. »Maul nicht, sperr die Ohren auf und schau dich nach Blutstropfen um. Wir halten drei Reihen Abstand zueinander.« Die Rösser banden sie an einem Baum am Fuße des Hangs fest. »Hoffentlich klaut uns die keiner.«

»Wär nicht das erste Mal«, brummte Michel.

Klinge oder Faustbüchse? Max zog das Schwert, nahm aber die Pistole in die linke Hand. Er hielt den Blick meist auf den Boden gerichtet, um nicht auf knackende Zweige zu treten, aber vor allem auf der Suche nach Fußtritten oder Blutspuren, trotzdem schaute er alle zwei Schritte nach links und rechts. Die Trockenheit half nicht gerade, Spuren zu finden. In gleichmäßiger Geschwindigkeit stapfte er bergauf und konnte Michels Tritte geradeso hören. Plötzlich nahm er Schritte aus der anderen Richtung wahr. Max stand völlig still, lauschte und spähte zwischen den Weinstöcken hindurch, doch die standen zu dicht. Eine leise Stimme drang an sein Ohr. Eine zweite schien zu antworten. Trieb sich hier auch der Singer herum? Langsam trat er um den Weinstock herum.

»… finden wir nie …«, meinte Max zu verstehen. Die Weinbauern? Konnte er es riskieren? Nun, wenn es Räuber waren, würden sie vermutlich davonlaufen. »Wer da?«, rief er.

Stille.

»Seid ihr die Weinbauern?«

»Ja!«, rief einer. »Wer bist du?«

Statt zu antworten, ging er weiter auf die Stimmen zu, bis er die Männer erreichte. »Stadtknecht«, flüsterte er. »Ihr sucht den Räuber?« Um sicherzugehen, musterte er ihre Arme. Keine Schusswunden.

»Ja, aber das ist hier recht hoffnungslos. Oben beginnt dann der Wald. Da ist er vielleicht schon längst.«

»Mist.« Max kratzte sich die Stirn. »Sucht trotzdem hier weiter, wir gehen rauf.«

»Wir?«

»Hab noch einen Stadtknecht dabei.«

Die beiden nickten und marschierten los. Er hastete zurück zu Michel. Der richtete die Pistole auf ihn. »Herrschaftszeiten, Max, bist narrisch. Ich hätt beinah abgedrückt!«

»Die Weinbauern suchen ebenfalls hier die Reihen ab. Schauen wir uns oben um.«

Auf der Hochebene angelangt mussten sie noch einen schmalen Streifen Wiese überqueren, dann umfing sie die kühle Finsternis des Walds. Pfad gab es hier keinen. Sein Kumpel stöhnte. »Hab ich's doch gesagt.«

»Los, hilft ja nichts.«

Wieder gingen sie in einigem Abstand los, doch wenigstens konnten sie hier die meiste Zeit Blickkontakt halten. Da hörten sie einen Schrei und rannten gleichzeitig los.

Max vernahm schnelle Schritte eines Vierbeiners, es klang aber nicht nach dem Hufschlag eines Rosses. »Obacht, da kommt was.« Er sprang hinter einen Baum, und Michel tat es ihm nach. Eine wütende Wildsau mit Frischlingen trabte an ihnen vorbei und hielt erst an der Wiese, hob die Schnauze in die Luft und sah sich offenbar misstrauisch um. Hoffentlich hatte sie den Räuber nicht mit ihren beeindruckenden Hauern aufgeschlitzt. Mit Jungtieren waren Wildsäue äußerst gefährlich. Andererseits war ihm ein aufgeschlitzter Räuber lieber als ein entkommener. Max nickte in die Richtung, aus der die Viecher und der Schrei gekommen waren.

»Heda! Hilfe!«, rief plötzlich jemand.

»Ja, wir kommen«, antwortete Max und fragte sich, ob der Räuber tatsächlich um Hilfe rufen würde. Sie folgten der Stimme und entdeckten einen verschreckten Kerl auf dem untersten Ast einer Eiche sitzend. Max steckte Schwert und Pistole weg.

»Ist die Sau fort?«, rief der Angsthase.

»Ja, kannst runterklettern.«

»Die hat mich am Arm erwischt. Ich glaub nicht, dass ich allein runterkomm.«

Ach, mit ihren Hauern bis zum Arm hinauf war das kurzbeinige Vieh gekommen? Wenn das mal keine Schussverletzung war.

Michel schmunzelte. »So einfach haben wir's selten.«

»Wenn's dir zu einfach ist, darfst du ihm herunter*helfen*.«

»Ts, so war's nicht gemeint. Und überhaupt …« Michel ging zu dem Mann, musste sich kaum strecken, um die Fußgelenke zu packen, und zog ihn herunter. Noch ein gellender Schrei, dann schlug er auf dem Boden auf und wimmerte. Der mutmaßliche Räuber rollte sich auf die unverletzte Seite und hielt sich den Arm. Max ging neben ihm in die Hocke. »Zeig her.«

»Blöde Arschlöcher!«, maulte er.

»Ich will bloß nachschauen, wie ernst die Verletzung ist. Keine Angst, so grob wie mein Kumpel bin ich nicht.«

Schnaubend ließ der Mann die Hand sinken.

»Sei froh, dass es nicht die Wildsau war, sondern nur eine Kugel.« Er drehte ihn auf den Rücken und zog einen Strick aus seinem Wams.

»Was für eine Kugel? Seid ihr blöd? Ich hab doch nichts getan.«

»Du und dein Kumpel wolltet Fuhrwerker unten auf der Straße ausrauben. Du kommst mit nach Lauf.«

»Stimmt gar nicht, ich bin Geselle auf Wanderschaft.«

»Welches Handwerk?«, fragte Michel.

Kurz stutzte der Kerl, dann fiel ihm doch etwas ein. »Schuster.«

»So, so. Na, wir werden dich den Zeugen gegenüberstellen, dann sehen wir schon, ob du unschuldig bist. Wie heißt du?«

»Bemer«, murmelte er.

»Ach, nicht etwa Rasch?«

Die Muskeln im Gesicht des Mannes zuckten kurz, dann schüttelte er den Kopf. »Kenn keinen Rasch. Ist der so schnell, oder was?«

»Und als Tagelöhner hast du dich auch nicht bei einem Bauern verdingt?«

»Nein, ich sag doch, dass ich Schuster auf Wanderschaft bin.«

Vielleicht war der andere Räuber dieser Rasch. Jedenfalls hatten sie zwei von diesem Gesindel erwischt. Mit einiger Mühe bugsierten sie Bemer zum Waldrand, wo er zurückscheute. Doch von der Wildsau war zum Glück nichts mehr zu sehen.

»Bist du so erschrocken vor der Sau, weil du gar so geschrien hast?«

»Freilich, und weil sie mir den Arm aufgerissen hat mit ihren riesigen Hauern.«

Michel stieß ihn weiter. »Bist du auf dem Boden herumgekrochen, oder was?«

»Häh?« Verwirrt blickte Bemer vom einen zum anderen.

»Na, wie sonst hätt die mit ihren kurzen Haxen den Kopf so weit hochrecken können, dass sie deinen Arm erwischt?«

Der Verdächtige verstummte, und Max erlaubte sich ein Grinsen. Den Weinhang hinunter packte er lieber Bemers unverletzten Arm. Hier würden sie ihn nur schwer wiederfinden, wenn er zwischen die Rebstöcke flüchtete. »Ein Glück, dass wir doch nach Floryk und Stoffel gesucht haben.« Max hatte es keine Ruhe gelassen, dass die beiden sich vielleicht drei oder mehr Räubern widersetzen müssten. Michel wäre heute Morgen lieber gleich nach Nürnberg geritten. Jetzt nickte er. »Hast recht gehabt. Zwei Räuber statt nur einem, und den da durften wir auch noch selber vom Baum pflücken.« Er grinste zufrieden.

Am Ende des Hangs grasten ihre Rösser friedlich. Von Floryk und dem Fuhrwerk war leider nichts mehr zu sehen. Was hatte er sich nur dabei gedacht, sie vorauszuschicken? Es wäre sehr bequem gewesen, den zweiten Kerl auf die Ladefläche zu werfen. Aber er hatte nicht unbedingt erwartet, den Schuft noch zu erwischen. »Tja, tut mir leid, du musst ein ziemliches Stück laufen, Bürschla.« Max nahm ein langes Seil vom Sattel, schlang es durch die Handfessel und verknotete es.

In dem Moment näherten sich die Weinbauern. Die hatte er ganz vergessen. Er winkte ihnen zu. »Wir haben ihn, ihr könnt aufhören, nach dem Mistkerl zu suchen.«

Bemer rief: »Passt's bloß auf, im Wald ist eine Wildsau mit ihren Jungen.«
So fürsorglich hätte Max ihn gar nicht eingeschätzt, doch die Bauern grinsten nur. »Wissen wir, aber danke für die Warnung.« Feixend wandten sie sich ab, redeten ein paar unverständliche Worte und kicherten dann wie kleine Mädchen. Bestimmt lästerten sie über Stadtbewohner, die keine Ahnung von der Natur hatten, und beim kleinsten Anlass erschraken.

Sie stiegen auf und ritten los. Nach mehreren kurzen Pausen, in denen Bemer Atem schöpfen und sich hinsetzen durfte, erreichten sie Lauf. Als sie an der Richtstätte vorbeikamen, deutete Michel zum Galgen. »Hat der Nachrichter nicht gesagt, dass der Querbalken ganz morsch sein soll?«

Auch Max musterte jetzt die Konstruktion mit nur zwei Pfosten. »Ja, deswegen ist der Schmied doch noch zum Tod durch das Schwert begnadigt worden. Unsereins erkennt das wahrscheinlich nicht.« Meister Frantz hatte nichts weiter zu ihm gesagt, aber jetzt fragte er sich, ob der Pfleger gegen den Willen des Stadtrats hatte Gnade walten lassen – mithilfe des Henkers. Er zuckte die Schultern. »Der Nachrichter versteht sicher mehr davon.«

Am Schlosstor wollte der Wächter ihnen nicht recht glauben, dass sie Nürnberger Stadtknechte waren, weil sie nicht die übliche Tracht trugen. »Kann ja jeder behaupten.«

Den Kerl hatte Max bei der Hinrichtung von Hensla Schmied nicht gesehen, deshalb versuchte er, freundlich zu bleiben. »Wir haben einen Räuber gefangen.« Er deutete über die Schulter zum gefesselten Bemer. »Oder meinst du, wir kommen so angeritten, um das Schloss auszurauben?«

»Uns ist gerade schon ein angeblicher Räuber gebracht worden. Vielleicht wollt ihr den befreien.«

Michel lachte auf. »Gar keine schlechte Idee.«

Max brummte: »Hol den Pfleger Wust oder den Stadtknecht Ferdl. Die kennen mich von der Hinrichtung. Max Leinfelder heiß ich.«

»So?« Er wandte sich um und brüllte: »Ferdl!«

Max stieß einen Pfiff aus, wie er es mit Ferdl für die Sicherung der Hinrichtung ausgemacht hatte, falls etwas Verdächtiges geschah. Ein Diener und der Stadtknecht mit Degen am Gürtel kamen gelaufen.

»Kennt ihr die da?«, fragte der Wächter.

»Ha, schon wieder der Leinfelder«, antwortete Ferdl. »Bringst uns den Kumpan vom Bemer?«

Verdutzt deutete Max mit dem Daumen über die Schulter zu ihrem Gefangenen. »Der da heißt Bemer, hat er wenigstens gesagt.«

»Hm, unserer will auch so heißen. Kommt rein.«

Der Torhüter wollte noch nicht recht aufgeben. »Genau, führt die zwei zum Pfleger, aber passt bloß gut auf. Vielleicht gehören sie zu der dreisten Räuberbande und wollen den anderen befreien!«

Ferdl verdrehte die Augen und ging voraus in den Hof, wo ihnen der Stallknecht die Rösser abnahm.

»Ich bin verletzt«, winselte Bemer. »Hab niemanden überfallen. Ihr müsst mich vor den zwei Narrischen schützen, die mich verschleppt haben.«

»Ja, ja, red du nur«, meinte Ferdl. An Max gewandt sagte er: »Den bring ich erst mal ins Prisaun und lass den Wundarzt kommen.«

»Ist recht.«

Der Diener führte ihn und Michel derweil in eine Art Wartezimmer mit Holzstühlen an der Wand, da kam auch schon Pfleger Wust aus dem angrenzenden Zimmer. »Leinfelder, du hast den zweiten Kerl tatsächlich erwischt?«

»Ja, werter Herr. Da war auch einiges Glück im Spiel, weil ihn eine Wildsau verschreckt hat.«

Wust lachte. »Braves Tier.« Neugierig musterte er Michel. »Warum hast du ihm keine Eisen angelegt?«

Max lachte auf. »Das ist Michel Hasenbart, ebenfalls Stadtknecht zu Nürnberg. Den Räuber hat der Ferdl ins Prisaun gebracht.«

»Gut, dann sollten wir uns den alsbald vorknöpfen. Aber jetzt kommt mit. Eure Helfer sitzen schon bei Wein und Brotzeit.« Der Pfleger führte sie den Korridor entlang.

Max fragte: »Heißt der Kerl, den Floryk erwischt hat, Rasch oder Singer?«

»Nein, Hans Bemer.«

»Hm, unserer will auch Bemer heißen.«

»Dann sind es vielleicht Brüder.« Wust öffnete die Tür zu einer wesentlich gemütlicheren Kammer.

Floryk und der vermeintliche Alte grinsten ihnen entgegen. »Ihr habt ihn erwischt?«, fragte Floryk sogleich.

»Freilich«, antwortete Michel.

Der Pfleger wies einen anderen Diener an, weitere Becher und mehr Essen zu bringen. »Ich nehme an, ihr bleibt über Nacht hier?«

»Wenn's recht ist. Wir könnten die Delinquenten morgen mit nach Nürnberg nehmen, falls Floryk sie für uns mit seinem Fuhrwerk transportieren will. Die Raschin hat Euer Hersbrucker Kollege heut schon in die Stadt schaffen lassen.«

Floryk grinste noch breiter. »Liebend gern wollen Stoffel und ich triumphal die Schurken selbst im Rathaus abliefern!« Da verzog er das Gesicht und legte eine Hand auf seinen geschienten Arm.

»Gebrochen?«, fragte Max.

Floryk holte tief Luft. »Wahrscheinlich nur angeknackst, meint der Arzt, aber dafür tut er verflucht weh.«

Max lächelte. »Dann hast du dir den Triumphzug doppelt verdient, aber ich würd jetzt doch gern als Erstes aus den zwei Gefangenen herausholen, wer sie wirklich sind. Ich hab zwar die Liste mit Namen, die uns der Hans Walter genannt hat, nicht dabei, aber an einige erinnere ich mich. Und vielleicht verraten sie uns, wo wir den Singer aufstöbern können.«

Michel verzog das Gesicht. Der fürchtete wohl, noch einen Räuber fangen zu müssen, bevor er nach Hause durfte.

Der Pfleger nickte beifällig. »Das ist fürwahr vordringlicher.«

Floryk stand auf. »Ich glaub, es reicht, wenn ich den Gefangenen identifiziere. Mein Knecht ist ja schon alt.«

»Soll uns recht sein«, antwortete Max und bemerkte ein schelmisches Funkeln in Stoffels Augen, während der genüsslich seinen Becher leerte.

Im Hof schloss sich ihnen ein Bewaffneter an, dessen Namen Max schon wieder vergessen hatte.

»Zu den Gefangenen?«

»Ganz recht, die Stadtknechte Leinfelder und Hasenbart wollen gleich mit ihnen sprechen. Dafür haben sie sogar den Wein stehen lassen.«

»Dann muss es wirklich wichtig sein.« Der Mann schmunzelte.

Im Verlies angelangt warteten sie in einer nur von zwei Talglampen erleuchteten muffigen Verhörkammer, bis die beiden gebracht wurden. Zu dumm, dass Max nicht daran gedacht hatte, die Namensliste mitzubringen. Nun, in Nürnberg würde sich schon klären, ob ein oder zwei Bemer von Hans Walter beschuldigt worden waren.

Die beiden schlurften herein, die Handgelenke in Eisen. Zwei Lochknechte drückten sie auf die Stühle ihnen gegenüber. Max sah Floryk an, der nickte. Sie hatten den Richtigen erwischt.

Max wollte nun die Namensverwirrung klären. »Bemer?«

Beide Köpfe ruckten zu ihm herum. »Wer will das wissen?«, fragte derjenige, den Floryk und der Alte überwältigt hatten.

»Ich, das hörst du doch.«

Der Kerl schnaubte nur.

»Als Nächstes befragt euch womöglich der Nachrichter. Dann geht's nicht mehr so gemütlich zu.«

»Hm, ja, so heiß ich.«

»Warst du schon mal in Pommelsbrunn?«

»Freilich, ich komm doch aus …« Er verstummte abrupt, als hätte er zu viel verraten. Dann gab er sich einen Ruck. »Aus der Amberger Gegend.«

Erhoffte er sich eine Auslieferung an den Pfalzgrafen? Unwichtig. »Wann warst du zuletzt in Pommelsbrunn?«

Bemer zuckte die Schultern. »Ich bin da vor ein paar Tagen durchgekommen.«

»Wie heißt du mit Vornamen?«

»Hans, aber alle nennen mich Rasch.« Er nickte zu seinem Kumpan. »Der heißt Hans Frühauff, aber den nennen sie Bemer.«

Max rieb sich die Augen. »Echt?«

Frühauff brummte: »Jetzt red nicht so viel, du Dummbartl, du elender!«

Max meinte, den Namen Frühauff auf Hans Walters Liste gelesen zu haben. Endlich waren zwei von dessen Spießgesellen gefangen! »Wo ist denn der Singer, getauft auf den Namen Hans Ruprecht? Mit dem habt ihr euch doch vorgestern getroffen.«

Frühauff kniff den Mund zusammen und warf dem echten Bemer, der sich Rasch nannte, einen warnenden Blick zu.

Max lächelte. »Ich glaub, den finden wir schon noch. Morgen nehmen wir euch mit nach Nürnberg. Im Loch werdet ihr schon gesprächiger. Dort gibt's eine Kapelle, in der jeder das Beten lernt.« Er deutete auf Floryk. »Der freundliche Karrenmann, den ihr überfallen wolltet, hat angeboten, euch direkt hinzubringen.«

Frühauff feixte. »Sehr nett, aber ich hab ihm ja auch Trauben geschenkt.«

»Die dir nicht gehört haben«, warf Floryk ein.

Bemer öffnete den Mund, zögerte jedoch, bevor er sprach: »Stimmt, die haben wir gestohlen, aber sonst nichts. Mit dem Fuhrmann haben wir uns nur einen Spaß erlaubt. Der hat auch von den verbotenen Früchten genascht. Und dann geht der Grobian einfach her und schießt den Bemer, also den Frühauff, an und schlägt mich zusammen.«

Was für eine Dreistigkeit! »Erzähl das deiner Großmutter, die glaubt's vielleicht«, knurrte Max.

»Überhaupt war das die Wildsau.« Frühauff rieb sich den Arm.

»Die reinsten Unschuldslämmer seid ihr. Dann erklär mir mal, woher dein Weib die ganzen Waffen hat!« Max musterte aufmerksam Raschs Miene, doch der schien zur Salzsäule zu erstarren.

»Ja, ausgerechnet uns wollte deine Anna eine Faustbüchse verkaufen.«

»Ich sag nichts mehr«, antwortete Rasch.

»Und ich schon gleich gar nicht.« Frühauff versuchte, die Arme vor der Brust zu verschränken, zuckte vor Schmerz und ließ es bleiben.

Obwohl sie leugneten, fragte Max: »In Herbergen steigt ihr aber gelegentlich ein und raubt die Leute aus, oder?«

»Pah, das ist doch was für Feiglinge«, antwortete Frühauff.

Kapitel 9

Frantz stand am Fenster des Behandlungszimmers und hielt nach seinem kleinen Patienten Ausschau. Magdalena Paumgartnerin hatte sich und ihren Sohn Balthasar für gleich nach der Morgensuppe angekündigt. Offenbar nahm die Ehewirtin des wohlhabenden Kaufmanns und Schwiegertochter des Pflegers von Altdorf ihre erste Mahlzeit recht spät ein. Oder wagte sie es doch nicht, das Henkerhaus zu betreten?

Statt Mutter und Sohn erspähte er allerdings einen Stadtknecht, der über den Säumarkt schlenderte und auf den Henkerturm zuhielt. Frantz ging in die gute Stube und öffnete die Tür, lauschte den schweren Schritten und dem Schnaufen. Der Mann vertrug die Hitze offenbar nicht gut. Mit hochrotem Kopf schaffte er die letzten Stufen. »Meister Frantz, gut dass …« Er musste Atem schöpfen.

»Das heiße Wetter macht dir zu schaffen, Hafner?«

Er nickte und wischte sich den Schweiß von der Stirn. »Dieses Jahr wollen die Hundstage gar nicht vorbeigehen.«

Frantz befühlte die Stirn des Stadtknechts. »Fieber hast du keins. Trink viel.«

»Aber dann schwitz ich noch mehr.«

»Trotzdem. Willst du reinkommen, damit ich dich untersuchen kann, oder sollst du mir eine Botschaft bringen?«

Da lächelte der Mann. »Eine Botschaft. Im Loch sitzt ein Weib, das mit der Bande vom Walter zusammenarbeitet. Ausgerechnet dem Leinfelder und dem Hasenbart wollt sie gestohlene Waffen verkaufen.«

Frantz lachte auf. »Ich hoffe, die beiden haben zu dem Zeitpunkt keine Tracht getragen, sonst muss das Weib mit besonderer Blödigkeit geschlagen sein.«

Grinsend schüttelte der Stadtknecht den Kopf. »Nein, gar so dumm war sie nicht. Die Lochschöffen wollen sie gleich befragen und Euch dabeihaben. Der werte Tucher meint, sie zu kennen, aber unter dem Namen Anna Raschin haben wir nichts in den Akten. Vielleicht erkennt Ihr sie ja.«

»Gut, ich komm sofort.« Frantz überlegte, ob er sein Notizheft mitnehmen sollte, in dem er alle Leib- und Lebensstrafen notierte, aber die Schöffen fänden das vielleicht merkwürdig. Trotzdem steckte er es ein, schlüpfte in die Kuhmaulschuhe und ging zu Maria in die Küche. Bernadette war mit den Kindern draußen unterwegs, damit sie bei der Behandlung des kleinen Balthasla nicht störten.

»Ich werde im Rathaus gebraucht, Maria. Sollte aber nicht lange dauern. Falls die Paumgartnerin doch noch kommt, frag sie, ob sie warten oder später noch einmal vorbeischauen will.«

Maria presste die Lippen aufeinander und prüfte den Sitz ihrer Haube. »Wenn sie auf dich wartet, was biete ich ihr denn an? So einer ehrbaren Frau aus bester Familie …«

Frantz küsste sie auf die Wange. »Wie allen Patienten einen Kräutertrunk. In diesen heißen Tagen am besten Pfefferminze.«

Da lächelte sie. »Du hast recht, warum sollte ich ihretwegen ein Aufhebens machen?«

»Eben, allerdings kann sie uns in wohlhabenden Kreisen weiterempfehlen. Meiner Heilkünste und deiner angenehmen Gesellschaft wegen.«

Maria zog einen Schmollmund. »Nun willst du mich doch aus der Ruhe bringen.«

Lachend ging er zum Turm. Zu seiner Überraschung stand dort immer noch der Stadtknecht. »Sollst du mich persönlich abliefern?«

»Nein, hier ist es nur so angenehm kühl, da hab ich's gar nicht eilig, wieder durch die aufgebackenen Straßen zu laufen.« Dennoch stieg der Mann mit ihm hinunter und begleitete ihn sogar bis zum Rathaus, wo sich ihre Wege trennten.

Frantz betrat die Amtsstube. »Die Lochschöffen haben mich rufen lassen.«

»Die Herren sind schon im Verlies«, antwortete Wichert.

Da sputete sich Frantz. Lochknecht Benedikt stand vor der offenen Tür zum Gefängnis und hielt das Gesicht in die Sonne. »Ihr werdet schon erwartet, Meister Frantz.«

»Und du genießt die Wärme?«

»Allerdings, aber im Loch ist es inzwischen auch nicht mehr so kalt.«

Die Lochschöffen harrten seiner, wie meist, im Brunnenraum. Tucher griff sich mit beiden Händen in die langen wallenden Haare. »Erlöst mich, Meister Frantz. Ich kann mich einfach nicht erinnern, woher ich das Weib kenne! Dürrenhofer meint ebenfalls, dass wir schon mit ihr zu tun hatten, aber ihm fällt auch nicht ein, weswegen.«

»Dann schau ich sie mir an. Ist sie in einer der Keuchen?«

»Verhörzimmer. Wir wollen sie dann auch gleich befragen.«

Sie betraten die Kammer. Der Schreiber versuchte, dem Weib klarzumachen, dass es ihr das Wohlwollen des Stadtrats und damit ein gnädigeres Urteil einbrachte, falls sie alles offenlegte.

Bei ihrem Eintreten verstummte Dürrenhofer und atmete auf. »Meister Frantz, kennt Ihr das verstockte Weib? Steh auf, damit der Nachrichter dich richtig anschauen kann.« Dürrenhofer nahm sogar die Fackel von der Wand und beleuchtete damit ihr Gesicht.

Da dämmerte es Frantz. »Schoberin, wie geht's deinem Rücken?«

»Vermaledeiter Henker!«, keifte sie.

Er grinste nur. »Wie nennst du dich heute? Nach deinem jüngsten Räubergespielen?«

»Anna Raschin heiß ich«, beharrte sie.

»Sogar einen anderen Vornamen hast du dir zugelegt.« Frantz schob sich an ihr vorbei in die hinterste Ecke der Kammer, damit die Lochschöffen sich ihr gegenüber hinsetzen konnten. Er zückte sein Notizbuch und blätterte drei Jahre zurück. »Richtig, Magdalena Schoberin hast du dich damals genannt, weil du dich mit dem Räuber Georg Schober herumgetrieben hast. Vier Rösser und eine Kuh sowie unzählige Kleidungsstücke hat er nachweislich gestohlen. Nachdem wir ihn erwischt und seiner gerechten Strafe zugeführt haben, musstest du dir einen neuen Kumpan suchen und hast dich dabei gemausert. Der Rasch, mit echtem Namen Hans Bemer aus der Bande des Hans Walter, ist ein gröberer Geselle, schafft aber sicherlich mehr Geld herbei.«

Tucher strahlte. »Ich wusste doch, dass wir uns auf Euch verlassen können.«

»Sie hat damals denselben Namen wie Marias Hebamme getragen, deshalb ist er mir in Erinnerung geblieben, auch wenn er falsch war. Die Hebamme hab ich damals noch gefragt, ob sie den Georg Schober kennt, waren aber weder verwandt noch verschwägert.«

»Soll ich die Akte heraussuchen?«, fragte Dürrenhofer.

»Das kann warten. Meister Frantz hat uns das Wichtigste zusammengefasst. Von einer Diebshur bist du zu einer Räuberhur aufgestiegen. Da du schon einmal ausgestrichen und verbannt worden bist, wird es ernst für dich. Ich kann dir nur raten, dass du uns alles sagst, was du weißt. Dann kannst du hoffen, mit dem Leben davonzukommen.«

Die Raschin sank immer mehr in sich zusammen. »Aber … ich hab doch nichts getan.«

»Du wolltest gestohlene Waffen verkaufen, also gehen wir davon aus, dass du sie gestohlen hast.«

»Nein! Fragt doch die Fuhrleute, ob bei den Überfällen je ein Weib dabei war.«

Die Lochschöffen grinsten einander an. Nützel sprach es aus: »Du weißt also ganz genau, woher die Waffen stammen. Du steckst mit den Räubern unter einer Decke, mit dem Rasch sogar im Wortsinne. Rede, wenn du deine Haut retten willst.«

Sie schniefte, wischte sich die Augen. »Gröschlin Anna heiß ich und stamme aus Weiden. Mit dem Rasch bin ich seit einem guten Jahr zusammen. Und ja, er ist ein Räuber. Damit hab ich aber nichts zu tun. Nur manchmal verkauf ich Sachen, die sie gestohlen haben, weil eine Frau doch unverdächtiger ist. Und ich muss ja auch von etwas leben.« Sie schlug mehrfach die Lider auf und zu.

Tucher lächelte wohlwollend. »Das kannst du bestimmt gut.«

Unsicher sah ihn das Weib an. »Was meint Ihr, Herr?«

Der Schöffe zuckte die Schultern. »Bei Käufern Vertrauen erwecken.«

»Na…türlich.« Sie wirkte erleichtert.

»Wo finden wir sie?«

»Die Käufer?«

»Stell dich nicht dümmer, als du bist. Die Räuber. Deinen Rasch, den Singer, den Plemel und wie sie alle heißen.«

Dürrenhofer zog einen Zettel hervor. »Soll ich die Namen vorlesen?«

Tucher schürzte die Lippen und sah die Gefangene an. Schließlich antwortete er: »Das ist nicht nötig, denn die Gröschlin kennt bestimmt die meisten von ihnen.«

Anna schluckte mit sichtlicher Mühe, dann fragte sie: »Was für eine Strafe erwartet mich, wenn ich alles sage, was ich weiß?«

»Das entscheidet der Rat, aber wenn deine Informationen etwas taugen, wirst du nicht mit dem Tode bestraft.«

Sie senkte den Kopf und rang die Hände. »Gut, ich hab den Singer, den Rasch und den Bemer zuletzt in Pommelsbrunn bei einem Bauern gesehen. Da haben sie mir die Waffen gegeben, die ich verkaufen sollt, als meinen Anteil.« Sie stockte. »Weil ich ihnen gelegentlich verrate, wo sich ein Raub lohnt, wenn ich was mitkriege. Der Singer wollt sich mit dem Cuntz aus Pommelsbrunn treffen, also bin ich mit ihm mitgegangen, weil ich mir gedacht hab, da könnt ich die Waffen ganz gut verkaufen. Und dann bin ich ausgerechnet an die Stadtknechte geraten. Was hab ich gezittert, dass denen auch noch der Singer und der Cuntz in die Arme laufen, aber die sind jetzt bestimmt schon über alle Berge.«

Tucher mahlte mit den Kiefern. Sicher dachte er dasselbe wie Frantz: Max und Michel waren den Schurken so nahe gekommen, aber das Weib hatte nicht das Maul aufgemacht.

Zum Schreiber sagte der Schöffe: »Wir schicken trotzdem jemanden zu diesem Cuntz. Wie heißt er mit Nachnamen?«

»Wasserkräuter.«

»Hat er einen Spitznamen?«

»Alle haben ihn nur immer Cuntz genannt.«

»Der wohnt also in Pommelsbrunn?«

»Seine Familie, aber er treibt sich sonst wo herum.«

»Und wohin wollten dein vermeintlicher Gemahl und sein Spießgeselle?«

Anna zögerte etwas zu lange mit ihrer Antwort. »In Schönberg wollten sie mich wiedertreffen. In einer Woche.«

»Ausgerechnet auf markgräflichem Gebiet«, brummte Nützel.

»Ja, die wechseln möglichst oft die Herrschaften«, erklärte Anna voller Stolz.

»Kannst du uns sonst noch was Hilfreiches mitteilen?«, fragte Tucher.

Anna schüttelte den Kopf und lehnte sich zurück. »Das ist alles, was ich weiß.«

* * *

Rückersdorf am Samstag, den 5. September 1590

Flankiert von Max und Michel hoch zu Ross rollten Floryk und Stoffel mit einer ganz besonderen Fuhre in Rückersdorf ein. Vor Herolds Wirtschaft zügelte er die Rösser.

Stoffel stieg ab. »Ich lass die Pferde saufen. Gefressen haben sie ja erst.«

»Und ich pass auf die Gefangenen auf«, sagte Michel.

Das war sicher besser so, obwohl die Kerle gut verschnürt zwischen den wenigen verbliebenen Tuchballen hockten, die sie in Nürnberg abliefern sollten. Floryk betrat mit Max die Herberge. »Heda, Wirt?«, rief er.

Der Koch schob seinen beachtlichen Kugelbauch in die Gaststube. »Was wollt ihr denn schon so früh hier?«

Max antwortete: »Den Herold wollen wir sprechen.«

»Der ist hinterm Haus beim Holzhacken.« Er deutete zu einer Tür, und sie gingen hinaus.

Der Wirt hockte allerdings faul in der Sonne. Als er sie sah, sprang er auf und sah sie verwundert an. »Braucht ihr Unterkunft?«

Floryk schüttelte den Kopf und deutete zu Max. »Das ist der Leinfelder, Stadtknecht aus Nürnberg.«

Herolds Blick glitt über die gewöhnliche Kleidung und blieb schließlich an Maxens Gesicht hängen. »Ach, richtig, du warst mit dem Nachrichter hier.«

»Ganz recht, und heute wollen wir dir was zeigen.«

»Dann mach.«

»Komm mit auf die Straße«, antwortete Max.

Floryk ergänzte: »Ich hab nämlich eine ganz besondere Fuhre.«

»Na, da bin ich gespannt.«

Sie gingen um das Gebäude herum zum Fuhrwerk. Max deutete auf die Räuber. »Hast du die schon mal gesehen?«

»Hm.« Herold rieb sich den Kinnbart. »Den Blonden hab ich womöglich schon mal gesehen, kann aber nicht sagen, wo und weshalb.«

Max fragte: »Wenn sie in diesem Jahr schon bei dir übernachtet hätten, würdest du dich erinnern?«

Der Wirt zuckte die Schultern. »Wahrscheinlich, kommt aber ganz drauf an, was gerade sonst so los war. Ich kann's wirklich nicht sagen.«

»Was wollt ihr uns noch alles anhängen?«, brummte Rasch. »Gibt's vielleicht noch unaufgeklärte Morde, für die ihr Verdächtige braucht?«

Max feixte. »Kann gut sein, ich werd nachfragen.«

Floryk wandte sich wieder an den Wirt. »Wenn sie ums Haus herumgeschlichen wären, an einem der Tage, bevor bei dir eingebrochen worden ist, wären sie dir bestimmt aufgefallen, oder?«

»Ihr fragt mich Sachen. Mir ist gar niemand Verdächtiges aufgefallen. Was haben die zwei denn angestellt?«

»Mich und den Stoffel wollten sie überfallen«, antwortete Floryk. »Zum Glück waren die Stadtknechte in der Nähe, sonst wär uns einer entwischt.«

Herolds Augen weiteten sich. »Gott sei Dank. Dieses elende Gelichter.« Böse funkelte er die Gefangenen an, dann rieb er sich das Kinn. »Aber wer gelernt hat, dass er lediglich Fuhrleuten eine Faustbüchse vor die Nase halten muss, der steigt doch nicht in eine Herberge ein. Viel zu mühsam und zu gefährlich.«

So recht konnte Floryk sich das auch nicht vorstellen. »Stimmt, aber wer weiß.«

Max sagte: »Dank dir, Herold. Wir müssen jetzt weiter.«

* * *

Nürnberg am Samstag, den 5. September 1590

Frantz eilte nach Hause, vielleicht wartete die Paumgartnerin mit Balthasar bereits auf ihn. Als er den Henkerturm hinaufstieg, vernahm er ihre und Marias Stimme in angeregtem Gespräch. Er trat ein. Mutter und Sohn saßen mit Tonbechern in den Händen seiner Frau gegenüber.

Die Paumgartnerin bemerkte ihn zuerst. »Meister Frantz, dann hat es sich doch gelohnt, auf Euch zu warten. Und das in sehr angenehmer Gesellschaft.« Sie lächelte Maria zu. »Vielen Dank für den Pfefferminztrank. Da fühlt sich die Hitze gar nicht mehr so erdrückend an.«

Ihr Sohn schaute ihn aus großen runden Augen an. »Du bist der Henker?«

Er lächelte. »Genau der, aber dich häng ich natürlich nicht auf. Du bist doch bestimmt ein braver Bub.«

Balthasar nickte eifrig. Blass sah der Junge von etwa sechs Jahren aus. Frantz befühlte die Stirn, roch an seinem Atem, fühlte den Herzschlag, der überraschend langsam war. Balthasar fürchtete sich offenbar nicht vor ihm, aber sie waren sich auch schon vor ein paar Wochen in Altdorf begegnet, im Beisein von Balthasars Onkel, dem Schöffen Behaim. »Komm, gehen wir ins Behandlungszimmer, dann kann ich dich abtasten.«

Die Mutter kam natürlich mit, und auch Maria war neugierig oder sorgte sich um den Buben, obwohl sie ihn noch gar nicht lange kannte.

Die Paumgartnerin wiederholte, was sie Frantz in Altdorf bereits erzählt hatte: »Im April hat der Balthasla ganz schlimmen Wurmbefall gehabt. Jetzt geht's ihm schon besser, aber los ist er die Mistviecher noch nicht, und sein Bauch kommt mir gebläht vor. Ich fürchte, es werden wieder mehr.«

»Sein Kot wird regelmäßig beschaut?«

»Natürlich, Würmer sind auf alle Fälle noch da, aber ob sie wieder mehr werden, lässt sich noch nicht eindeutig sagen.«

Frantz strich Balthasla übers Haar und deutete zur Pritsche. »Leg dich hin und zieh das Hemd hoch.«

Misstrauisch beäugte der Bub ihn.

Frantz lächelte. »Ich will nur deine Eingeweide abtasten. Von außen, nicht etwa aufschneiden und reinschauen.«

»Da bin ich aber froh!« Brav legte der Bub sich hin. »Das tät bestimmt weh! Aber vielleicht könntet Ihr dann die Würmer alle rauszupfen.«

Frantz verkniff sich ein Lachen. »Der Vorschlag ist gar nicht so schlecht, aber leider könnt dabei das eine oder andere Organ kaputtgehen.«

»Braucht man die?«, fragte er, während er das Hemd bis unter die Achseln schob.

»Oh ja, alle.« Der Bauch des Jungen wölbte sich auch im Liegen nach oben, obwohl auf der Brust deutlich die Rippen hervorstanden. Frantz schob einen Ärmel hoch. Auch die Ärmchen waren sehr mager. Zwischen zwei Fingern packte er eine sehr dünne Schicht Haut und Fett. Als er versuchte, die Bauchhöhle abzutasten, strafften sich die Muskeln in Gegenwehr. »Tut das weh?«

»Nein«, antwortete Balthasla, beobachtete ihn jedoch aus weit geöffneten Augen.

»Dann versuch, die Muskeln locker zu lassen.«

Er nickte. »Mein Vater kauft mir hoffentlich ein Pferd. Der ist unterwegs zur Messe in Frankfurt. Da kann er mir bestimmt eins mitbringen.«

»Hast du keine Angst, von so einem großen Tier herunterzufallen?«, fragte Frantz, auch um ihn abzulenken.

»Gar nicht.«

Entweder waren die Organe des Kindes stark vergrößert, oder die Würmer hatten die ganze Bauchhöhle befallen. Doch von so etwas hatte er noch nie gehört oder gelesen. Sie sollten im Darm leben und durch entsprechend purgierende Mittel abgeführt werden können. »So, das war's. Du bist ein tapferer Junge, da wundert es mich nicht, dass du keine Angst vor Pferden hast.«

Freudig rutschte Balthasar von der Pritsche und schmiegte sich an seine

Mutter, die Frantz voller Hoffnung anschaute.

Viel konnte er ihr nicht bieten. »Ihr habt recht, die Würmer werden wieder mehr. Dafür geht es ihm erstaunlich gut. Wie versprochen war ich beim Hummelsteiner Kräuterweib.« Er kratzte sich die Wange. »Erfahrung hab ich mit speziell dieser Mischung keine, aber ich hab aufgeschrieben, was alles drin ist, falls Ihr Euch mit dem Welschen Doktor darüber beraten wollt, ob Balthasar es versuchen soll.«

Magdalena Paumgartnerin seufzte und sah Maria an. »Was meinst du? Kann ich den Medicus einfach übergehen oder soll ich ihn doch lieber fragen?«

Maria kräuselte die Stirn und schürzte die Lippen. »Ihr wollt ihm nicht unbedingt verraten, dass Ihr den Henker um Rat gefragt habt? Das kann ich gut verstehen. Manchen Medicus könnte es verärgern. Erzählt ihm einfach, dass Ihr eine neue Rezeptur des Kräuterweibs aus Hummelstein probieren wollt, und fragt ihn nach seiner Meinung. Übrigens hat auch schon Doctor Camararius die Hummelsteinerin aufgesucht und ihre Kräuter bewundert, auch einige Pflanzen für sein Doktorsgärtlein mitgenommen.«

Die Paumgartnerin nahm Marias Hände in ihre. »Du hast recht, so machen wir das.«

Auch Frantz gefiel der Vorschlag. Er wollte keinem studierten Medicus ins Handwerk pfuschen. »Aber bitte erzählt uns, wie gut das Mittel wirkt, falls Ihr es anwendet.« Er hielt ihr das Beutelchen mit dem Pulver hin.

»Das werde ich bestimmt.« Sie zögerte allerdings, es zu nehmen. »Was schulde ich Euch dafür?«

»Die Probe schenk ich Euch.« Aus dem Augenwinkel sah er, dass Maria kurz den Mund verzog. Sie mochte es gar nicht, wenn er etwas verschenkte. Ihnen schenkte schließlich auch niemand etwas. Trotzdem fühlte er sich wohler so. »Wenn es hilft und Ihr mehr davon haben wollt, kostet es einen Viertelgulden pro halbe Unze.« Das hellte Marias Züge wieder auf. Zu dem Preis war sein Verdienst ganz gut.

Magdalena Paumgartnerin lächelte. »Das ist sogar günstiger als das Pulver vom Welschen Doktor.«

Nachdem Mutter und Sohn gegangen waren, überraschte Maria Frantz mit dem Vorschlag, einkaufen zu gehen. »Du brauchst eine neue Hose. Deine rote ist von der Sonne schon ganz verschossen.«

Die trug er vor allem bei Hinrichtungen mit dem Schwert. »Sieht man die Blutflecken?«

»Ich schon, weil ich weiß, wo sie sind, aber bald kannst du sie wirklich nicht mehr anziehen. Kommst du mit zu den Tuchhändlern und suchst dir einen neuen Stoff aus?«

»Na gut.«

»Sehr schön. Unterwegs kannst du mir erzählen, weshalb du ins Rathaus gerufen worden bist.«

* * *

Als Floryk den Karren vor dem Laufer Tor anhielt, fragte der Zöllner doch tatsächlich: »Willst du was in Nürnberg verkaufen?«

Floryk lachte. »Zwei Räuber, aber die gibt's umsonst. Muss ich dafür Zoll zahlen?«

»Was?« Der Mann stierte ihn an.

Max und Michel schlossen zu ihnen auf. »Passt schon, die transportieren Gefangene für uns.«

»Und wer seid ihr?«

Max verdrehte die Augen. »Die Stadtknechte Hasenbart und Leinfelder. Wirst uns wohl auch ohne Tracht erkennen.«

»Jetzt, wo du's sagst.« Der Zöllner trat zurück in sein Häuschen, und Floryk ließ die Zügel auf die Rücken der Rösser klatschen. Die Straße führte sie direkt zum Rathaus, wo er stolz vom Kutschbock sprang und den Schildwachen verkündete: »Ich bring zwei Räuber, die uns überfallen haben. Wahrscheinlich waren die auch beim Überfall auf die Bernthalmühle dabei.«

»Was? Echt?«, fragte der eine noch, während der zweite Wächter schon ins Rathaus stürmte. Wichert und der Lochschreiber kamen heraus und bestaunten seine Fuhre. »Schön verschnürt«, sagte Dürrenhofer und grinste ihn an. »Dich kenn ich doch. Floryk Loyal, richtig?«

»Genau. Ist Andreas Imhoff im Rathaus?«

Wichert nickte. »Die heutige Sitzung ist noch nicht vorbei. Sowie die Herren herauskommen, sag ich ihm Bescheid, dass du in der Stadt bist.«

»Was ist denn hier los?«, ertönte Meister Frantzens Stimme.

Ah, da war auch Maria, die sich die Stoffe der Tuchhändler anschaute. Bei denen konnte er dann auch gleich die restliche Ware abladen.

Max kam ihm mit der Antwort zuvor: »Den einen Räuber hat das Bürschla selbst gefangen.«

Floryk schlug ihm mit der Faust gegen den Arm. »Ich geb dir gleich ein Bürschla. Heut hast du keine Tracht an, da darf ich das.«

Meister Frantz schaute auf die Ladefläche. »Welche zwei seid ihr? Bemer, Wasserkräuter, Frühauff, Ruprecht?«

Die Gefangenen schauten einander erstaunt an, da sagte einer: »Ich bin der Bemer.«

»Ich bin der Bemer«, widersprach der andere.

Floryk stöhnte. »Geht das schon wieder los?« Er gab ihre Namen und Spitznamen an.

»Woher kennt Ihr so viele Namen von … uns?« Die Verblüffung stand Rasch ins Gesicht geschrieben.

»Vom Hans Walter.« Meister Frantz lächelte. »Er hat viel geredet.« An Wichert gewandt fragte er: »Sollen wir das Gelichter gleich ins Loch bringen?«

»Macht das. Die Namen trag ich schon mal ein. Kann aber noch etwas dauern, bis die Schöffen Zeit haben.«

»Ich komm mit«, rief Floryk. »Wer weiß, wann ich noch mal Gelegenheit haben werde, das Lochgefängnis zu betreten.«

»Du gehst weg aus der Nürnberger Gegend?«, fragte Meister Frantz.

»Ich werd wohl doch noch meinen Doktor machen. Fuhrwerken ist jedenfalls langweilig, wenn man nicht gerade überfallen wird. Und dann ist es mir wiederum etwas zu aufregend.«

»Da hat er recht«, brummte Stoffel, stieg ebenfalls ab und streckte sich.

Rasch schnaubte verächtlich, doch da zogen die Stadtknechte erst ihn, dann seinen Kumpan vom Karren. Während Stoffel die Tuchballen ablud, brachten sie die Schurken ins Gefängnis.

Der Lochhüter und sein Knecht Benedikt durchsuchten die Räuber auf Waffen und Gegenstände, die als solche benutzt werden konnten. Schaller stemmte die Hände auf die Hüften und fragte: »Was habt ihr angestellt?«

»Nichts!«, antwortete Frühauff.

Floryk stöhnte. »Die haben uns überfallen und außerdem die Bernthalmühle zusammen mit dem Hans Walter ausgeraubt.«

Meister Frantz lächelte. »Fehlen uns nur noch der Hans Ruprecht und der Cuntz Wasserkräuter. Ja, tatsächlich ein Cuntz, nicht noch ein Hans. Und natürlich der Georg Plemel, dann haben wir das gröbste Gesindel aus der Bande.«

Die beiden starrten den Nachrichter an. Schließlich fragte Rasch: »Das hat Euch alles der Walter erzählt, der Sauhund mit seinem losen Mundwerk?«

»Genau, der Keeshäckel.« Meister Frantz grinste selbstzufrieden.

»Verfluchter Mist«, brummte Frühauff.

»Wenn ihr euch die Tortur ersparen wollt, legt lieber ein Geständnis ab.« Mit diesen Worten schlenderte Meister Frantz zum Ausgang.

Floryk folgte ihm. »Irgendwo muss ich doch bestimmt noch eine Aussage machen.«

»Im Rathaus vor den Lochschöffen.« Oben auf der Straße angelangt sagte der Nachrichter: »Aber jetzt erzähl, wie hast du das Gesindel erwischt?«

Während sie zum Haupteingang schlenderten, berichtete Floryk die Ereignisse in groben Zügen, auch dass ihnen Singer entwischt war.

Meister Frantz nickte. »Hans Ruprecht.«

»Richtig.«

Da trat Andreas Imhoff aus dem Rathaus und strahlte ihn an. »Gut gemacht, Floryk! Jetzt müssen wir nur noch den Herbergseinbrecher schnappen.« Mehr Stadträte strömten aus dem Gebäude. Alle wirkten äußerst gut gelaunt.

Stoffel gesellte sich zu ihnen. »Werter Herr, darf ich jetzt wieder im Wald arbeiten, oder muss ich mich noch länger herumfahren lassen?« Er schaute recht unglücklich drein.

Andreas überlegte, blickte zwischen ihnen hin und her. »Es sind noch mehr Räuber auf freiem Fuß. Ich wär dir sehr dankbar, Christopher, wenn du weiter auf meinen jungen Freund aufpasst.«

Stoffel seufzte schicksalsergeben. »Irgendwer muss es ja machen.«

Floryk konnte ein Stöhnen gerade noch unterdrücken, dabei hatte er wirklich gehofft, es wäre jetzt vorbei, und er könnte nach Italien reisen.

Andreas musterte ihn und lächelte dann. »Ich seh schon, du kannst es kaum erwarten, wieder zu studieren.«

Langsam nickte Floryk, auch wenn er seinem väterlichen Freund die Genugtuung eigentlich nicht gönnte. Andreas hatte es ihm vorhergesagt.

»Haltet noch bis Ende des Monats durch.«

Kapitel 10

Nürnberg am Montag, den 7. September 1590

Frantz begab sich in aller Frühe zum Rathaus, um herauszufinden, ob er beim Verhör der Räuber anwesend sein sollte. Vor der Ratssitzung wollten die Lochschöffen sicher ein Geständnis erwirken. Falls das nicht gelang, konnten sie dann gleich vom Stadtrat die Tortur anordnen lassen. Er klopfte an das Tor zum Gefängnisgewölbe, um sich zunächst beim Lochhüter nach der Lage zu erkundigen.

Eugen Schaller öffnete selbst. »Meister Frantz, so früh? Oder sollte ich sagen: so spät?«

»Ich nehme an, dass ich heute gebraucht werden könnte, wenn auch nur als Schreckgespenst.«

»Die Lochschöffen verhören die Räuber schon.«

»Gut, dann warte ich unten.« Sie stiegen die Stufen hinunter.

Die Lochwirtin schöpfte gerade Wasser aus dem Brunnen. »Meister Frantz. Die Neugier treibt Euch her?«

»Niemals. Das reinste Pflichtbewusstsein, werte Schallerin.«

Die Frau schmunzelte. »Mit der Gröschlin haben die Lochschöffen heute

Morgen auch noch mal geredet. Die ist plötzlich sehr erpicht darauf, dass ihre eigene Strafe möglichst gering ausfällt.« Sie nickte zur Verhörkammer. »Die beiden gestehen heute bestimmt noch, aber vielleicht müsst Ihr ihnen doch die Folterkammer zeigen, damit sie sich den letzten Ruck geben.«

Lächelnd setzte sich Frantz auf die Brunnenmauer. »Eurer Einschätzung vertraue ich natürlich.« Er musste nicht lange warten. Bald öffnete sich die Tür, und der Schreiber rief nach Lochknechten. Benedikt und ein Neuer brachten die Räuber zurück in ihre Keuchen. Beide wirkten eher demütig, doch das mochte täuschen. Rasch fasste sich an den verletzten Arm, deshalb fragte Frantz: »Macht dir die Wunde Probleme?«

Der Mann schielte nur zu ihm herüber und schüttelte den Kopf, dann schlurfte er weiter.

»Ah, Meister Frantz«, rief der Schreiber aus der Verhörkammer. »Kommt herein.« Dürrenhofer wies auf einen der Stühle, auf denen sonst die Verdächtigen den Schöffen gegenübersaßen, nicht auf den Schemel in der hinteren Ecke.

Einen albernen Moment lang überlegte er, ob er sich etwas hatte zuschulden kommen lassen, dann setzte er sich. Tucher und Nützel sahen zufrieden drein, lächelten, ließen ihn aber zappeln.

»Die beiden haben gestanden?«, fragte er schließlich.

Tucher nickte und erlaubte sich ein Grinsen. »Ja, sie haben eingesehen, dass weiteres Leugnen die Tortur bedeutet. Wir haben genug Zeugen und können weitere finden, nachdem uns die Gröschlin noch einige Einzelheiten zu den Überfällen verraten hat.«

»Sehr gut.«

»Der Richttag wird wohl auf diesen Donnerstag angesetzt werden. Dann haben sie noch genug Zeit, ihre vielen Sünden zu bereuen und sich auf das Jüngste Gericht vorzubereiten.«

»Was wird mit der Anna Gröschlin?«

Nützel schürzte die Lippen und kratzte sich die Stirn. »Mal sehen, was unsere Kollegen heute in der Sitzung dazu zu sagen haben. Sie war sehr hilfsbereit, aber rein aus Eigennutz. Und sie ist eidbrüchig geworden, deshalb wollen wir sie ungern nur mit Ausstreichen davonkommen lassen.«

»Richtig, vor zwei Jahren wurde sie verbannt und hat geschworen, Nürnberger Boden nicht mehr zu betreten.« Dann musste er ihr vermutlich die Schwurfinger abhacken. »Eine Diebshure wie sie wird es künftig schwerer haben, gestohlene Waren an arglose Leute zu verkaufen.«

Nützel lächelte. »Das hoffe ich. Schaut nach der heutigen Sitzung noch einmal im Rathaus vorbei. Vielleicht wird ihre Strafe schon für morgen angesetzt.«

Frantz nickte und erhob sich. Die Finger der Gröschlin würde er zu einem guten Preis als Glücksbringer verkaufen können. Eigentlich sollte ihn das freuen, doch seit er erfahren hatte, wie der Knau und sein Weib lebendigen Kindlein die Finger abhackten, um sie als Glücksbringer zu benutzen oder sich bei Einbrüchen vermeintlich unsichtbar zu machen, wollte er derlei Aberglauben nur noch ungern unterstützen.

Einige Blatt Papier in Händen folgte ihm Dürrenhofer hinaus in den Brunnenraum. »Falls die Schurken das Geständnis widerrufen, lassen wir Euch holen. Dann verzögert sich natürlich auch der Vollzug einer Leibstrafe für die Gröschlin.«

»Richtig, als wichtige Zeugin kann sie schlecht verbannt werden.«

* * *

Nürnberg am Dienstag, den 8. September 1590
Floryk holte beim Färbhaus in Gostenhof frisch gefärbte Stoffe aus Barchent, Leinen und Tuch ab. Die sollte er nach Neumarkt zu seinem Vater bringen. Anschließend fuhr er zum Haller'schen Weiherhaus, um seinen Knecht abzuholen. Stoffel hatte die letzten beiden Nächte unbedingt in seiner Kate im Wald verbringen wollen, um die Ruhe in der Natur zu genießen. Das war schon ein seltsamer Vogel. Von einer Familie hatte er noch gar nichts erzählt. Einmal hatte Floryk ihn nach Frau und Kindern gefragt, aber der maulfaule Kerl brummte nur etwas Unverständliches vor sich hin.

Heute stand ihnen eine besondere Aufgabe bevor: der Gröschlin nach dem Ausstreichen unauffällig folgen, für den Fall, dass sie sich mit anderen aus der Räuberbande traf. Floryk rollte mit dem Fuhrwerk in den Hof des Haller'schen Anwesens und … staunte. Aus dem Hauptgebäude trat Mosche, einen kleinen Lederbeutel in der Hand. Als er Floryk bemerkte, grinste er und hielt die Hand mit seinem Lohn in die Höhe. »Du hast Wort gehalten und mir den Verdienst zugeschrieben.«

»Natürlich, du hast uns einen wertvollen Hinweis gegeben.«

»Wie immer, nur manchmal etwas zu spät.« Mosche nickte zum Fuhrwerk. »Wohin bist du unterwegs?«

Floryk lächelte. »Ich weiß noch nicht, wohin die nächste Fuhre geht.«

Die Stirn des Kundschafters kräuselte sich. »Na, dann gehab dich wohl.«

»Du dich auch.«

Mosche schlenderte durchs Tor, gerade als Stoffel hereinkam. Die beiden nickten einander zu, und Stoffel machte sich sofort etwas kleiner und verfiel in einen wackeligen Gang. Als er Floryk erreichte, sagte er leise: »Den Juden hab ich schon öfter hier gesehen. Weißt du, was es mit ihm auf sich hat?«

»Er lässt dem Stadtrat gelegentlich Hinweise zukommen. So auch über den Singer auf dem Feld bei Pommelsbrunn. Aber erzähl's bloß nicht weiter.«

93

»Da schau her.« Schon schwang Stoffel sich auf den Bock. »Wohin geht's?«

»Wir sollen nach Möglichkeit die Gröschlin verfolgen, um festzustellen, ob sie sich mit weiteren Kumpanen des Hans Walter trifft.«

»Was? Wie stellen die Herrschaften sich das vor? Wir können ihr doch nicht durch den Birkenhain nachschleichen.« Er musterte Floryk von oben bis unten. Du jedenfalls nicht, fällst bestimmt auf wie ein bunter Hund.«

Floryk schaute auf sein weinrotes Hemd. »Hast recht, ich hätt was Braunes oder Grünes anziehen sollen.«

Stoffel trug wie meist grob gewirktes Leinen, ungefärbt, aber mit gepluderten Ärmeln und Hosenbeinen. So konnte er gerade noch als Floryks Knecht durchgehen, aber bei Bedarf auch als sein Herr.

»Am besten wartest du mit dem Fuhrwerk an der Straße nach Lauf, und ich schleich ihr nach«, schlug Stoffel vor.

»Ist recht, du alter Waldschrat.« Floryk trieb die Rösser an und lenkte das Fuhrwerk gen Richtstätte. »Bestimmt hast du ein Weib in deiner einsamen Kate versteckt.«

»Nur eines, meinst du?«

»Pah, wie viele hast du denn?« Ungläubig sah er den Forstarbeiter an.

Stoffel strahlte. »Eine Ehewirtin und *vier* Töchter.«

»Herrje, und die musst du wegen mir immer so lang allein lassen? Das tut mir leid.«

»Sonst bin ich ja auch den ganzen Tag im Wald unterwegs, aber trotzdem … Es ist schon hart. Die Älteste heiratet bald. Dann seh ich sie nur noch ein paar Mal im Jahr. Eine gescheite Maid ist die Elfi.«

»Elfriede? Schöner Name. Willst du mir mal deine jüngeren Töchter vorstellen, wenn die noch unverheiratet sind?«

Stoffel verengte die Augen und musterte ihn abschätzig. »Nicht bevor du aus Italien zurück bist, sonst dürfen mein Weib und ich deinen Balg aufziehen.«

»Was denkst du von mir?« Floryk gluckste. »Von deinen Töchtern hast du aber auch nicht die höchste Meinung, wenn du glaubst, dass sie mir gleich in die Arme sinken.«

»Na, so ein studiertes Söhnchen eines wohlhabenden Tuchhändlers könnte meine Doris reizen. Nichts als Flausen im Kopf hat die Kleine. Ist gerade erst achtzehn und malt sich aus, einmal in der Welt herumzukommen.«

»Ich könnt sie ja mit nach Italien nehmen.« Floryk hob schnell beide Hände. »Nur ein Spaß.«

Stoffel brummte etwas Unverständliches.

Floryk ließ den stolzen Vater an der Stelle absteigen, wo gewöhnlich die

Delinquenten nach dem Ausstreichen freigelassen wurden.

»Ich versteck mich lieber«, sagte Stoffel und stapfte in den Birkenhain.

Floryk lenkte die Rösser gen Fahrweg nach Lauf.

* * *

Frantz geleitete Anna Gröschlin mit zwei Stadtknechten vor das Rathaus. Die Bestrafung einer Unbekannten lockte nur wenige Zuschauer an, die gehörigen Abstand hielten. Sein Knecht Klaus hatte die Trommel umgebunden und stand bereit. Den verbissenen Ausdruck um seinen Mund kannte Frantz. So schaute er immer drein, wenn ihm etwas nicht geheuer war. Tat ihm das Weib leid? Kannte er sie gar?

Klaus schlug einen Trommelwirbel, und der Bannrichter trat heraus, verlas Anna Gröschlins Vergehen und die Strafe: Ausstreichen aus der Stadt, Verbannung und Abhacken der Schwurfinger.

Anna warf Frantz einen entsetzten Blick zu, doch er nickte nur. Die kleine Hacke steckte an seinem Gürtel.

»Nachrichter, waltet Eures Amtes«, verkündete Richter Scheurl.

Frantz winkte Klaus heran, und zeigte ihm, wie er bei einer weiblichen Delinquentin vorsichtig die Bluse über den Rücken streifen musste, damit sie nicht mit bloßen Brüsten vor den Schaulustigen stand. Das entlockte dem Burschen doch ein Schmunzeln. Auf Annas Rücken konnte er noch Narben von Wunden erkennen, die er ihr vor drei Jahren zugefügt hatte. Auf sein Nicken hin trommelte Klaus wieder.

Frantz zog die Rute vom Gürtel. Der erste Hieb entlockte Anna eher einen Schreckensschrei. Schmerzen war das Weib inzwischen offenbar gewohnt. Den nächsten Streich würdigte sie nur eines Stöhnens.

»Los, folge dem Bannrichter.«

Sie tat es hoch erhobenen Hauptes. Nur wenige Leute trotteten ihnen hinterher, kehrten aber größtenteils schon beim Frauentor um. Nur zwei Kerle folgten ihnen bis zum Birkenhain. Ob die zur Räuberbande gehörten und sich wegen ihrer Komplizin in die Stadt getraut hatten? Frantz schaute sich nach den beiden Stadtknechten um, die ihnen Geleit gaben, doch kannte er die Männer kaum, und sie schenkten ihm keine Beachtung.

Wieder musste er daran denken, dass sie vor Kurzem den Schäfer und Räuber Georg Plemel einfach nach dem Ausstreichen hatten laufen lassen. So etwas durfte nicht noch einmal geschehen. Inzwischen hatten sie den Baumstumpf erreicht, auf dem er ihr die Schwurfinger abhacken sollte. Klaus und der Richter blieben denn auch stehen. Frantz steckte die Rute in den Gürtel und wischte Annas blutigen Rücken mit einem feuchten Tuch ab. »Wer sind deine beiden Freunde?«

Sie schaute sich um. »Kenn ich nicht.«

Er trug Wundsalbe auf die geplatzte Haut auf, dann zog er ihr die Bluse zurecht. Dabei flüsterte er: »Die gehören nicht zu Hans Walters Bande?«

»Nein, und wenn, dann würde ich es Euch nicht sagen.«

Der Richter beobachtete ihn irritiert, doch dann musterte auch er die Männer.

Frantz wagte eine Täuschung. »Selbst wenn du damit deine Finger retten könntest?«

Trotzig verengte sie die Augen. »Ihr wollt, dass ich Unschuldige verleumde und ins Verderben bringe?«

Verflucht, was tat er da? »Nein«, antwortete er bestimmt. »Das auf keinen Fall.« Er nahm ihre rechte Hand und drückte die zwei Schwurfinger auf den Baumstumpf. Der Richter nickte Frantz zu, also holte er aus, spürte, wie Anna die Hand zurückzuziehen versuchte, doch er packte sie nur umso fester. Dann war es auch schon vorbei. Zeige- und Mittelfinger kullerten ins Gras. Frantz bedeutete Klaus, sie aufzuheben, doch der Kerl starrte gebannt auf Annas verstümmelte Hand. Frantz zog ein sauberes Tuch heraus und wickelte es ihr um die Wunde. »Falls sich die Stumpen entzünden, geh zu einem Wundarzt. Du wirst noch einige Zeit stark bluten. Halt die Hand am besten hoch.«

Vorsichtig umfasste sie die verletzte Hand mit der unversehrten. Tränen liefen ihr übers Gesicht. Frantz packte die Finger in ein Schnäuztüchlein, etwas, das eigentlich sein Knecht hätte tun sollen, doch der war anscheinend immer noch nicht ganz klar im Kopf.

Frantz wandte sich an die beiden Unbekannten. »Wer seid ihr?«

Das erregte auch die Aufmerksamkeit der Stadtknechte. »Genau, was wollt ihr von dem Weib?«, fragte einer.

»Ihr Bruder schickt uns. Wir sollen sie heimbringen, damit sie sich nicht dem nächsten Verbrecher anschließt.«

Das war ja interessant. »Wo lebt der Bruder?«

»In Weiden, wieso? Was interessiert es Euch, Henker?«

»Vielleicht seid ihr ja die nächsten Verbrecher, denen sie sich anschließt«, antwortete Frantz.

Der zweite Mann blähte die Nasenflügel. »Nur weil wir einfache Handwerker sind, lassen wir uns von einem wie Euch nicht beleidigen.« Mit diesen Worten packte er Annas Arm und zog sie fort. »Erinnerst dich nicht an mich? Ich bin der kleine Bruder vom Hackl Hans.«

»Ach!«, rief sie. »Du hast dich ganz gut ausgewachsen. Fritz, richtig?«

»Genau.

Frantz ging im Kopf Hans Walters Liste durch. Nein, ein Hackl Fritz stand nicht darauf. Er trat zum Richter. »Die scheinen wirklich nichts mit den Räubern zu tun zu haben. Verzeiht, dass ich dem Weib in Aussicht gestellt habe, dass sie ihre Finger behalten kann, wenn sie die beiden als Räuber bezichtigt. Das war sträflich leichtsinnig von mir. Hätte sie gelogen, hätten wir zwei Un-schuldige verhaftet.« Er atmete tief durch. »Mir macht immer noch der Plemel zu schaffen.«

Richter Scheurl nickte. »Das verstehe ich, aber es war wirklich eigenmäch-tig und gefährlich, was Ihr da versucht habt.« Damit wandte er sich ab und schritt voraus zum Stadttor. Die Stadtknechte schlossen sich ihm an.

Frantz sah sich nach Klaus um. »Was ist mit dir?«

Da kehrte wieder Farbe in dessen Gesicht zurück. »Ich hab gar nicht ge-wusst, was ich machen soll.«

»Nächstes Mal stellst du dich hinter die Verurteilte und drückst ihre Finger auf den Stamm. Während ich die Hand dann verbinde, sammelst du die Finger ein. Die bringen nämlich einen schönen Batzen ein.« Er reichte sie ihm.

Klaus zögerte, und das als Abdecker, der es gewöhnt war, mit Tierkadavern umzugehen. Schließlich packte er doch zu und nickte ernst. »Gut.«

In dem Moment kam ein großer grauhaariger Kerl aus dem Wald gerannt, direkt auf sie zu. Klaus griff nach seinem Dolch.

Doch da erkannte Frantz Floryks Beschützer. »Lass gut sein, der ist harm-los.« Zwar hatte er den Mann nur kurz gesehen, aber sein faltiges Gesicht, der Bart und die Haare, durchzogen von grauen Strähnen, waren unverkennbar.

»Was sind das für zwei Kerle?«, fragte Stoffel nur leicht außer Atem nach dem schnellen Lauf.

»Angeblich wollen sie die Gröschlin zu ihrem Bruder nach Weiden brin-gen, damit sie sich nicht den nächsten Galgenvögeln anschließt.«

»Hm, wir werden sie zumindest ein Stück des Wegs beobachten.«

»Macht das.«

Schon rannte der Mann zurück zum Birkenhain, genauso leichtfüßig und geschwind wie zuvor. Das Alter des Mannes konnte Frantz unmöglich schät-zen.

Auf dem Rückweg in die Stadt fragte Klaus: »Wieso kauft jemand abge-hackte Finger?«

»Ist auch so ein Aberglaube. Die sollen Glück bringen, wenn man sie trocknet und sich um den Hals hängt.«

»Ich seh schon, ich muss noch einiges lernen.«

»Wie geht's Augustin?«

Klaus grinste. »Der blüht noch mal richtig auf. Meine Mutter auch.«

»Das freut mich.«

* * *

Floryk wartete an der Straße jenseits des Birkenhains und ließ die Rösser sau-fen. Das sollte unverdächtig wirken. Bald begann ein längeres Waldstück, da wollte kein Fuhrmann ohne Not anhalten müssen.

In einigem Abstand zu ihm mündete ein Wanderpfad durch den Birkenhain in die Fahrstraße. Die Stelle behielt er im Auge und streichelte die Rösser. Gut gefüttert waren sie. Endlich traten zwei Männer und eine Frau aus dem Hain. Dann hatte sich die Gröschlin wirklich mit Räubergesellen getroffen? Sein Herz schlug schneller. Noch zwei von dieser schändlichen Bande zu fangen wäre aufregend. Dann müssten Andreas und sein Vater ihn endlich ziehen lassen! Die drei wandten sich gen Lauf, blickten gar nicht in seine Richtung.

Hurtig stellte er die Wassereimer zurück auf die Ladefläche und stieg auf. Sollte er gleich losfahren oder auf Stoffel warten? Er trieb die Rösser an. Allzu weit hinter dem Gelichter dürfte sein Knecht nicht herschleichen. Tatsächlich trat er in dem Moment auf die Straße, als Floryk sich dem Pfad näherte, ließ ihn ganz herankommen und sprang auf.

»Haben ihr die Kerle im Wald aufgelauert?«, fragte er. »Sollen wir sie gleich überwältigen?«

»Nein, die waren auch schon beim Ausstreichen dabei, ganz ungeniert. Der Nachrichter hat sie ausgefragt. Angeblich wollen sie das Weib zu ihrem Bruder begleiten. Wir schauen, ob sie wirklich nach Weiden gehen, also wenigstens in die Richtung.«

»Hm.« Da schwand sie hin, seine Aufregung.

»Bis Weiden ist es ganz schön weit. Da brauchen die zu Fuß mindestens drei Tage.« Er rieb sich das Kinn. »Woher wussten die Kerle überhaupt von ihrer Verhaftung? Sie ist erst am Donnerstag in Hersbruck festgesetzt worden. Wie haben die rechtzeitig davon erfahren, um sie abzuholen, und das zu Fuß?«

»Stimmt, daran hab ich noch gar nicht gedacht. Am Ende sind's doch Räubergesellen.«

Nach der nächsten Biegung konnten sie die drei wieder sehen. Die Frau drehte sich nach ihnen um, sagte etwas zu den anderen, dann winkte sie.

Stoffel brummte: »Die wollen uns doch hoffentlich nicht ausrauben, so nah an Nürnberg.«

»Was soll ich machen?«

Stoffel zog den Dolch und legte die Faustbüchse zwischen ihnen auf die Bank. »Halt an, dann haben wir's nicht so weit zum Lochgefängnis, wenn sie wirklich was versuchen.«

Floryk zügelte die Rösser. »Was ist?«, rief er den Wanderern zu.

»Nehmt ihr uns ein Stück mit? Wir müssen bis nach Weiden.«

Damit hatte er am wenigsten gerechnet, allerdings konnten die sie auch später noch ausrauben, wenn sie weit genug von der Reichsstadt entfernt waren.

Stoffel deutete auf ihre Hand mit dem blutigen Tuch. »Hast dich verletzt?«

Traurig sah sie ihn an und nickte. »Die Finger haben sie mir abgehackt, aber ihr müsst euch nicht vor uns fürchten. Das sind zwei Vettern von mir aus Hersbruck. Anständige Kerle.«

»So, Hersbruck«, sagte Floryk. Immerhin lag der Ort auf der Strecke nach Weiden, und sie war dort eingesperrt worden. So konnten sie früh von ihrer Verhaftung erfahren haben. »Und was willst in Weiden?«, fragte er.

Einer der Kerle verzog das Gesicht. »Wir bringen sie zu ihrem Bruder, damit das Weib unserer Familie nicht noch mehr Schande macht. Wir waren gerade in der Nähe vom Pflegamt, wie zwei Kerle unsere Base gebracht haben. Hinterher haben wir erst erfahren, dass es Stadtknechte waren.« Er warf ihr einen vorwurfsvollen Blick zu.

Anna Gröschlin senkte den Kopf. »Hab doch nicht groß was angestellt, wollt nur gestohlene Waffen verkaufen.«

»Hm, hast noch welche?«, fragte Stoffel und wirkte sehr begierig. »Als Fuhrmann weiß man ja nie, wann man eine braucht.«

Anna seufzte. »Die haben sie mir alle weggenommen.«

»Dann steigt auf, aber passt auf die Stoffballen auf«, antwortete Floryk. Die gefärbten Stoffe waren kostbar und empfindlich. »Wir fahren eh bis Hersbruck. Das sollten wir heut noch schaffen.«

»Wunderbar!«, rief Anna und ließ sich auf den Wagen helfen. »Den Rest des Wegs kann ich dann allein zu Fuß gehen.«

»Ha, und dann suchst bestimmt den Rest von dem Gesindel«, brummte einer ihrer Vettern.

Floryk trieb die Rösser an. Falls sie Anna tatsächlich nicht weiter begleiteten, sollten sich Stoffel und er an ihre Fersen heften, um herauszufinden, ob sie die Straße nach Weiden nahm oder sich doch nach Pommelsbrunn oder gar Schönberg wandte, wo sie ihren Rasch wiedertreffen wollte, wie ihnen der Leinfelder verraten hatte. Womöglich hatte der Schurke noch andere Bandenmitglieder hinbestellt, die noch nicht wussten, dass er verhaftet worden war.

Stoffel warf ihm einen zur Vorsicht mahnenden Blick zu. Floryk schloss kurz die Augen, um zu signalisieren, dass er verstand. Vettern oder nicht, sie mochten trotzdem Räuber sein.

Unterwegs redeten sie nicht viel, machten Halt in Lauf und aßen gemeinsam ein Mittagsmahl. Die Brüder hießen Müller und arbeiteten als Zirkelschmiede. Als sie bei Anbruch der Dämmerung Hersbruck erreichten, versuchten die beiden gar nicht erst zu verbergen, wo genau sie wohnten. Martel Müller bat ihn zu halten und zeigte in eine Querstraße. »Wir wohnen gleich dahinten.«

Nachdem sie abgestiegen waren, schaute ihnen Floryk nach. Keiner von ihnen drehte sich noch einmal um. Martel hielt Anna am Arm fest, als fürchte er, sie wollte ausbüxen. Sowie sie in einem der Häuser verschwanden, fragte Floryk: »Und was hältst du von denen?«

Stoffel zuckte die Schultern. »Diese Zirkelschmiede wirken so unschuldig, dass man es gar nicht glauben mag.«

»Stimmt, das ist das Allerverdächtigste an denen.« Floryk gluckste und lenkte die Rösser gen Pflegschloss, wo sie hoffentlich Rat, Essen und Unterkunft bekämen.

* * *

Hersbruck am Mittwoch, den 9. September 1590

Floryk und Stoffel berieten erst beim Frühstück mit dem hiesigen Pfleger, ob und wie sie Anna Gröschlin überwachen sollten. Am vorigen Abend hatte Willibald Huber nur kurz Zeit gehabt, sie anzuhören.

»Euch beide kennt sie jetzt«, meinte Pfleger Huber nun. »Ich könnte den einen oder anderen Vogelfänger und einen Reffträger auf sie ansetzen. Das ist wesentlich unauffälliger.«

Stoffel atmete hörbar auf. »Das wär gut, Herr. Gerade mit dem Fuhrwerk sind wir schwer zu übersehen.«

»Beim Haus der Müllerbrüder hält schon jemand Ausschau, ob sie allein aufbricht oder mit ihren Vettern. Das ist übrigens eine anständige Familie. Der Martel hat als junger Bursche öfter irgendwelche Raufhändel angefangen, aber seit der verheiratet ist und Kinder hat, hat sich das gelegt.«

»Das freut mich zu hören. Auf uns wirkten sie auch ehrlich besorgt um die Gröschlin.«

Stoffel nickte. »Und das Weib ist mit den gestohlenen Waffen nicht zu ihnen gegangen, sondern hat versucht, sie in Pommelsbrunn zu verkaufen. Deshalb haben sie wohl nichts mit ihren Räuberkumpanen zu tun. Beobachtet jemand das Haus der Familie von diesem Cuntz Wasserkräuter in Pommelsbrunn?«

Pfleger Huber seufzte. »Nur der dortige Stadtknecht. Er hat sich auch mit dem Bruder unterhalten, ganz beiläufig nach dem Cuntz gefragt, was der jetzt so macht, aber nichts Rechtes erfahren. Dem Bruder scheint es unangenehm gewesen zu sein. Am nächsten Tag ist er einem Nachbarn von denen begegnet und hat ihn gefragt, ob er weiß, was mit dem Cuntz ist. Der hat nur abgewunken und gemeint, der kommt alle ein, zwei Wochen vorbei und lässt sich ein paar Tage durchfüttern, dann haut er wieder ab. Das letzte Mal war er tatsächlich an dem Tag dort, an dem ihr die Gröschlin verhaftet habt. Der Stadtknecht hat den Nachbarn gebeten, ihm Bescheid zu geben, wenn der Cuntz wieder auftaucht, weil er ihn was fragen will. Ob das so klug war, wird sich zeigen. Falls der Nachbar dem Cuntz erzählt, dass der Stadtknecht mit ihm reden möcht, haut der Schurke womöglich ab und lässt sich ewig nicht blicken.«

Stoffel rieb sich die faltige Stirn. »Das will ich nicht hoffen. Lang mach ich das nicht mehr mit.«

»Du arbeitest für den Waldamtmann Hans Jakob Haller?«, fragte Huber.

»Richtig, und ich kann es kaum erwarten, bald wieder meiner gewohnten Arbeit nachzugehen. Vom ewigen Sitzen tut mir schon der Rücken weh.«

Der Pfleger lächelte versonnen, dann fragte er: »Wo sollt ihr eure Fuhre abliefern?«

»Die ist für meinen Vater in Neumarkt, eilt aber überhaupt nicht. Der weiß schon, dass er mit mir nicht immer rechnen kann«, antwortete Floryk. »Durch die Ladung fällt es aber nicht so auf, dass wir in besonderem Auftrag unterwegs sind.«

Stoffel brummte: »Das heißt, ich kann jetzt nicht einmal mehr auf- und abladen, um mich ein bisserl zu bewegen.«

Huber rieb sich das Kinn. Seine Augen funkelten.

»Was denkt Ihr?«, fragte Floryk.

An Stoffel gewandt sagte er: »Du könntest für mich im Wald arbeiten … und dabei das Weib beobachten.« Kurz musterte er Floryk. »Für dich ist das eher nichts, schätze ich.«

»Warum nicht?«

Stoffel grinste. »Im Wald fällst du auf wie ein Holzfäller.«

»Na, die gehören doch in den Wald«, gab Floryk zurück.

Stoffel lachte auf. »Stimmt, aber jedes Tier bemerkt sie, und Menschen erst recht. Aber allein kann ich dich auch nicht mit dem Karren herumfahren lassen – nicht ohne Zustimmung des Stadtrats. Wenn dir was passiert, weil ich mir eine schönere Arbeit gesucht hab, krieg ich ernste Schwierigkeiten.«

Floryk schnaubte. »Und ich dacht schon, ernste Gewissensnöte.«

Wieder grinste sein Knecht. »Vielleicht auch das.«

»Na gut, heute darfst du Waldschrat spielen, und ich leg mich auf die faule Haut.«

»Nichts da«, meinte der Pfleger. »Für dich hab ich auch eine Aufgabe.« Das hörte sich nicht gerade nach einer Bitte an.

»Ach?« Floryk beäugte den Mann misstrauisch.

»Der Stadtrat will doch bestimmt informiert werden, was passiert. Du kannst reiten?«

»Sicher«, antwortete Floryk, obwohl er nicht viel Übung darin hatte.

»Bitte reite nach Nürnberg, sag den Herren, dass wir Verstärkung brauchen, mindestens zwei Mann, wenn wir das Weib im Auge behalten wollen. Das heißt, falls sie nicht zu ihrem Bruder geht, sondern sich mit irgendwelchem Gelichter trifft. In Weiden können wir sie nicht auf längere Zeit beobachten. Da muss sich die dortige Obrigkeit kümmern oder auch nicht.«

Floryk nickte. »Nun, sie war vor dem Rasch schon der Anhang eines Räubers, dann wird sie sich wahrscheinlich wieder einen suchen. Und zumindest ein paar Kerle aus der Bande kennt sie ja. Ich glaube nicht, dass sie zu ihrem Bruder geht, falls ihre Vettern sie nicht hinbringen.«

Da stürzte ein Junge herein, dicht gefolgt von einem Diener, der missbilligend dreinschaute. Das Bürschlein rief atemlos: »Die Anna bricht auf! Der Spitzbartene geht ihr nach.«

»Dank dir, Bartel, dann renn zurück und schau, in welche Richtung sie marschiert.«

»Jawohl, Herr!« Schon witschte der Bub wieder hinaus.

»Der nimmt sich recht wichtig«, murmelte der Diener und schaffte es, trotzdem vorwurfsvoll zu klingen.

»Zu Recht«, antwortete Pfleger Huber. »Der Bub tut uns einen großen Gefallen. Um so einen Lauser schert sich ja niemand.« An Stoffel gewandt fügte er hinzu: »Du wirst die Verfolgung übernehmen, sobald sie das erste Waldstück erreicht. Für euch beide stehen die Rösser bereit.«

Stoffel sah ihn verdutzt an. »Ich soll im Wald ein Pferd mitführen?«

»Ja, damit du uns schnell Bescheid geben kannst, wenn sich etwas ereignet. Bind ein paar Zweige am Sattel fest, damit es wie ein Lasttier wirkt.«

Stoffel verzog das Gesicht. »Von Waldarbeit versteht Ihr aber auch nicht viel, Herr.«

Huber lachte. »Ich geb's zu, aber die Gröschlin vermutlich auch nicht.«

»Wie kann ich dem Reffträger oder Euren Vogelfängern Bescheid geben, dass sie die Anna weiter beobachten sollen, während ich Euch berichte?«

»Kannst du den Ruf eines Kuckucks nachmachen?«

Wieder musste Stoffel sich anscheinend beherrschen. »Natürlich, aber die hört man tagsüber eigentlich nicht.«

»Eben, darum fällt er deinen Mitstreitern auf.«

»Hm, ist recht.«

Floryk tat es jetzt leid, dass er die langweiligere Aufgabe als Bote übernehmen musste, statt Anna und den Räubern nachzustellen.

Kapitel 11

Nürnberg am Donnerstag, den 10. September 1590

Frantz stützte den echten Hans Bemer an einem der gefesselten Arme und half ihm die Doppelleiter am Galgen hinauf. Der arme Sünder murmelte etwas Unverständliches.

Beim Querbalken, an dem schon zwei Schlingen vorbereitet waren, fragte Frantz: »Willst du noch etwas zu den Leuten sagen?«

Bemer blickte zu den Zuschauern hinunter. Seine Beteiligung am Raubüberfall auf die Bernthalmühle hatte ihm einige Bekanntheit eingebracht, deshalb waren zahlreiche Nürnberger zum Richtplatz gekommen, aber auch einige Menschen von außerhalb angereist.

Bemer schüttelte den Kopf. »Hier kennt mich ja keiner. Was soll ich da groß sagen?«

»Dass du deine Taten bereust und die Leute für deine Seele beten sollen«, schlug Frantz ohne rechte Überzeugung vor, da er von Reue bisher wenig bemerkt hatte.

Bemer grinste denn auch schief, also legte Frantz ihm die Schlinge um den Hals. »Verzeih mir, dass ich dich vom Leben zum Tod bringen werde.«

Der Räuber schaute ihm lange in die Augen, bevor er sagte: »Der Allmächtige möge Euch und mir vergeben.«

Frantz nickte anerkennend und stieß ihn von der Leiter. Bemer zappelte kaum. Erst als die Atemnot ihn vergeblich um Luft ringen ließ, schlug er mit den Beinen aus. Frantz sprach ein stummes Gebet für die Seele dieses Mannes und für seine eigene. Dann stieg er hinunter und rückte mit Klaus die Doppelleiter zur zweiten Schlinge hin. Wie alltäglich für ihn doch inzwischen das Töten geworden war. Selten berührte es ihn noch, wenn ein Mensch durch seine Hand starb.

Er holte Hans Frühauff, dem ebenfalls die Hände auf den Rücken gefesselt waren, damit er nicht an der Schlinge zerren konnte. Dem Mann standen Tränen in den Augen, als er sagte: »Verflucht, ich hätt mich niemals dem Hans Walter anschließen dürfen.«

»Fluch nicht so, kurz bevor du deinem himmlischen Richter gegenübertrittst.«

Frühauff verzog das Gesicht und stieg trotz gefesselter Arme behände die Leiter hinauf. Hastig folgte Frantz und bat auch diesen Räuber um Vergebung. Der schniefte und nickte. »Ich verzeih Euch. Macht schnell. Den Gaffern hab ich nichts zu sagen.«

Frantz legte ihm die Schlinge um den Hals und stieß ihn hinunter. Frühauff

103

wehrte sich sofort, wand sich und trat aus. Auch für dessen Seele betete Frantz und kam sich dabei weniger scheinheilig vor. Trotzdem fragte er sich, ob er so viel besser war als diese Räuber. Nach allem, was er wusste, hatte keiner von ihnen einen Menschen getötet.

Er stieg hinunter, bevor das Gefühl von sicherer Verdammnis ihn übermannte, und suchte die Blicke der Zuschauer. Für sie und den Stadtrat tat er diese Arbeit. Kaum jemand beachtete ihn noch, allerdings trat der Kaplan von Sankt Sebald zu ihm und fragte: »Geht es Euch nicht gut?«

Frantz atmete tief durch. »Ich hadere wieder einmal mit meiner Arbeit.«

Der Geistliche nickte. »Es kann nicht einfach sein. Betet, dann wird Euch leichter ums Herz.«

»Das werde ich.« Auch wenn ihn das vermutlich noch schwermütiger werden ließ. Er wollte nach Hause zu seiner Familie, ging einige Schritte in Richtung Spittlertor, da entdeckte er Hans Jakob Haller in Begleitung eines Mannes mit Kapuze. Haller bemerkte seinen Blick und lächelte.

Ein warmes Gefühl breitete sich in seiner Magengrube aus. Frantz ging zu ihm und erkannte den Mosche Jud unter der Kapuze, der ihn ernst anschaute.

»Du hast deinen Judaslohn bekommen?«, rutschte ihm heraus, bevor ihm klar wurde, was er da sagte. »Verzeih, du kannst am wenigsten dafür.«

Mosche schüttelte den Kopf. »Ihr habt recht, ich trage ebenfalls Verantwortung für das, was Ihr getan habt im Auftrag des Stadtrats. Kein schönes Gefühl, obwohl ich froh bin, dass sie mir und anderen Fuhrleuten nichts mehr antun können.«

Langsam nickte Frantz. »Es musste sein.« Doch Zweifel nagten immer noch an ihm. Mosche hatte wenigstens selbst unter den Schurken gelitten. Er hingegen verrichtete diese Arbeit, weil sein Vater es so für ihn bestimmt hatte. Die gute Besoldung als Nachrichter von Nürnberg hatte das Übrige getan, um ihn mit seinem Schicksal zu versöhnen. Wie gerufen humpelte einer seiner Patienten am Gehstock vorbei und nickte ihm zu, als wollte er ihm Trost spenden.

»Wie geht's dem Bein?«, fragte Frantz sogleich. »Du sollst es eigentlich noch nicht belasten.«

»Ich wollte doch die Hinrichtung sehen. Endlich haben zwei der Spießgesellen ihre gerechte Strafe bekommen.« Damit hinkte er weiter, und Frantz spürte, wie sich ein kleines Lächeln auf sein Gesicht stahl. Seine Arbeit war wichtig, und nicht nur die als Heiler.

* * *

Zwei Menschen hatten soeben ihr Leben ausgehaucht, und Floryk hatte dazu beigetragen. Schon der dritte in wenigen Wochen … Ihm stand nicht der Sinn danach, mit irgendwem zu reden, er wollte nicht mehr Verbrecher jagen.

Dabei war er gestern noch enttäuscht gewesen, weil Stoffel die Gröschlin verfolgen durfte und er nur dem Stadtrat berichten sollte. Das hatte er am Abend noch erledigt. Heute Morgen, da die toten Leiber der armen Sünder im Wind schaukelten, fand er es gar nicht mehr so aufregend, Räuber zu jagen.

Als der Nachrichter jedoch zu Hans Jakob Haller in Begleitung eines Mannes mit Kapuzenumhang ging, wurde seine Neugier geweckt. Gab es etwas zu besprechen, wie die Komplizen der Gerichteten gefangen werden konnten? Verbarg der Mosche Jud sein Gesicht unter der Kapuze?

Ach, was ging es ihn an. Er schlenderte lieber zurück in die Stadt und holte das Ross in der Peunt ab. Zum Glück war das Tier recht brav, sonst hätte er mit seinem geschienten Arm reichlich Mühe. Sollte er über Weindorf zurück nach Lauf reiten? Es lockte ihn, die hübsche Maid noch einmal zu sehen, ihren Wein zu kosten ... Was dachte er da? Er wollte doch nach Italien! Außerdem war er zu lädiert für eine Liebelei.

Floryk nahm dem Stallknecht die Zügel ab, er dankte ihm und führte das Ross zum Frauentor. Immer noch standen einige Leute um den Galgen herum und unterhielten sich. An den Ständen, die eigens für die Hinrichtung aufgebaut worden waren, aß Hans Jakob Haller eine Bratwurst. Floryk nickte ihm zu, und der Waldamtmann erwiderte die Geste, sonst nichts. Also saß Floryk auf und ritt los.

Den Weg säumte jetzt Wald. Unwillkürlich dachte er an Stoffel. Wie es ihm wohl erging? Nun, in der freien Natur herumzustreifen gefiel ihm sicher. Doch es mochte auch gefährlich werden.

Im Laufer Pflegschloss wurde er sofort zu Wust geführt, bei dem er gestern auf dem Weg nach Nürnberg ebenfalls vorgesprochen hatte. Diesmal hatte der Pfleger Neuigkeiten für ihn. »Mein Hersbrucker Kollege hat heute morgen einen Boten geschickt. Sie scheint tatsächlich weiter nach Weiden zu wandern – auch ohne ihre Vettern.«

»Hm, und was machen wir jetzt?«

»Dein Knecht verfolgt sie vorläufig noch, aber je weiter er sich von Nürnberg entfernt, desto schwieriger wird es für ihn, uns auf dem Laufenden zu halten, ohne ihre Spur zu verlieren. Schließlich kann er nicht einfach Boten schicken oder einem Dachs ein Brieflein für Pfleger Huber oder mich um den Hals binden, falls er schreiben kann.«

»Gut, dann reite ich gleich weiter nach Hersbruck und spanne meinen Karren an. Wenn ich gemütlich nach Schwabach rolle, sollte Stoffel auf mich aufmerksam werden. Dann kann er mir entweder sagen, ob sich etwas Bedeutsames tut, wie ein Treffen mit räuberischem Gelichter, oder mitfahren. Sie kennt uns schließlich als Fuhrleute.« Kurz überlegte er. »Wenn wir sie auf der Straße sehen, könnten wir sie wieder mitnehmen.«

Wust grinste. »Stimmt, das ist sogar die allereinfachste Möglichkeit, sie zu beobachten. Doch solltest du wenigstens eine Mahlzeit einnehmen. Dein Ross kann auch eine Rast vertragen.«

»Sehr gern.«

»Ich hab schon gespeist, deshalb entschuldigst du mich hoffentlich. Es gibt viel Arbeit.«

»Natürlich, macht Euch meinetwegen keine Umstände.« Floryk hielt sich auch nicht lange mit dem Essen auf, das er im Speisesaal des Gesindes einnahm. Eine der Mägde lächelte ihm immer wieder leicht verschmitzt zu. Oder bildete er sich das ein, weil er Gründe suchte, hier in der Gegend zu bleiben? Seufzend aß er das letzte Stück Hähnchenfleisch, leerte seinen Humpen und stand auf. Da kam sie zu ihm und sagte: »Die Sanne hat sich nach dir erkundigt.«

»Sanne? Wer ist das denn?«

»Die Maid aus Weindorf, die dir begegnet ist, nachdem euch die Räuber überfallen haben. Sie war ganz besorgt und hat sich erkundigt, ob ihr gut mit dem Schurken zurechtgekommen seid.«

»Das ist sehr nett von ihr. Wenn du sie wieder triffst, bestell ihr Grüße von mir, hab's heil überstanden, und der Arm ist auch viel besser. Der Knochen ist nicht gebrochen, höchstens angeknackst.« Durch die Schiene war er allerdings doch etwas flügellahm.

Er ging hinaus in den Hof. Sein Ross stand bereit, also zog er weiter. Womöglich führte ihn sein Weg in den nächsten Tagen doch durch Weindorf.

Auch Pfleger Huber begrüßte seinen Vorschlag, mit dem Karren auf der Strecke nach Weiden entlangzufahren, denn sie hatten jede Verbindung mit Stoffel verloren: Der Reffträger und die Vogelfänger hatten ihn zuletzt am gestrigen Nachmittag gesehen. Huber ließ ihm noch Wasserschläuche füllen und Proviant einpacken. »Willst du das Ross mit Sattel hinten am Wagen anbinden, falls etwas passiert und du oder Stoffel uns schnell Bescheid geben müsst?«

»Das lasse ich lieber hier. Stoffel hat ja auch eines dabei, oder?«

»Richtig, dann kann gegebenenfalls einer von euch die Frau weiter beobachten, während der andere zurückreitet. Eine schnelle Botschaft könnte entscheidend sein.«

Dann war Floryk auch schon wieder unterwegs. Allein auf dem Kutschbock vermisste er seinen Gefährten doch etwas. Stoffel und die Gröschlin waren ihm zu Fuß eineinhalb Tage voraus. Wenn das Weib wirklich bis nach Weiden wanderte, dann konnte sie bereits angekommen sein.

* * *

Frantz ging zu seinem Knecht hinüber, der die Brückenwohnung über dem südlichen Pegnitzarm nun allein bewohnte und gerade an etwas schnitzte.

»Na, Klaus, langweilst du dich?«

»Schon ein wenig. Der Augustin fehlt mir jetzt doch etwas. Hätt ich nicht erwartet.«

»Mir fehlt er auch.« Frantz zog einen Stuhl zurück und setzte sich zu ihm an den Tisch. »Du solltest dir ein Weib suchen.«

»Ach, ich glaub, mich will keine.«

»Wie kommst du darauf?«

»Meine Mutter wollt den Augustin auch erst heiraten, wie er kein Henkersknecht mehr war.«

»Nicht alle Frauen sind wie deine Mutter. Der Maid in Rückersdorf hast du anscheinend ganz gut gefallen, so freudig, wie sie dir Auskunft gegeben hat.«

»Ja, bloß wie ich gesagt hab, wer ich bin, was ich bin, da ist ihr plötzlich nichts mehr eingefallen.«

Frantz atmete tief durch. Für einen Henkersknecht sollte es eigentlich nicht so schwer sein, eine Braut zu finden. Wenigstens musste er niemanden töten. »Du findest schon noch die richtige.«

Ernst schaute Klaus ihn an. »Und wenn ich sie schon gefunden habe, Ihr mir aber verboten habt, mich um sie zu bemühen?«

Frantz hatte es befürchtet. »Bernadette?«

Klaus nickte und hielt seinem Blick stand.

»Hast du sie gefragt?«

»Nein. Ich will's mir nicht mit Euch verderben.«

»Ich will nur ungern meine Magd verlieren, aber vor allem sorge ich mich, was ihr Onkel dazu sagt, wenn sie einen Unehrlichen heiratet.«

»Aber ihr anderer Onkel ist doch Henker.«

Frantz nickte. »Sonst hätte ich sie gar nicht als Magd genommen. Was schnitzt du da?«

Klaus hielt eine kleine Figur hoch. »Weiß ich noch nicht recht, aber das Holz wird mir hoffentlich verraten, was es sein will.«

Frantz lachte auf. »Na gut, dann wander raus nach Mögeldorf und frag den Friedrich Reichart, ob du um die Hand seiner Nichte werben darfst.«

»Einfach so?«

»Wenn's dir ernst damit ist.«

Klaus strahlte. Da überlegte Frantz, ob er erst mit Bernadette hätte reden sollen, bevor er dem Burschen Hoffnung machte. Allen voran mit Maria! Er stand auf. »Freu dich nicht zu früh, ist ja alles noch offen.«

»Aber mögen tut sie mich schon.«

»Heiraten ist noch was anderes.« Frantz ging hinüber in seine Wohnung, traf dort in der guten Stube Jorgen und Ursel an, die mit den Kleinen eine Art

Umzug veranstalteten. Sie schritten jedenfalls Hand in Hand huldvoll das Zimmer auf und ab, und die Mädel tappten hinterher.

»Wo ist denn eure Mutter?«

»Mit Bernadette in der Küche, wo sonst?«, antwortete Ursel.

Wenn seine Magd auch hier war, sollte er lieber nichts sagen. Oder doch? Himmel, war das alles schwierig. Erst musste er sich mit Maria beraten. Er ging durch das Behandlungszimmer in die Küche, wo die Frauen Rübengemüse putzten.

»Maria, kann ich kurz mit dir reden, oder müssen wir dann verhungern?«

»Ein paar Minuten hab ich für dich.« Lächelnd trocknete sie sich die Hände an der Schürze ab. »Was ist?«

Er nickte zum Schlafzimmer und ging voraus. Überrascht folgte seine Frau ihm. Als er auch noch die Tür schloss, zog sie die Augenbrauen noch höher. »Was ist los?«

»Ich hab vielleicht was Leichtsinniges getan.«

»Du? Schwer vorstellbar.« Sie feixte. »Sprich.«

Er nahm sie in die Arme und flüsterte in ihr Ohr. »Du hast sicher gemerkt, dass Klaus ein Auge auf Bernadette geworfen hat.«

»Oh ja.«

»Ich hab ihm erlaubt, ihren Onkel zu fragen, ob der was dagegen hätte, wenn die beiden ... also, falls Bernadette ihn überhaupt ... du verstehst?« Hilflos sah er sie an.

Maria lachte. »Du stellst dich an.«

»Wieso? Ich hab Klaus doch verboten, sie zu umwerben.«

»Dann ist es gut, dass du das Verbot aufgehoben hast. Lass die beiden einfach selbst herausfinden, ob ihnen mehr aneinander liegt.«

Erleichtert lächelte er. »Gern.«

»Auch wenn wir dann womöglich eine neue Magd brauchen.«

Frantz verzog das Gesicht. Schon wieder eine Magd suchen ...

Maria tätschelte seinen Rücken. »Abwarten, mein Schatz, vielleicht bleibt uns Bernadette noch lange erhalten.«

»Schön wär's ja.«

Kapitel 12

Floryk fürchtete, bald vor Langeweile auf dem Kutschbock einzuschlafen. Die Lider wurden ihm schwer, die Sonne stand schon tief, doch bald sollte Weiden in Sicht kommen. Ein merkwürdiges Zwitschern aus dem Wald ließ ihn aufhorchen. So ein Tier hatte er noch nie gehört. Er wollte schon die Rösser antreiben, doch im nächsten Moment trat Stoffel auf den Weg, gefolgt von seinem Pferd. Grinsend stemmte er eine Hand auf die Hüften. »Hätt nie gedacht, mich zu freuen, wenn ich dir begegne.«

Floryk hielt den Karren an. »Geht mir genauso, dabei wollte ich schon die Flucht ergreifen. Solltest du nicht wie ein Kuckuck rufen?«

Stoffel lachte. »Schon, aber ich wollt schauen, ob du wachsam bist.«

»Wo ist die Gröschlin?«

»Nur ein kleines Stück vor uns. Sie könnte Hufschlag und Reifen gehört haben.« Er band das Ross hinten am Karren fest und schwang sich neben Floryk auf den Bock.

»Dann geht sie tatsächlich zu ihrem Bruder?«

»Sieht ganz so aus, wenn sie in Weiden nicht auch irgendwelches Räubergesindel kennt.«

»Vielleicht trifft beides zu, aber wir können ja nicht die ganze Zeit das Haus ihrer Familie beobachten.«

Stoffel rieb sich die Stirn. »Wir sollten dort auf dem Amt Bescheid geben, damit die Stadtknechte ein besonderes Auge auf sie haben.«

Das hörte sich gar nicht dumm an. »Richtig, das können wir ganz inoffiziell machen, rein aus Bürgerpflicht.«

»Genau.«

»Wir sollten sie wieder auf dem Wagen mitnehmen, dann brauchen wir nicht Abstand zu halten. Wir treffen sie rein zufällig und sind sozusagen alte Bekannte.«

Stoffel zögerte. »Ist ein *großer* Zufall.«

»Aber dann wissen wir gleich, wo der Bruder wohnt. In Hersbruck haben wir neue Ladung für Weiden angenommen, dort kriegen wir eine für Kunden in Amberg und Neumarkt.«

»Na gut, du wirst schon wissen, was du tust.«

»Der Pfleger fand den Vorschlag auch gut.« Floryk ließ die Zügel auf die Rücken der Pferde klatschen, und sie rollten los. Bald sahen sie das Weib.

Das Geräusch der Hufe und Räder ließ sie beiseitetreten, dann drehte sie sich um und blickte ihnen voller Misstrauen entgegen. Offenbar erkannte sie

sie erst spät. In dem Moment hellte sich ihr Gesicht auf.

Floryk bemühte sich, überrascht dreinzuschauen. »Du schon wieder?«

»Euch schickt der Himmel. Nehmt ihr mich noch einmal mit? Meine Füße bringen mich um. Bin schon den zweiten Tag unterwegs und nur einmal ein kleines Stück mitgenommen worden, bis mich der Bierkutscher betatscht hat.«

»So ein Sauhund«, stieß Floryk hervor.

»Es ist ihm aber schlecht bekommen. Falls er eine Frau hat, wird er ganz schön schwitzen, wenn er ihr die Kratzer im Gesicht erklären muss.«

Floryk gluckste. »Steig auf. Du hast Glück. Wir sind auch unterwegs nach Weiden. Da wolltest du doch hin, oder?«

»Ganz recht, zu meinem Bruder, auch wenn der bestimmt nicht glücklich darüber sein wird, mich so zu sehen.« Sie hielt ihre verstümmelte Hand hoch und nahm das Tuch ab. »Die Wunden heilen wenigstens ganz gut.« Trotzdem schniefte sie.

Floryk sprang vom Bock, schob die Tuchballen zurecht und half ihr auf die Ladefläche. Herr im Himmel, hoffentlich merkte sie nicht, dass die Ladung dieselbe war wie zuvor! Um sie abzulenken, fragte er: »Du bist in Weiden aufgewachsen? Dann kennst du da bestimmt viele Leute.«

»Nur ein paar Freunde von früher, aber die werden mich verachten.«

»Trotzdem solltest du froh sein, bei deinem Bruder unterzukommen.«

»Seine Ehewirtin wird mich triezen und schuften lassen wie einen Ochsen. Wir haben uns nur zweimal gesehen, sie wird mich bestimmt verachten.«

Floryk glaubte nicht, dass Anna es mit dieser Einstellung lange in Weiden aushalten würde. Es war richtig, den dortigen Ordnungshütern Bescheid zu geben, auch wenn das ihr Leben womöglich zusätzlich erschwerte.

Am Stadttor hatten sie alle Mühe, dem Zöllner zu erklären, dass sie in Weiden die Tuchballen nur vorzeigen wollten, um neue Händler zu begeistern, aber nicht unbedingt damit rechneten, die Ladung zu verkaufen. Falls das nicht gelänge, müssten sie sie wieder mitnehmen.

»Hm, und wenn du sie verkaufst, kommst du hinterher brav zu mir und zahlst den Zoll nach?«

»Natürlich! Sonst lässt du mich doch gar nicht mehr in die Stadt.«

»Absteigen«, blaffte der Zöllner die Gröschlin an, die sofort gehorchte. Mit der verletzten Hand machte es ihr allerdings einige Mühe.

»Was ist mit deiner Pfote?«, wollte der Mann sofort wissen.

Trotzig hob sie den Kopf und zeigte ihm die Hand.

»Pah, und euch Gesindel soll ich glauben? Ihr kommt mir nicht in die Stadt.«

»Ich schon. Ich bin doch von hier«, sagte die Gröschlin, nickte Floryk und Stoffel zu, dann eilte sie durchs Tor.

Floryk seufzte. »Hör zu, guter Mann. Das Weib gehört nicht zu uns. Im Gegenteil. Sie war der Anhang eines Räubers, der kürzlich in Nürnberg gerichtet wurde. Wir sollen herausfinden, mit wem sie sich hier trifft, und die Obrigkeit warnen.«

»Ach? Deine Geschichten werden immer abenteuerlicher.«

Stoffel packte sein Bündel und sprang vom Bock. »Wir folgen ihr zu Fuß, und du passt aufs Fuhrwerk und auf die Rösser auf«, befahl er dem Zöllner und marschierte los.

Floryk warf dem verdutzten Kerl noch einen schnellen Blick zu, dann eilte er seinem vermeintlichen Knecht hinterher. »Meinst du, der macht das?«

»Ja.«

»Warum?«

»Erstens hat er sonst kaum was zu tun, zweitens kriegt er womöglich Ärger, wenn unsere Geschichte stimmt.«

»Da vorn läuft sie, biegt gerade in eine Seitengasse.«

»Hast gute Augen.«

Sie beschleunigten ihre Schritte, bis sie die Kreuzung erreichten, und spähten in die Gasse. In dem Augenblick huschte die Gröschlin in eines der Häuser.

»Und wie stellen wir jetzt fest, ob da ihr Bruder wohnt?«

»Fragen wir einfach den Nächstbesten, dem wir begegnen, ob hier irgendwo der Gröschl lebt.«

»Gut, und wo das Rathaus ist. Dann können wir uns wieder um andere Dinge kümmern.«

Sie mussten nicht lange warten, bis ihnen ein alter Mann bestätigte, dass im vierten Haus rechts die Familie Gröschl wohnte. »Was wollt ihr denn vom Rudi?« Neugierig musterte er sie beide.

»Wir sollen ihm nur was ausrichten, aber bei dem schauen wir später vorbei, wenn wir mehr Zeit haben. Der ist ja bestimmt auch arbeiten.«

»Freilich, der Rudi kann sich auch nicht erlauben, dem Herrgott den Tag zu stehlen.«

Floryk fragte ihn lieber nicht nach dem Rathaus, um nicht noch mehr Misstrauen zu erregen. »Dank dir, guter Mann.«

Sie kehrten zurück zur Hauptstraße. An einer größeren Kreuzung fragte Floryk eine vorbeieilende Maid: »Sag, wo geht's denn hier zum Rathaus?«

»Na, immer geradeaus weiter zum Marktplatz.« Kopfschüttelnd hastete sie weiter.

Hohe Giebelhäuser säumten die Straße, und das mehrstöckige Rathaus mitten auf dem Platz war tatsächlich nicht zu übersehen. Stoffel blieb vor dem Eingangsportal stehen.

»Willst du nicht mitkommen?«

»Warum? Du kannst besser reden als ich.«

Floryk schüttelte den Kopf. »So wie du mit dem Zöllner umgegangen bist, hab ich dich lieber dabei.«

Schmunzelnd folgte Stoffel ihm. »Bist halt doch ein kleiner Hosenscheißer.«

»Magister Hosenscheißer, bittschön.«

»Sonst noch was? Vielleicht Euer Gnaden Magister Hosenscheißer?«

»Sehr gern, aber bitte nicht vor dem Amtmann.«

Stoffel gluckste und folgte ihm ins Gebäude.

Floryk kam kaum dazu, sich in der Eingangshalle umzuschauen, da eilte auch schon ein Amtsdiener auf sie zu und fragte: »Was wünscht ihr?«

Er erzählte von Anna Gröschlins Verstrickung in die Machenschaften der Räuberbande, die im Frühjahr die Bernthalmühle überfallen hatte. Vielleicht hätte er dem Zöllner gegenüber auch diesen berüchtigten Raub erwähnen sollen, um durchgelassen zu werden, denn die Augen des Amtsdieners weiteten sich sogleich. »Und das Weib ist jetzt wieder hier in Weiden?«

»Richtig, wir dachten, die Herren sollten es wissen und womöglich Ordnungshüter anweisen, ein besonderes Augenmerk auf sie zu haben. Die Gröschlin wirkt nicht wie eine, die sich lange in ein häusliches Leben fügen kann, besonders wenn sie nicht gut mit ihrer Schwägerin zurechtkommt.«

»Und mit so etwas kommt ihr mir spät am Nachmittag! Woher sollen wir denn auf die Schnelle die Leute nehmen, um sie unter Beobachtung zu stellen?«

Floryk wollte schon die Schultern zucken und antworten, dass er das auch nicht wisse, doch falls die Gröschlin sich ausgerechnet in den nächsten Tagen davonstahl, würde er sich ja doch grün und blau ärgern. Stoffel würde es sicher nicht gefallen, trotzdem bot er an: »Wir könnten noch bis Montag hierbleiben. Danach müssen aber eure Stadtknechte ein Auge auf sie haben.«

Stoffel schnaufte hörbar. Floryk schaute ihn lieber nicht an.

»Das wäre mir sehr lieb, denn die Herrschaft ist bis Sonntagabend verreist.«

»Pfalzgraf Friedrich von Parkstein, wenn ich mich nicht irre?«

»Ganz recht. Und die Räte sind auch nicht mehr im Haus, die erwische ich allerdings morgen, um gegebenenfalls Dienstpläne ändern zu lassen.«

»Gut, dann sprechen wir uns morgen noch einmal?«

Der Amtmann nickte eifrig. »Ja, bitte.«

»Wo können wir möglichst nah beim Haus der Gröschls unterkommen? Ach, und für unser Fuhrwerk brauchen wir auch einen Platz. Damit hat uns der Zöllner nicht in die Stadt lassen wollen.«

»Es gibt da ein recht passables Wirtshaus am anderen Ende der Gasse. Ich begleite euch zum Zöllner, dann gibt's keine Probleme.«

Und so geschah es denn auch. Unter den verwunderten Blicken des Zöllners hockte sich der Amtsdiener zu Floryk auf den Bock und zeigte ihm den Weg zur Herberge, während Stoffel es sich auf der Ladefläche bequem machte.

»Ein zusätzliches Ross habt ihr auch, das ist gut. Sollte sie gleich wieder aufbrechen, kann ihr einer folgen, und der andere Bescheid geben. Ich heiße übrigens Friedrich Loderer. Fragt nach mir, wenn etwas ist.« Er deutete nach rechts. »Da ist die Hofeinfahrt.« Der Amtmann stellte sie dem Wirt vor und sagte, dass die Herrschaft die Zeche zahle. »Wenn sie irgendetwas brauchen, hilf ihnen so gut als möglich.«

»Jawohl. Ich hab eine Kammer mit vier Betten frei, die kann ich euch geben.«

»Gut, bring aber bitte sonst niemanden bei ihnen unter.«

Der Wirt lächelte zufrieden und gab dem Stallknecht Anweisung, sich um Fuhrwerk und Rösser zu kümmern. »Dann kommt, ich zeig euch die Kammer.« Sie stiegen zum ersten Obergeschoss hinauf. »Da ist der Abtritt.« Er deutete auf eine Tür am Ende des Gangs und schlurfte in die entgegengesetzte Richtung. »Hier schlaft ihr. Ist eines unserer besten Zimmer.«

Innen an der Tür hing eine Joppe, die anscheinend jemand vergessen hatte. Floryk fragte: »Gehört die einem Gast?«

»Herrje, die hat der Müller Bastel vergessen. Na, morgen kommt er noch mal vorbei, dann kriegt er sie.«

»Können wir sie uns bis dahin ausleihen? Ist wichtig. Und wenn du uns sonst noch altes Gewand oder auch neues von dir oder einem Knecht leihen kannst …«

»Wieso jetzt das?«

»Damit wir auf der Straße nicht so leicht erkannt werden. Der eine oder andere Hut wär auch gut.«

»Ich schau mal«, brummte der Wirt nun weniger freundlich. »Das will ich aber alles zurückhaben.« Er stapfte die Treppe hinunter.

Auf dem Weg zurück zur Kammer meinte Stoffel: »Gar nicht dumm.«

»Lob aus deinem Munde, mir wird ganz warm ums Herz«, frotzelte Floryk, nahm die Kappe ab und warf sie aufs Bett. »Ich glaube, sie hat mich immer nur mit dem Deckel gesehen.«

Seufzend nahm auch Stoffel seinen Filzhut ab. »Da komm ich mir ganz nackt vor.«

Immer noch grantelnd warf der Wirt zwei Hemden und eine Lodenjacke auf eine der freien Pritschen. Die Joppe war zwar viel zu warm für das immer noch hochsommerliche Wetter, aber besser als keine Verkleidung. Außerdem setzte Floryk einen Strohhut auf. Stoffel zog ein blaues Hemd an, blieb aber bei seinem Filzhut. Kurz darauf standen sie etwas ratlos in der Gasse.

»Und jetzt?«, fragte Stoffel. »Stehen wir einfach dumm herum und beobachten das Haus? Schaut ja auch blöd aus.«

»Laufen wir einmal die Straße lang und schauen, was es hier so alles gibt.«

Als sie an einer Badstube vorbeikamen, hatte Floryk eine Idee. »He, du solltest dir deinen Zottelbart abscheren lassen, dann erkennt sie dich bestimmt nicht.«

Stoffel warf ihm einen Blick zu, der Bäume zum Davonlaufen hätte bewegen können, dann strich er sich über das schwarzgraue Gewölle. »Du Milchbart bist doch nur neidisch.«

Das war nicht ganz von der Hand zu weisen. Bei Floryk sprossen die Haare im Gesicht noch spärlich, dafür hatte er umso schöneres langes Haupthaar. Er fuhr sich mit den Fingern durch die rötlichen Strähnen, da bemerkte er ein Grinsen in Stoffels Gesicht. »Was?«

»Ich mach's, wenn du dir die Haare kurz schneiden lässt, höchstens der Nacken darf bedeckt sein.«

Vermaledeit noch eins, was hatte er da nur angerichtet! »Na gut«, knurrte er, auch wenn er in Kauf nahm, dass er dann in Italien womöglich wie ein Bauerntölpel aussah.

»Du gehst zuerst rein, und ich halt derweil Ausschau.«

»Nichts da, sonst lässt du dich doch nicht rasieren«, protestierte Floryk.

»So wenig Vertrauen hast du zu mir!« Mit grimmiger Miene trat Stoffel in die Stube.

Grinsend ging Floryk ein paar Schritte weiter und entdeckte eine Bäckerei. Ob er Brot kaufen sollte? In dem Moment trat eine hübsche junge Frau durchs Tor und lächelte ihm allerliebst zu.

»Was machst du denn hier?«, ertönte da eine bekannte Stimme neben ihm.

Er ruckte herum und sah sich Anna Gröschlin gegenüber, die offenbar ebenfalls etwas beim Bäcker gekauft hatte.

»Ich, ähm«, stotterte er.

»Habt ihr eure Stoffe verkaufen können?«

Die Rettung! »Noch nicht, aber wir bleiben bis Montag hier, da geht bestimmt noch was. Der Zöllner hat uns dann doch hereingelassen.«

»Na, dann sehen wir uns vielleicht noch einmal. Aber sag, warum hast du dich umgezogen? Das sind ja komische Sitten.«

Und nun? Er zupfte an seinem Ärmel, um Zeit zu gewinnen, da hatte er eine Idee. »Die Joppe ist als Muster gedacht, damit sich die Tuchhändler vorstellen können, wie die Kleidung dann ausschaut.«

Annas Augen leuchteten. »Das ist sehr schlau von dir. Mir gefällt die Jacke, aber da schwitzt du bestimmt ganz schön.«

»Und wie.« Nicht nur weil ihm so warm war. Musste sie nicht irgendwo hingehen?

Sie wandte sich um. »Das ist übrigens meine Schwägerin.« Sie nickte der anmutigen Frau mit dem hübschen Lächeln nach. »Also keine schönen Augen machen. Hab dein Gesicht gesehen.«

»Natürlich nicht, aber gut, dass du's mir verraten hast. Dann versteht ihr euch einigermaßen?«

Anna presste die Lippen aufeinander und nickte langsam. »Ich werd wohl wirklich länger hierbleiben. Wo ist denn dein Kumpel?«

»Beim Bader«, rutschte es ihm heraus. »Ach, dem muss ich dringend was sagen.« Floryk rannte los und stürmte in die Badstube. »Halt!«

Der Bader hatte schon die Schere angesetzt und schnippte ein Büschel Bartgestrüpp ab. Er und Stoffel sahen ihn verdutzt an. Letzterer fragte: »Was ist denn?«

»Bin gerade der Gröschlin über den Weg gelaufen. Sie hat mich natürlich sofort erkannt. Du solltest den Bart lieber nur stutzen lassen.« Zu seiner Überraschung grinste Stoffel, statt zu schimpfen. »Du willst deine Mähne retten.«

»Allerdings, aber es ist auch nicht mehr notwendig, anders auszuschauen, also mach was du willst. Ich behalt meine Haare.«

Stoffel nickte dem Bader zu. »Wie besprochen.«

Der Mann nickte und setzte wieder die Schere an. Floryk hockte sich auf einen der Stühle und schaute zu, da die Gröschlin im Moment offenbar eh nicht daran dachte, abzuhauen. Bestimmt wollte sie erst einmal ihre Wunden lecken. Und die Schwägerin – was für ein prächtiges Weib – schien ihm gar nicht garstig zu sein.

Hoppla, was kam da unter dem ganzen Gestrüpp zum Vorschein? Kantige Kiefer, ausgeprägte Wangenknochen. Der Bader ließ Kinnbart und Schnauzer stehen, seifte die Wangen ein, griff zum Messer und rasierte die Stoppeln vorsichtig ab. Der Rest von Stoffels Gesicht war gar nicht so faltig wie Stirn und Augen, dafür war die Haut etwas blasser.

»Du schaust ja gar nicht so grauslich aus, wie man erwarten möcht«, frotzelte Floryk.

Kinnbart und Schnauzer schnitt der Bader jetzt noch in modische Form und sagte: »So gehst schon fast als Edelmann durch.«

Stoffel lachte und grinste in einen Handspiegel. »Mein eigenes Weib wird mich nicht mehr erkennen. Und jetzt ein Bad, bittschön.«

»Das Wasser sollt schon heiß sein.« Er stieß einen Pfiff aus, der einen Knecht herbeieilen ließ.

»Du lässt es dir ja gut gehen«, sagte Floryk.

»Wenn ich schon nicht heimkomm, gönn ich mir was. Und du gehst jetzt besser wieder ... was arbeiten.«

Mürrisch erhob Floryk sich. Bestimmt wollte Stoffel künftig den wohlhabenden Tuchhändler mimen, und er durfte den Knecht geben. Aber wenigstens hatte er seine langen Haare retten können. Draußen auf der Straße ging er zur nächsten Seitengasse und trat so weit hinein, dass ihn die Ecke des Gebäudes halbwegs verdeckte. Gegen die Wand gelehnt, wirkte er bestimmt, als warte er auf jemanden.

Kapitel 13

Rückersdorf am Mittwoch, den 16. September 1590

Floryk hockte wieder mit Stoffel auf dem Karren. Natürlich war in Weiden nichts Aufregendes mehr passiert, aber zwei Tage Rast hatten ihnen gutgetan. Eigentlich wollte er auf dem Rückweg die Stoffballen für seinen Vater nach Neumarkt bringen, doch war es wichtiger, den Pflegern von Hersbruck und Lauf zu berichten, wie die Dinge standen. Das hatten sie denn auch unterwegs erledigt, und bald wären sie wieder in Nürnberg und konnten den Stadtrat über den Stand der Dinge in Kenntnis setzen. Heute schafften sie die Strecke jedoch nicht mehr. Die nächste Ortschaft war Rückersdorf. »Sollen wir beim Heroldwirt absteigen?«, fragte Floryk. »Bei dem wird zwar sicher nicht schon wieder eingebrochen, aber er ist ein netter Kerl und wird froh um Kundschaft sein.«

Stoffel brummte: »Du willst es wohl beschreien?«

Er zuckte die Schultern. »Bald dämmert es. Aber wenn wir den Dieb erwischen, soll es mir nur recht sein. Vielleicht treffen wir da den Mosche und können Informationen austauschen.«

»Stimmt. Ich sag's dir, ich will nicht mehr. Nur noch diese eine Woche. Wenn ich nicht mal mehr am Sonntag daheim sein kann, hört der Spaß auf.«

»Du lässt dich ja doch wieder überreden. Aber mir geht's genauso. Wenn wir beide hinwerfen, dann müssen sie nachgeben.« Er lenkte die Rösser in den Hof der Herberge.

Ein gelangweilter Stallknecht hockte auf einer schlichten Bank und grinste. »Bleibt ihr über Nacht?«

»Wenn's noch Plätze gibt.«

Der Mann stand auf und schlenderte zu ihnen. »Bei uns bleiben zurzeit viele Betten frei. Fahrt gleich rein in den Stall.«

Sie nahmen ihre Bündel, überließen die Pferde dem Stallknecht und gingen in die Gaststube.

»Ah, noch ein paar Gäste«, rief der Wirt erfreut. »Seid gegrüßt. Essen und Pritsche im Schlafsaal?«

»Grüß dich, Herold. Ganz recht, aber sag, wie geht's dir?«, fragte Floryk.

»Muss gehen. Sucht euch selber Plätze. Du kennst dich ja aus, Floryk. Aber wer ist denn dein Begleiter? Gar dein Brotherr?«

Stoffel feixte und zwirbelte eine Spitze seines Schnauzers.

»Nein, dem Herrn ist unterwegs das Pferd krank geworden, da hab ich ihn mitgenommen und das Ross mitgeführt.« Wäre ja noch schöner. Am Ende gab ihm Stoffel noch Befehle.

»Wollt Ihr lieber eine Kammer, Herr?«, fragte Herold übertrieben höflich.

»Nicht nötig.« Stoffel grinste noch breiter.

Sie gingen in den Schlafsaal und legten ihre Bündel auf zwei der Pritschen unter einem Fenster, nicht weit von der Tür zum Abort, wo wahrscheinlich der Einbrecher eingestiegen war. Nur wenige der Betten waren schon belegt. In der Gaststube war entsprechend wenig los und von Mosche nichts zu sehen.

Sie setzten sich an einen leeren Tisch, aßen die Mahlzeit bestehend aus Schmalzbrot und Suppe, tranken jeder noch einen zweiten Becher Wein, dann legten sie sich schlafen. In einer Ecke schnarchte schon jemand.

Floryk schlang wieder einen Faden um sein Bündel und schnürte das andere Ende an seinem Handgelenk fest, dann legte er sich lang und starrte in die Dunkelheit. Neben der Tür zum Saal und der zum Abort brannte jeweils eine Talglampe, damit man den Weg finden konnte.

Beim Einschlafen tauchte das Gesicht der Weinbauerntochter vor seinem inneren Auge auf. Schön … Ob er von ihr geträumt hatte, konnte er allerdings nicht sagen, als ihn der nächste Gast weckte, der sich geräuschvoll schlafen legte. Bald schickte der Wirt auch die letzten Zecher in den Schlafsaal, und langsam kehrte Ruhe ein.

Irgendwann schreckte ihn ein ungewöhnliches Geräusch auf. Ein Knacken von Holz? Er lauschte angestrengt, hörte allerdings nur Schnarchen, jemand wälzte sich herum, ein anderer ließ einen lautstarken Wind fahren. Alles ganz normal. Er drehte sich herum, spürte den Faden an seinem Handgelenk, zog noch etwas daran, auch wenn sein Bündel unter der Pritsche hervorrutschte, und döste wieder ein. Dann weckte ihn ein Ruck am Faden, ein Stöhnen. Jemand strauchelte neben ihm zu Boden. Floryk fuhr hoch und sah eine dunkle Gestalt gen Abort taumeln. Da war wohl einer über sein Bündel gestolpert.

»Alles in Ordnung?«, rief er dem Kerl hinterher.

»Ja. Räum nächstes Mal dein Graffel aus dem Weg!«, flüsterte der Mann und verschwand in der Kammer.

Floryk hörte die Fensterangeln quietschen, stand auf und rüttelte an Stoffels Schulter. »Da stimmt was nicht.«

»Was? Ist was?« Verwirrt sah ihn sein Knecht an.

»Ich glaub, da will einer aus dem Fenster abhauen.« Floryk eilte zum Abtritt. Niemand war dort, die Läden standen weit offen. Er beugte sich hinaus und blickte in alle Richtungen.

»Dageblieben. Du Sauhund bist also der Dieb!«

Bevor Floryk sich zu der groben Stimme umdrehen konnte, packten ihn noch gröbere Pranken und schleuderten ihn zurück in den Saal, wo er hart zwischen zwei Pritschen landete.

»Ich doch nicht!«, rief er. »Stoffel, hilf mir.«

Zwei Gestalten näherten sich. Eine maulte: »Mir ist der Beutel gestohlen worden. Rück ihn raus, du Mistkerl.«

Da traft ihn auch schon ein Fuß in den Bauch. Dem anschließenden Jaulen zufolge tat es dem Angreifer ohne Schuhe mehr weh als ihm.

»Hört auf, ihr habt den Falschen.« Floryks Angst wuchs. »Ihr kennt mich doch, ich bin Floryk Loyal. Fuhrmann wie die meisten von euch.«

Zwei Paar Arme zogen ihn auf die Beine. »Einem Hugenotten kann man nicht über den Weg trauen«, sagte der Kerl, der ihm die Hände auf den Rücken drückte, damit ein anderer ihn binden konnte.

Himmel, was hatte denn sein Glaube damit zu tun? »Wär wohl nur noch schlimmer, wenn ich Jude wär«, raunzte er zurück.

»Ein Jud tät so was niemals machen. Die halten sich an die zehn Gebote.«

Wo zum Henker war Stoffel, wenn er ihn einmal brauchte? Inzwischen waren alle wach geworden und kramten in ihren Sachen, fluchten und drohten ihm Schläge an. Während er in Richtung Tür gestoßen wurde, sah er, dass Stoffels Pritsche leer war. Seltsam.

In der Gaststube drückten seine Häscher Floryk auf einen Stuhl und banden ihm auch noch die Füße zusammen.

Mehr Talglampen flammten auf. Der Wirt kam herein. »Was ist denn hier los?«

»Wir haben den Dieb erwischt.«

»So ein Gschmarri!«, protestierte Floryk. »Ich hab ihn aus dem Fenster entwischen sehen. Draußen solltet ihr suchen.«

»So, und was ist das?« Ein Mann kam mit einem prall gefüllten Stoffsäckel herein. »Die Beute ist noch bei deiner Pritsche gelegen.«

»Na also, wir haben ihn«, beschloss ein anderer. »Die Hugenottensau war's. Die haben auch den letzten Sterbenslauf über uns gebracht, wie sie aus Frankreich und den Niederlanden vertrieben worden sind.«

Floryk klappte der Mund auf. Das konnte der Kerl doch nicht wirklich glauben! Die Seuche war schon am Abklingen, als viele Hugenotten aus Flandern fliehen mussten.

»Meine halbe Familie habt ihr vermaledeiten Calvinisten auf dem Gewissen!« Er versetzte Floryk einen Kinnhaken, dass er gegen den anderen Häscher taumelte.

Floryk atmete tief durch und warf Herold einen flehenden Blick zu. »Ich war's wirklich nicht. Den Sack hat der Einbrecher fallen lassen, als er über mein Bündel gestolpert ist.« Über den Pestzunder ließ er sich lieber nicht aus, sonst gab es womöglich mehr Prügel.

»Das kann jeder sagen«, antwortete der Wirt und stierte ihn wütend an. Da hämmerte jemand gegen die Haustür. »Was ist jetzt das?« Herold öffnete und sprang zur Seite.

Stoffel stieß einen Mann herein. »Ich hab ihn.«

Der Wirt griff nach einer Talglampe und leuchtete den beiden in die Gesichter. Da erkannte Floryk den Dieb. »Mosche?«, entfuhr es ihm gleichzeitig mit dem Wirt.

»Herrschaftszeiten, doch ein Jud?«, rief der Häscher, der ihn als Hugenottensau beschimpft hatte, aber Juden für bibeltreu hielt.

Mosches Blick huschte durch den Raum und blieb an Floryk haften, erfasste die Fesseln. »Hab's befürchtet, dass sie dich verdächtigen, sonst wär ich längst auf und davon gewesen, bevor mich dein Knecht erwischt hat.«

Floryk schnaubte. »Sehr nett von dir, aber gestellt hättest du dich wahrscheinlich nicht, wenn sie mich zum Tod verurteilt hätten.« Unbändige Wut erfasste ihn. Fast hätte ihn das Pack gleich hier aufgehängt.

Mosche senkte das Haupt. »Ich hoff schon, dass ich mich gestellt hätte. Ein Menschenleben will ich nicht auf dem Gewissen haben. Schon gar nicht deins, du hast mir schließlich geholfen.« Er blickte zu einem der Gäste. »Im Gegensatz zu den meisten anderen.«

Floryk wunderte sich darüber, wie still die Bestohlenen plötzlich waren. »Bindet mich vielleicht einer los?«, forderte er.

»Natürlich.« Herold löste seine Fesseln. »Bringt ihr den Mosche nach Lauf?«

»Ja, und zwar sofort. Vielleicht fahren wir mit ihm auch gleich bis nach Nürnberg.«

Stoffel ließ sich den Strick reichen und band Mosches Arme hinter dessen Rücken.

Herold baute sich vor dem Delinquenten auf. »Warum, zum Teufel? Warum wolltest du zum vierten Mal bei mir die Leut bestehlen? Ausgerechnet bei mir?«

Mosche blinzelte, als verschleierten ihm Tränen die Augen. »Es tut mir leid, Herold. Du hast mich anständig behandelt, aber deine Gäste …«

Kopfschüttelnd stapfte der Wirt davon. »Schafft ihn fort, sonst tu ich ihm was an.«

Floryk nickte Stoffel zu. »Pass auf ihn auf, ich hol unsere Bündel.«

»Willst du wirklich in der Nacht los?«

»Ja, wir bleiben auf dem Fahrweg, was soll da schon passieren. Räuber schlafen jetzt, weil niemand unterwegs ist.« Er eilte los, sammelte ihre Siebensachen zusammen und wollte zurück in die Gaststube. Da merkte er, dass drei der Gäste ihn beobachteten, darunter der Hugenottenhasser. Im Vorbeigehen funkelte er ihn böse an. »Eine Entschuldigung kommt dir nicht über die Lippen? Auch recht, aber die Pestilenz hat uns Calvinisten genauso dahingerafft wie alle anderen.«

Mit Stoffel zusammen führte er Mosche hinaus. »Wir müssen vermutlich selber anspannen. Ich hoffe, du erzählst uns unterwegs, was zum Henker du dir dabei gedacht hast, hier einzusteigen.«

Mosche schnaubte. »Ich war in der Nähe.«

»Das ist alles? Du bist Kundschafter der Reichsstadt!«

»Und darf die Stadt nicht betreten.« Er holte tief Luft. »Ich bin froh, dass es vorbei ist, hätt ja doch nicht mehr aufhören können.«

Zu Floryks Überraschung war der Stallknecht schon fast fertig damit, die Pferde anzuspannen. »Der Herold kann's nicht erwarten, euch loszuwerden.« Er schaute Mosche an und schüttelte den Kopf. »Ausgerechnet du. Dabei haben wir dich immer gut behandelt.«

Mosche lächelte reumütig. »Das habt ihr, und es tut mir leid.«

Floryk half ihm auf die Ladefläche. »Das ist alles? Es tut dir leid? Keine Erklärung?«

»Später. Ich will schlafen, muss auch nachdenken, was jetzt werden soll.«

Stoffel brummte: »Ich glaube, das steht außer Frage.«

Sie stiegen auf den Bock und fuhren in die Nacht hinaus.

»Du bist wirklich Hugenotte?«, fragte Mosche.

»Ja, von Geburt her. Meine Familie stammt aus Frankreich, ich bin in Flandern geboren, aber eigentlich bin ich eher Lutheraner oder Philippist. Du kennst Melanchton?«

»Flüchtig. Ein vernünftiger Mann, wenn ich mich recht erinnere. Wenn deine Familie in Frankreich geblieben wäre, hättet ihr zum katholischen Glauben konvertieren müssen?«

»Oder sterben.«

»Aber hier im Heiligen Römischen Reich kannst du alles erreichen.«

Was für eine merkwürdige Aussage. »Ja, schon, warum?«

»Ich nicht, weil ich Jude bin.«

»Deshalb hast du sogar deine eigenen Leute bestohlen?«

»Aus Ärger über diese Welt.«

»Die Ungerechtigkeit der Welt?«

»Ja.«

»Besser hast du die Welt nicht gemacht.«

»Kluges Bürschchen, dir macht man nicht leicht was vor.«

* * *

Nürnberg am Freitag, den 18. September 1590

Frantz staunte, als Max vor seiner Tür stand und mit ernster Miene erzählte: »Wir haben den Herbergsdieb. Er hat es zum vierten Mal beim Heroldwirt versucht und ist durchs Fenster eingestiegen.«

»Sitzt der Mann im Loch?«

Max nickte, seine Miene verfinsterte sich noch mehr. »Ihr kennt ihn.«

»Wer ist es?«

»Der Mosche Jud.«

»Was?« Frantz konnte es nicht glauben. »Der Mosche? Ist er geständig?«

»Ja, er hat den Schöffen freimütig alle Diebstähle und Einbrüche gestanden, die er in der ganzen Umgebung begangen hat. Floryks Knecht hat ihn erwischt. Allerdings kann's noch etwas dauern bis zur Hinrichtung.«

»Weshalb?«

Max zuckte die Schultern. »Weil er Jude ist, schätz ich. Jedenfalls hat der werte Imhoff so was angedeutet.«

»Werde ich im Rathaus gebraucht?«

»Erst nach dem Mittagsmahl. Die Ratssitzung hat gerade angefangen. Ihr werdet wohl am Galgen Veränderungen vornehmen müssen.«

Natürlich, an einem christlichen Galgen durfte nicht einfach ein Jude baumeln, oder doch? Aber ein Jude war ja kein armer Sünder … oder doch? »Wie lange ist in Nürnberg schon kein Jude mehr gerichtet worden?«, fragte Frantz.

Max schien zu überlegen, doch dann zuckte er mit den Schultern. »Also, ich kann mich an keinen anderen Fall erinnern. Ist aber auch kein Wunder, schließlich ist es lange her, dass sie alle aus Nürnberg verbannt worden sind.«

»Stimmt. Weißt du, wie sich die Herren die Hinrichtung vorstellen?«

»Nein, Ihr müsst Euch schon gedulden.«

»Dank dir.«

Max nickte und ließ Frantz mit seinen vielen Fragen allein.

Ausgerechnet Mosche? Hoffentlich durfte er bald mit ihm reden. Da fiel ihm ein Mann ein, der ihm womöglich einige Antworten geben konnte, wenn auch nicht auf alle Fragen. Er ging zu Maria, die mit Bernadette und Jorgen Kräuter zum Trocknen aufhängte und den beiden erklärte, wofür sie gut waren. »Musst du weg?«, fragte sie sogleich.

121

»Ja, das heißt, noch werde ich nicht gebraucht, aber ich möchte ein paar Erkundigungen einholen.«

»Aber zum Essen bist du zurück?«

»Bestimmt, denn danach muss ich ins Rathaus.«

Während er über den Säumarkt lief, ertönten vom Weinmarkt her Trommelschläge. Natürlich, der Pfänder prüfte wieder die Fässer, und gerade kippte er eines in die Pegnitz. Als Henkersknecht schlug Klaus dazu die Trommel. Frantz wandte sich gen Frauentor. Der Weg zum Haller'schen Weiherhaus führte ihn an der Richtstätte vorbei. Am Galgen baumelten die Leichen der beiden Räuber. Ob der Stadtrat ihm erlaubte, Mosche mit dem Schwert zu richten? Ach, es half nichts, sich darüber jetzt Gedanken zu machen.

Bevor er das fast vollständig von einem Fischweiher umgebene Anwesen des Waldamtmanns Hans Jakob Haller erreichte, kam dieser durchs Tor geritten, erblickte ihn und zügelte das Ross. »Meister Frantz?« Fragend sah der Mann ihn an.

Verlegen sagte Frantz: »Werter Haller, ich will Euch nicht aufhalten, Ihr scheint in Eile.«

»Keineswegs. Ihr wollt tatsächlich zu mir?« Haller stieg ab.

»Ich suche Rat, bevor der Rat mich sprechen will.«

»Wegen Mosche? Stoffel hat mir davon erzählt, dass er und Floryk ihn auf frischer Tat ertappt haben.« Der Waldamtmann schüttelte den Kopf. »Was hat sich der Kerl nur dabei gedacht? Ach, was red ich. Juden sind eben auch nur Menschen. Gehen wir ein Stück.«

Während sie in Richtung Stadt schlenderten, sagte Frantz: »Max Leinfelder hat es mir soeben erzählt. Selbst gesprochen hab ich mit dem Mosche noch nicht, aber er hat offenbar alles gestanden, auch die Diebstähle in den Judenhäusern.« Er atmete tief durch. »Abraham Rosenberg hatte schon befürchtet, dass der Dieb ein Jude sein könnte.«

»So einen Verdacht hat er Euch gegenüber geäußert?« Verwundert sah der Mann ihn an.

»Ja, allerdings hab ich nur Floryk Loyal davon erzählt.« Nun schämte er sich. »Es schien mir zu heikel, etwas so Ungewisses dem Stadtrat zu berichten.«

Haller lächelte zum ersten Mal, seit er ihm an diesem Tag begegnet war. »Daran habt Ihr gut getan. Abraham Rosenberg vertraut Euch offenbar, sonst hätte er solche Befürchtungen für sich behalten. Mehr Unfrieden aus religiösen Gründen können wir wirklich nicht brauchen. Ich wollte gerade zu Rosenberg, um ihn zu warnen. Gerade die Fürther Juden könnten einigen Ärger der Leute abbekommen.« Wieder schüttelte er den Kopf. »Dabei glauben wir alle an denselben Gott. Im Namen des Herrn ist schon zu viel Unrecht geschehen.

Ich denke nur an die Kreuzzüge. Unsere angeblichen Gotteskrieger haben sogar im eigenen Land geplündert, wenn sie es sich gefahrlos erlauben konnten.«

Verwirrt sagte Frantz: »Aber das ist lange her, oder nicht?«

»Schon, nur haben sich die Menschen seither nicht großartig geändert. Von der Judenvertreibung 1349 und '50 will ich lieber nicht reden. Zum ersten Mal hat sich damals der Pestzunder im Reich verbreitet, und natürlich mussten Schuldige her. Nicht etwa ein zorniger Gott, der die Sünder bestrafte, denn dann hätten sie ihren Lebenswandel ändern müssen. Nein, lieber hat man die Juden als Brunnenvergifter verleumdet. Dem Irrglauben sind selbst vernünftige Leute verfallen. Alle suchten händeringend nach einer Erklärung dafür, warum eine unbekannte Seuche die Menschen dahinraffte ...« Plötzlich sah er Frantz wieder direkt an. »Ihr versteht, wie wenig es braucht, um die Menschen zu verwirren, sonst hättet Ihr dem vermeintlichen Hexenjäger nicht mit Eurem Schwert das Wort abgeschnitten.«

Frantz nickte. »Ja, ich war mir der Gefahr sehr bewusst, die von solchen Hetzern ausgeht.« Er ließ den Blick zum Galgen schweifen. »Verzeiht, wenn es selbstsüchtig klingt, aber da Ihr schon meine Arbeit ansprecht ... Ich habe einiges gehört, wie andernorts Juden gerichtet werden. Was denkt Ihr, welche Todesstrafe der Rat für den Mosche wählen wird?«

Haller verzog das Gesicht zu einer bitteren Grimasse. »Ich hoffe nicht, dass hier jemand auf die Idee kommt, dem Juden heißes Pech als Kappe auf den Kopf zu gießen, bevor man ihn aufhängt, oder dass Mosche an den Füßen statt am Hals aufgehängt wird, um über Tage hinweg elendiglich zu verrecken. Oder dass man zwei Hunde an den Hinterläufen neben ihm aufhängt, die ihn wütend zerbeißen.«

Frantz schauderte. »Solche Gräuel wird der Nürnberger Stadtrat nicht veranlassen.«

»Ich hoffe es.« Haller blickte zum Galgen und wirkte besorgt, doch dann begann er zu erzählen. »Als ich ein junger Bursche war, vor etwa vier Jahrzehnten, holte der werte Andreas Osiander die Erlaubnis des Stadtrats ein, dass ihn ein jüdischer Schulmeister besuchen darf, um ihm Aramäisch beizubringen.«

»Osiander?«

»Er war Prediger zu Sankt Lorenz, aber auch Theologe und Mitstreiter Martin Luthers, doch hat er nicht die Juden geschmäht, sondern das gelehrte Gespräch mit ihnen gesucht, ihren Verstand und ihre Bildung geschätzt. Als überzeugter Christ wollte er ihre Lehre widerlegen. Deshalb trachtete er danach, die Bücher Daniel und Esra in der Sprache zu studieren, in der sie verfasst wurden. In der babylonischen Gefangenschaft haben die Juden nämlich das Hebräische nach und nach aufgegeben und die aramäische Sprache angenommen. Hebräisch beherrschte Osiander gut, umso mehr fuchste es ihn, dass ihm das Buch Daniel vollständig und das Buch Esra teilweise verschlossen blieben.«

»Hat der Rat den Besuch des Schulmeisters erlaubt?«

»Ja, allerdings durfte der Mann kein anderes Haus in Nürnberg betreten. Wie oft er tatsächlich zu Osiander gegangen ist, weiß ich nicht, aber die aramäische Sprache zu lernen blieb dem Gelehrten wohl versagt. Allerdings hat er sich in vielen Angelegenheiten hervorgetan. Die Kirchenordnung von 1533 stammt von ihm; sie wurde auch vom Markgrafen übernommen. Größte Verdienste erwarb er sich jedoch mit der Verteidigung der Juden, als ihnen ein Ritualmord an einem Kind in Pösing zur Last gelegt wurde. Unter der Folter gestanden die Verdächtigen natürlich und wurden zum Tode verurteilt. Fragt mich nicht nach der Hinrichtungsart, die hat Osiander nicht erwähnt.«

»Ihr habt ihn persönlich gekannt?«

»Natürlich. Als junger Kerl bin ich seinetwegen oft in die Lorenzkirche zum Gottesdienst gegangen. Manchmal unterhielten wir uns auch, wenn wir uns begegnet sind. Besonders die Ritualmordanklagen ließen ihm keine Ruhe. Anfang unseres Jahrhunderts gab es wohl eine in Frankfurt, dann die erwähnte in Pösing. Osiander schrieb damals ein Gutachten, wie abwegig die Vorstellung sei, dass ausgerechnet Juden mit dem Blut von Kindern irgendwelche Rituale vollzogen haben sollten, eine Glaubensgemeinschaft, die es mit dem alttestamentarischen Gebot, kein Blut zu vergießen, besonders genau nimmt. Wenn du einem Juden eine Blutwurst hinstellst, speit er wahrscheinlich.«

»Konnte er die Angeklagten vor dem Tod retten?«

Haller atmete tief durch. »Nein, sie waren bereits gerichtet. Dieses Gutachten wurde gedruckt und rettete etwa zehn Jahre später Juden in Sappenfeld das Leben, denn als sie angeklagt wurden, zitierten sie aus dem Gutachten und konnten das Gericht von ihrer Unschuld überzeugen.«

»Das freut mich.« Gott sei Dank hatte Frantz bisher nie an der Schuld der Verurteilten zweifeln müssen, bevor er sie vom Leben zum Tode brachte.

Haller lachte auf. »Osiander war sogar so dreist, in seinem Gutachten zu erwähnen, wo die wahren Täter und Motive zu finden wären. Der Reichtum mancher Juden konnte Neid unter Christen geweckt haben. Vielleicht wurden die Ankläger auch von Pfaffen oder Mönchen angestiftet, die in übereifrigem Heiligkeitsstreben zu neuen Wallfahrten anregen wollten.«

»Verständige Männer wie ihn könnten wir mehr brauchen.«

Sie schwiegen beide einige Zeit, dann fragte Frantz: »Warum erzählt Ihr mir all das? Ich habe zwar mit meinem Vater in der Bibel gelesen, doch über theologische Fragen habe ich nie viel nachgedacht, außer … wenn es um mein eigenes Seelenheil geht.« Er verstummte, fragte sich nicht zum ersten Mal, ob er auf Gnade vor dem himmlischen Richter hoffen durfte, wenn er immer wieder in voller Absicht gegen das fünfte Gebot verstieß.

Haller betrachtete ihn aufmerksam. »Weil Ihr ebenfalls ein verständiger Mann seid. Ihr kennt die Menschen in all ihrer Niedertracht, aber auch in ihrer Not, sobald es ans Sterben geht. Wenn Ihr den Mosche richten werdet, müsst Ihr Euch seinetwegen keine Sorgen machen. Allenfalls wegen der Bürger Nürnbergs, die noch vor wenigen Wochen einem Hexenjäger auf die Leimrute gegangen sind. Angesichts eines Juden, der als Dieb verurteilt wurde, könnten einige ihrer Wut und Hilflosigkeit Luft machen wollen und andere zu Übergriffen anstacheln.«

»Hilflosigkeit?« Frantz verstand nicht recht.

»Wir alle fühlen uns gelegentlich ausgeliefert. Seuchen, Missernten und Kriege machen auch nicht vor den Reichen und Mächtigen Halt. Das einfache Volk ist jedoch empfänglicher für das angebliche Wirken dunkler Mächte wie beispielsweise Hexen und Druden, aber auch Juden.« Haller seufzte. »Die meisten Menschen wollen gut sein, aber es fällt nicht immer leicht. Und manche versuchen es gar nicht erst.« Er schaute Frantz in die Augen. »Auch deswegen ist Euer Amt so wichtig.«

Frantz freute sich über Hallers offene Worte, deshalb wagte er nachzuhaken. »Ihr habt vorhin gesagt, Juden, Muselmanen und Christen glauben an denselben Gott. Stimmt das?«

»Kann man so sagen. Die Gläubigen aller drei Religionen beten zum Gott des Alten Testaments. Keiner von uns Menschen weiß mit letzter Gewissheit, wie das Wort Gottes auszulegen ist, das er uns wiederum durch fehlbare Männer mitgeteilt hat. Deshalb sollte sich kein Mensch anmaßen, die absolute Wahrheit zu kennen, nicht der Papst, nicht die Reformatoren, die sich in vielen Punkten streiten, nicht die Rabbiner und nicht die Imame.«

»Imame?«

»Muselmanische Priester. Auch die Anhänger des Propheten Mohammed aus Mekka streiten sich trefflich untereinander, genau wie Calvinisten, Hussiten, Lutheraner, Philippisten, Täufer …«

Frantz wurde allmählich schwindlig. Was durfte man dann überhaupt glauben?

Haller lächelte. »Verzeiht, ich salbadere, doch ich hadere mit jedem, der meint, allein den einzig wahren Glauben gefunden zu haben. Nur eines ist schlimmer: wenn solche Leute für diesen einen wahren Glauben in den Krieg gegen Andersgläubige ziehen, obwohl die drei abrahamitischen Religionen die zehn Gebote gemeinsam haben.«

»Woher wisst Ihr all das?«

Die Stirn des Waldamtmannes kräuselte sich, dann entspannten sich seine Gesichtszüge. »Als ein Haller musste ich natürlich studieren, durfte als junger Mann mit Handelsreisenden das Osmanische Reich besuchen. Da lernt man einiges.« Ein spöttisches Lächeln zeigte sich in Hallers Gesicht. »Ihr wundert Euch, dass ich in meinem Leben keine ehrgeizigeren Ziele verfolgt habe?«

Hitze stieg Frantz in die Wangen. »Verzeiht, es geht mich wirklich nichts an.«

»Schon gut, ich wollte nie Kaufmann oder gar Ratsherr werden und die Geschicke der Stadt lenken. Mir war es genug, einer sinnvollen Beschäftigung nachzugehen und dabei ein sicheres Auskommen zu haben. Doch nun muss ich Rosenberg warnen. Gott sei mit Euch, Meister Frantz.«

»Und mit Euch.«

Haller stieg auf und ritt zur Fahrstraße nach Fürth.

* * *

Floryk trieb sich mit Stoffel vor dem Rathaus herum, um hoffentlich mehr darüber zu erfahren, was mit Mosche geschehen würde. Seine Gefühle waren in Aufruhr. Einerseits mochte er den Kerl, andererseits ärgerte es ihn, dass er Fuhrleute bestohlen, ihm frech ins Gesicht gelogen und sogar nahegelegt hatte, dass die Räuber auch für die Einbrüche verantwortlich waren.

Stoffel unterbrach seine Gedanken. »Er hätte sich leicht davonmachen können.«

»Was, wer?«

»Der Jud. Er hat sich neben dem Stall versteckt, um die Herberge zu beobachten.«

»Dann meinst du, er hätte sich wirklich gestellt, falls die Leute mich gefesselt herausgebracht hätten?«

»Ich glaub schon. Er hätt nur immer weiter laufen müssen bis zum Wald. Er hat's nicht einmal versucht, wie ich ihn entdeckt hab. Hat sich auch nicht gewehrt.«

»Hm.«

»Hörst du was?«

Floryk sah sich um. Auf dem Grünen Markt war einiges los, doch die Leute tuschelten bevorzugt in kleinen Grüppchen. »Ob die über den verhafteten Juden reden?«

»Ich schätze schon. Sonst ist doch hier ein rechtes Geschrei.«

Leider erkannte Floryk niemanden, zu dem er sich unauffällig gesellen könnte. Aber wenigstens kamen die ersten Räte aus dem Gebäude. Endlich erschien auch Andreas Imhoff. Doch als sein väterlicher Freund Floryk bemerkte, schaute er sogleich weg, als wollte er nicht angesprochen werden, und marschierte gen Egidienberg.

So ging es aber auch nicht! Er hatte sich alle Mühe gemacht, die Räuber und den Einbrecher zu erwischen, da hatte er auch ein Recht darauf, etwas zu erfahren. Kurz entschlossen eilte er ihm nach. »Andreas, warte!«

Sein Freund drehte sich nicht um, verlangsamte aber seine Schritte, sodass Floryk aufholen konnte.

»Was passiert mit dem Mosche?«

»Warum interessiert dich das?«

»Weil ich dazu beigetragen habe, dass er gefangen wurde. Ihr denkt euch doch hoffentlich keine besonders grausame Strafe für ihn aus, nur weil er Jude ist, oder?«

Andreas funkelte ihn böse an. »Die Triumvirn werden nach dem Essen weiter beraten. Du hast gute Arbeit geleistet, aber das hab ich dir gestern schon gesagt.«

»Ja, und dass ich die Ratssitzung abwarten soll. Das hab ich gemacht.«

Andreas blieb stehen und schaute ihm in die Augen. »Es haben sich tatsächlich Ratsherren für eine verschärfte Hinrichtungsart ausgesprochen. Alle weiteren Beratungen finden nach dem Essen im Kreis der obersten drei Hauptleute statt. Später werden wir auch den Nachrichter hinzuziehen. Bitte gönn mir beim Mittagessen etwas Ruhe von dieser leidigen Angelegenheit.« Er setzte seinen Weg fort.

Floryk rief ihm hinterher: »Heißt das, ich bin zum Essen eingeladen?«

»Natürlich, wenn du schon in der Stadt bist.«

Er eilte Andreas nach. »Und dabei können wir besprechen, was ich als Nächstes machen werde?«

»Ach, hast du genug davon, als Fuhrmann durch die Gegend zu fahren?«

»Und wie!«

Zum ersten Mal seit gestern Abend sah Floryk Andreas schmunzeln.

Kapitel 14

Wichert führte Frantz persönlich zu einer Tür, vor der Max schon wartete. Er klopfte und ließ sie eintreten. In der Kammer hockten die drei obersten Hauptleute. Hieronymus Paumgartner, der erste Mann im Stadtrat, litt wie jeden Sommer unter der Gicht. Er war im Tragstuhl hergebracht worden. Neben ihm saß Andreas Imhoff als zweitmächtigster Ratsherr. Soweit Frantz wusste, hatte dieser sich immer noch nicht dazu durchgerungen, die Geschäfte an die erwachsenen Söhne zu übergeben, obwohl er inzwischen zweiter Losunger und Hauptmann war. Derzeit betätigte er sich auch noch als Lochschöffe. Neben ihm saß der zweite Ermittler, Martin Haller. Nach Schlüsselfelders Tod war Bartholomäus Pömer als dritter Mann im Triumvirat nachgerückt. Den kannte Frantz kaum, weil er nicht als Schöffe tätig war.

Paumgartner deutete auf die freien Stühle den Herren gegenüber. »Setzt Euch, Meister Frantz. Es geht um die Hinrichtung des Mosche Jud. Er wird zum Tod durch den Strang verurteilt werden.« Die wässrigen Augen des geplagten Mannes sahen ihn durchdringend an. »Ihr werdet einen Judenspitz am Galgen anbringen müssen.«

»Wie stellt Ihr Euch den vor? Reicht ein Metallhaken an einer Ecke des Gevierts?«

Die Herren tauschten Blicke, dann antwortete Imhoff: »Der müsste aber an einer langen Stange angebracht sein. Die Leichenteile sollen beim Verwesen nicht in die Grube zu den Überresten von Christen fallen.«

Frantz nickte. »Dann müssen wir vermutlich einen zusätzlichen langen Balken auf einem der Querbalken anbringen. Soll ich selbst mit den Zimmerleuten reden?«

»Macht das«, erklärte Imhoff. »Wenn sie Schwierigkeiten machen, sagt Bescheid.«

Martin Haller räusperte sich. »Es wäre angebracht, den Mann an der Ecke, die gen Morgen zeigt, aufzuhängen.«

Verwirrt blinzelte Frantz den Lochschöffen an. »Wieso das?«, rutschte ihm heraus, obwohl ihm derlei Fragen wirklich nicht zustanden.

Haller jedoch schaute etwas verlegen die anderen Stadträte an. »Weil er Jude ist. Nach dem Brauch der Juden werden Tote so bestattet, dass der Kopf gen Jerusalem zeigt.«

Frantz nickte, auch wenn er sich fragte, was die Ecke für einen Unterschied machte, wenn der Kopf ja doch vor allem himmelwärts ausgerichtet war.

Imhoff wirkte irritiert. »Sonderbehandlung braucht er keine.«

»Bekommt er doch sowieso«, hielt Haller dagegen. »Wenn er einen Juden-spitz erhält, können wir den auch zum Heiligen Land zeigen lassen. Ist nur an-gemessen, einer sehr alten Religion etwas Respekt zu erweisen.«

Paumgartner runzelte die ohnehin gefurchte Stirn, doch Pömer lächelte und sagte: »Mir gefällt die Symbolik.«

»In Ordnung«, antwortete Imhoff. »Mir ist da noch etwas eingefallen, Meister Frantz. Ihr solltet vor allem mit Hans Reichl reden. Er kennt Euch, ist Euch und insbesondere Eurer Frau zu Dank verpflichtet. Der wird nicht gleich seine Ehre in Gefahr sehen, wenn er mit einigen Hilfsarbeitern den Balken an-bringt.«

»Sehr gern«, antwortete Frantz. Reichl hatte auch schon – ohne zu mur-ren – an der Brücke hinüber zum Hochgericht gearbeitet.

»Gut, dann sollten wir alles besprochen haben«, sagte Paumgartner. »Wir wollen mit diesem dreisten Dieb ja nicht mehr Arbeit haben als unbedingt nö-tig.«

Imhoff trommelte mit den Fingern seiner Rechten auf den Tisch. »Da ist noch etwas.«

»Was denn?«, fragte der erste Hauptmann unwirsch.

»Natürlich versucht der Priester, Magister Eusebius, Mosche zum christli-chen Glauben zu bekehren, was den Delinquenten zu der Frage verleitet hat, ob wir ihm das Leben schenken, wenn er sich taufen lässt.«

Frantz hätte beinah aufgelacht, doch die ernsten Gesichter der Räte hielten ihn zurück. Konnte Mosche die Frage ernst gemeint haben? Und hätte dann je-der Nichtchrist ein Verbrechen frei, das er durch die Taufe sühnen könnte?

Paumgartner blinzelte. »Ist Philipp Camerarius in Nürnberg? Dann können wir ihn ja fragen, ob es so etwas schon gegeben hat.«

Max antwortete: »Ich hab ihn ins Haus seines Bruders gehen sehen. Soll ich ihn holen?«

»Mach das, Leinfelder.«

Der Stadtknecht eilte los. Während sie warteten, erwägten die Räte Sinn und Unsinn einer Begnadigung anlässlich der Taufe eines Juden oder auch ei-nes Heiden. Schließlich kehrte Max mit Camerarius zurück. Der Rechtskonsu-lent wirkte verärgert. »Meine Herren, hab ich den Leinfelder richtig verstan-den? Mosche bietet an, sich taufen zu lassen, wenn er dafür zu einer Leibstrafe begnadigt wird?«

»Ganz recht«, antwortete Imhoff gelassen.

»Was soll der Unfug? Was hat der Glaube mit der Strafe zu tun?«

»Ihr seid der Rechtsgelehrte, sagt es uns«, antwortete Imhoff.

Camerarius verengte die Augen. »Ich glaube, die Herren Räte sollten beim werten Donellus ein weiteres Gutachten einholen. So eine Anfrage hat der sicher auch noch nicht bekommen.«

Haller gluckste. »Ich bin dafür.«

Paumgartner schlug mit der Hand auf den Tisch. »Genug des Schabernacks, es geht schließlich um ein Menschenleben, noch dazu um das Leben eines Ungläubigen, der nicht auf einen gnädigen himmlischen Richter hoffen kann. Versündigen wir uns, wenn wir so einen richten lassen, ohne dass er die Gelegenheit bekommt, doch noch ein christliches Leben zu führen?«

Das gab auch Frantz zu denken. Sonst konnte er sein Gewissen damit beschwichtigen, dass letztendlich das himmlische Gericht entscheidend war. Doch Juden glaubten nicht an die Lehren Jesu, nicht an die Auferstehung. Andererseits, was wusste er schon über den jüdischen Glauben?

Plötzlich musste er an Stigler denken, Christ und reuloser Sünder, der andere ins Verderben bringen wollte, um sich selbst zu erhöhen. Den hatte Frantz vermutlich direkt in die Hölle geschickt.

Nach kurzem Schweigen antwortete Imhoff: »Wir bieten ihm an, sich taufen zu lassen, damit er seine Seele retten kann. Aber das war's dann auch.« An Martin Haller gewandt, fügte er hinzu: »Sagen wir es ihm gleich, dann kann er die Zeit noch nutzen, in sich gehen und mit Magister Eusebius reden.«

»Darf ich die Herren begleiten?«, fragte Frantz, da er immer noch nicht begreifen konnte, weshalb Mosche die Diebstähle begangen hatte.

»Sicher.« Imhoff blickte in die Runde. »Gibt es sonst noch etwas zu besprechen?«

»Vorläufig nicht«, antwortete Paumgartner und schaute Max an. »Ob wir bei der Hinrichtung verschärfte Sicherheitsmaßnahmen brauchen, ist schwer abzuschätzen.« Der mächtigste Mann Nürnbergs legte resigniert die Hände auf die Schenkel. »Schickt nach meinen Trägern.« Dann warf er Frantz einen zerknirschten Blick zu. »Ja, ja, ich weiß, weniger Wein und fettes Essen, dann ginge es mir gleich besser.«

Frantz lächelte. »Ganz recht.« Einst hatte der Mann sich von seiner Henkermedizin erhofft, weniger Mäßigung üben zu müssen, um die Gicht im Zaum zu halten.

Imhoff und Haller stiegen mit Frantz direkt vom Rathaus hinunter zum Lochgefängnis, ein Weg, den Frantz selten benutzte und dann nur in Begleitung eines der Schöffen.

Lochknecht Benedikt führte sie zur Keuche des Mosche und öffnete. Imhoff bedeutete ihm, vorauszugehen, also nahm Frantz dem Lochknecht die Fackel ab und steckte sie in die Wandhalterung innerhalb der Zelle. »Grüß dich, Mosche. So sehen wir uns also wieder.«

Der Mann erhob sich von der Pritsche und starrte ihn an. »Das hab ich mir auch anders vorgestellt.«

Frantz wandte sich zu den Schöffen um. »Die werten Herren Imhoff und Haller möchten dir etwas sagen.«

Hoffnung hellte die Züge des Juden auf. »Werde ich begnadigt, weil ich der Reichsstadt gute Dienste geleistet habe?«

Imhoff schüttelte den Kopf. »Du wirst für deine Taten hängen. Voraussichtlich am nächsten Dienstag.«

Die Beine des Mannes knickten ein. Frantz stützte ihn und ließ ihn auf die Bank an der Seitenwand sinken. Er selbst hockte sich ihm gegenüber.

»Dir bleibt nur noch eines.«

»Was?«, fragte Mosche gequält.

»Lass dich taufen, um deine Seele zu retten.«

Der Jude wischte sich Tränen aus den Augenwinkeln. »Ich habe mit dem Gedanken gespielt, aber das kann ich nicht machen.«

»Weil du nicht glaubst, dass Jesus der Messias war?«, fragte Imhoff.

Mosche schüttelte den Kopf. »Ich kann es meiner Familie nicht antun.«

»Warum?«, drängte Imhoff. »Wenn du sowieso stirbst, was schadet es deiner Familie? Im Gegenteil. Wenn sich deine Frau ebenfalls taufen lässt, kann sie dich besuchen, bevor das Urteil vollstreckt wird.«

Mosche schüttelte den Kopf. »Ich werde sie und die Kinder nicht mehr ernähren können, deshalb werden sich meine jüdischen Glaubensbrüder um sie kümmern. Für meine Familie wird gesorgt werden, solange ich nicht vom rechten Glauben abfalle.«

Verblüfft sah Frantz zu Imhoff auf. Der wirkte ratlos. »Das tut mir leid für dich. Vielleicht kann dich Magister Eusebius umstimmen.« Mit diesen Worten wandte er sich zum Gehen, hielt jedoch noch einmal inne. »Du könntest zum Tod durch das Schwert begnadigt werden, wenn du dich taufen lässt.«

»Was?« Mosche klang entsetzt. »Bitte nicht, Herr. Für uns Juden ist es wichtig, dass alle Teile des Leibs zusammen … bestattet werden. Und wenn es eine Luftbestattung am Galgen ist.«

Imhoff nickte und verließ er die Keuche.

Haller verharrte noch einen Moment und sagte: »Deine Glaubensbrüder würden es deiner Frau niemals zum Vorwurf machen, sofern nur du dich taufen lässt, das weißt du genau.«

Mosche antwortete nicht, schaute ihn nur unverwandt an. Schließlich ging auch Haller. Erst dann murmelte der Jude. »Er kennt den Pferdehändler in Ermreuth nicht.«

Frantz betrachtete den ausgefuchsten Dieb, der doch ein Gewissen hatte und seine Verantwortung gegenüber Frau und Kindern ernst nahm. »Ich hoffe, der Allmächtige wird dir trotzdem vergeben, wenn du deine Sünden bereust.«

Mosche blinzelte und brachte sogar ein schmales Lächeln zustande. »Das hoffe ich auch, Meister Frantz.«

Er wirkte blass, die Hände zitterten, deshalb fragte Frantz: »Isst du nicht genug?«

Mosche schüttelte sich. »Die Lochwirtin hat es gut gemeint und Speck mit in die Grütze getan. Zum Glück hat sie es stolz verkündet.«

Dunkel erinnerte Frantz sich, dass Juden kein Schweinefleisch aßen. »Hat sie dir nichts anderes gegeben?«

»Ich hab nichts gesagt. Fasten tut mir gut.« Das Knurren seines Magens strafte ihn Lügen.

»Wieso, Mosche? Wieso hast du die Diebstähle begangen? Hast du das Geld so dringend gebraucht?«

Der Mann fuhr sich über den Kopf. »Ich hab bei dem Überfall der Räuber viel Geld verloren. Die Summe für eine Lieferung Hopfen wurde mir an dem Tag übergeben, für eine Lieferung Äpfel hab ich die Hälfte des Preises im Voraus für den Bauern kassiert. So viel Geld trag ich selten bei mir. Als hätten es die Gauner gewusst. Dann habt Ihr mich gefunden und zum Heroldwirt gebracht, meine Wunde versorgt und an meiner Seite geschlafen. Dafür bin ich Euch noch heute dankbar. Doch es war eine unruhige Nacht. Kopfschmerzen quälten mich, aber vor allem die Sorge, wie ich das Geld ersetzen sollte.«

»Ja, du hast dich viel herumgewälzt und gestöhnt.«

»Am Morgen, nachdem Ihr fortgeritten wart, bin ich noch lange in der Wirtsstube gehockt, hab einigen Gästen mein Leid geklagt. Zwei Fuhrleute, Christen, haben mich verspottet. ›Sei froh, dass du als Jud überhaupt ein Fuhrwerk lenken darfst‹, meinte der eine. Der andere hat sich gefreut. ›Besser, die Räuber überfallen einen wie dich und lassen mich dafür in Ruh.‹ Ein Jude aus Bruck hat mir etwas koscheres Essen gegeben. Ich wollte mir von diesem Isaak Geld leihen, aber er hat mir vorgejammert, dass sein Sohn neue Schuhe brauche, sein Weib ein neues Kleid. Sie laufe nur noch in Lumpen herum. Einige Tage später bin ich durch Bruck gefahren und dachte mir, ich will schauen, wie erbärmlich es dem Isaak wirklich geht. Ich hab ihn um Essen und Unterkunft für die Nacht gebeten und gestaunt, was sich der alles leisten kann. Zum Beispiel einen siebenarmigen Leuchter aus Silber, in dem echte Wachskerzen stecken. Wir haben einen aus Holz mit Talgnäpfchen. Dem geht es viel besser als mir und meiner Familie, aber in der Not hat er mir nicht geholfen. Da hat mich die Wut gepackt. Nachts bin ich herumgeschlichen, hab aber nur so viel gestohlen, dass es am Morgen nicht gleich auffiel. Dabei musste ich immer an die bittere Erfahrung beim Heroldwirt denken.« Er atmete tief durch.

»Und die Wirtschaft vom Barthel war ganz in der Nähe?«, fragte Frantz und ahnte, was gleich kommen würde.

Mosche nickte. »Mitten in der Nacht bin ich rüber in den Stall und hab von den Ladungen gestohlen, was sich leicht verkaufen lässt. Was bin ich erschrocken, als ich jemanden hab schnarchen hören. Einer der Fuhrleute hat im Stroh übernachtet. Wahrscheinlich waren die Pritschen im Wirtshaus alle belegt. Trotz meiner Angst, erwischt zu werden, dachte ich mir, das ist ein Geschenk Gottes. Wenn der genug Geld bei sich hat, damit ich wenigstens den Hopfen zahlen kann … Also hab ich ihm vorsichtig den Beutel vom Gürtel geschnitten. Ganz so viel war zwar nicht drin, aber es hat geholfen. Ich bin zurück in Isaaks Haus geschlichen, konnte zwar vor Aufregung kein Auge mehr zutun, aber am Morgen hab ich mich verhalten, als wär nichts gewesen.«

Frantz nickte. »Und nachdem du es aus der Not heraus zum ersten Mal getan hattest, wolltest du auf so leicht verdientes Geld nicht mehr verzichten?«

Mosche schwieg lange, bevor er weitersprach. »Es ging mir nicht nur um das Geld. Die Aufregung und der Wunsch nach Vergeltung für meine erlittene Schmach haben mich ebenfalls dazu angestachelt, es immer wieder zu tun. Als könnte ich mich durch die Diebstähle wehren.« Er seufzte. »Der menschliche Verstand legt sich alles irgendwie zurecht. Dabei heißt es bei uns, die beste Rache ist, ein gutes Leben zu führen.«

»Nicht einmal den Herold hast du verschont, obwohl er dir geholfen hat.«

Mosche zog eine Grimasse. »Das war wirklich nicht nett von mir, allerdings hat er mir der die Kosten für die Übernachtung nur gestundet und dann jedes Mal gedrängelt, dass ich endlich zahlen soll, wenn ich vorbeigekommen bin. Auch für Euer Nachtlager.«

Frantz starrte ihn an. »Du solltest für meine Übernachtung bezahlen? Was für ein Heuchler der Heroldwirt doch ist.«

Mosche schüttelte den Kopf. »Dankbar musste ich ihm ja doch sein.«

»Bei erster Gelegenheit werde ich Abraham Rosenberg das Geld geben und ihn bitten, es deiner Frau zukommen zu lassen.« Verlegen kratzte er sich den Bart. »Es tut mir leid, dass sie dich nicht besuchen darf.«

»Außer sie lässt sich taufen.« Mosche schnaubte. »Mein Vater hat mir von einem Juden erzählt, der sich gleich dreimal hat taufen lassen, immer in einem anderen Herrschaftsgebiet, und er hat jedes Mal ein Geldgeschenk bekommen. Ihr Christen seid so versessen darauf, Andersgläubige zu bekehren.«

»Hm, aber nur so können wir auch die Seelen anderer retten. Wären die Apostel nicht ausgezogen …«

Mosche winkte ab. »Schon gut, ich fürchte, ich muss noch so manche Disputation mit dem Priester überstehen.« Plötzlich feixte er. »Aber ich darf doch gar nicht in Nürnberg sein. Wollt Ihr mich nicht aus der Stadt werfen?«

Frantz rang sich ein Lächeln ab. »Dir wurde eine Sondergenehmigung erteilt, auf ein paar wenige Tage beschränkt. Wer ist dieser Pferdehändler, den du erwähnt hast?«

»Er und seine Familie leben im zweiten Judenhaus in Ermreuth, einem viel größeren. Wir sind nur arme Tropfhäusler, deshalb greift Josua uns immer wieder unter die Arme, wenn es eng wird. Mein Weib verdingt sich bei ihm, wenn die Kinder und die Arbeit im Haus es ihr erlauben. Er wird sie nicht einfach im Stich lassen. Wenn ich mich taufen ließe, würde er sie allerdings verachten, weil sie sich so einen Taugenichts wie mich ausgesucht hat. Tag um Tag würde er es sie spüren lassen.« Er schüttelte den Kopf.

»Verstehe. Ich werde bestimmt noch einmal vor dem Richttag bei dir vorbeischauen.« Frantz stand auf, packte die Fackel und verließ ebenfalls die Keuche.

Benedikt verriegelte die Tür hinter ihm. »Ist schon sonderbar, ich kenn nur einen Juden, und der sitzt im Loch.«

»Es gibt viele anständige Juden.« Frantz dachte an Abraham Rosenberg, der auch ohne Lohn der Reichsstadt Nürnberg oder ihren Bürgern half, wenn es nötig war.

Schritte näherten sich aus Richtung Brunnenraum, dann erkannte Frantz den Geistlichen. »Magister Eusebius, ich fürchte, Ihr werdet viel Kraft brauchen.«

Der Mann Gottes nickte, dann ließ er Mosches Keuche öffnen. Gern hätte Frantz das Gespräch mitangehört, doch so etwas gehörte sich nicht. Er suchte lieber die Lochwirtin auf. Wie erwartet fand er sie um diese Zeit in der Küche.

Anna Schallerin lächelte ihm zu. »Ihr kommt vom Mosche? Ist merkwürdig, einen Juden hier zu haben, der erste seit wer weiß wie vielen Jahren. Jedenfalls hatten wir in meiner Zeit noch keinen im Loch. Aber er benimmt sich anständig. Nur hat er noch gar nichts gegessen, seit er hergebracht wurde. Ob er sich zu Tode hungern will?«

Frantz unterdrückte ein Lächeln. »Nein, das glaub ich nicht. Aber Juden dürfen kein Schweinefleisch essen.«

»Oh, der Speck war schuld?« Sie runzelte die Stirn. »Aber wieso dürfen die das nicht?«

Er zuckte die Schultern. »Ich schätze, das ist wie bei den Katholiken, die freitags kein Fleisch essen, oder das Fasten vor Ostern.«

»Ach so.« Sie wandte sich wieder dem großen Kessel über der Feuerstelle zu und rührte um. »Komisch, dass sie dann Rind essen.«

Da erinnerte sich Frantz, dass auch Muselmanen kein Schwein aßen. »Vielleicht hat es eher etwas damit zu tun, dass in der Wüste das Fleisch dieser Tiere schneller verdirbt.«

»Dann sollten wir in diesem endlosen heißen Sommer vielleicht auch kein Schwein essen.« Sie warf ihm einen schelmischen Blick zu.

»Ach was, im Heiligen Land ist es bestimmt noch viel heißer.« Er zwinkerte ihr zu und wandte sich zum Ausgang.

Beim Brunnenraum vernahm er die aufgebrachte Stimme des Geistlichen. »Jesus ein guter Jude? Du bist von Sinnen!«

Nun konnte er sich doch nicht zurückhalten und ging den schmalen Gang entlang. Benedikt stand an der Tür und lauschte ebenfalls, wobei der wenigstens einen Grund hatte, weil er für die Sicherheit des Priesters sorgen musste.

Nach einem verschwörerischen Blickwechsel lehnte sich Frantz mit dem Rücken an die kühle Wand.

Mosche sprach ganz ruhig. »Was soll er sonst gewesen sein? Seine Mutter war Jüdin, sein Vater vermutlich auch, wobei das nicht so ganz klar ist.«

»Gott der Allmächtige war sein Vater!«, rief der Magister.

»So? Nicht etwa der Heilige Geist oder ein Engel?«

»Du bist so halsstarrig, dumm und uneinsichtig wie alle Juden!«

»Das sagt der Richtige. Ihr Christen hängt seit vielen Jahrhunderten einem Mythos an, den Judas Iskariot erschaffen hat. Hätte er Jesus nicht verraten, gäbe es heute kein Christentum.« Ein Seufzen folgte.

Christus ein Mythos? Das Wort hatte Frantz schon einmal gehört. Richtig, ebenfalls aus Mosches Mund nach der Hinrichtung des selbst ernannten Hexenjägers! Als Frantz den Leuten das Blut des frisch Gerichteten verweigerte, weil es böses Blut sei, meinte Mosche, Frantz habe den Mythos Stiglers zerstört.

Mosche klang reumütig, als er weitersprach. »Da haben wir Juden wirklich was angestellt. Kein Wunder, dass Judas sich umgebracht hat, weil der vermeintliche Messias doch nicht vom Kreuz gestiegen ist und das versprochene Himmelreich auf Erden geschaffen hat.«

»Unfug! Natürlich ist der Heiland am dritten Tage auferstanden! Judas Iskariot hat sich aus lauter Verzweiflung über seinen Verrat umgebracht! Aus Schuldgefühlen und Reue heraus. Das solltest du vielleicht auch tun.«

Mosche antwortete völlig ruhig: »Selbstmord ist uns Juden nur unter ganz bestimmten Umständen erlaubt, nämlich dann wenn er Götzendienst, Mord oder Inzest verhindert. Vielleicht sollte ich mich umbringen, damit Meister Frantz mich nicht ermorden muss.«

Frantz gab es einen Stich in die Brust. Er wollte sich davonmachen, doch da polterte der Priester: »Dich zu richten ist kein Mord. Mach mir den Henker nicht verrückt! Aber ich meinte, Reue sollst du üben, nicht Selbstmord begehen!«

»Verratet mir eines, werter Magister. Wenn Ihr uns so sehr verachtet, wieso vertraut Ihr dann den Schriften der Evangelisten, die ebenfalls aus meinem Volk stammten und erst Jahrzehnte nach dem Tod des Nazareners ihre erfindungsreichen Geschichten aufschrieben?«

»Ketzer«, keuchte der Magister kraftlos.

Mosche sprach weiter: »Ich bewundere Jesus von Nazareth. Er wollte das Judentum erneuern, lockerte manche unserer strengen Gesetze, verschärfte jedoch andere. ›Du sollst deinen Nächsten lieben‹, heißt es bei uns, doch Jesus verlangte mehr: ›Du sollst deine Feinde lieben.‹ Wie steht es damit, Pfaffe? Ihr haltet mich für Euren Feind. Liebt Ihr mich?«

Frantz meinte, die Erde würde beben, doch schwankte nur er. Langsam schleppte er sich den schmalen Korridor entlang und hörte nur noch eine gemurmelte Antwort. Was redete Mosche da alles? Konnte er recht haben? Nein, unmöglich!

Oder doch? Wenn sich die Christen in ganz Europa darüber stritten, wie die Heilige Schrift ausgelegt werden musste, die christliche Kirche sich in viele Richtungen spaltete …

Er schüttelte den Kopf. Das durfte nicht sein. Jesus war der Messias und der Sohn Gottes. Während Frantz sich die Treppe hinauf ins Freie kämpfte, betete er das Vaterunser.

Draußen atmete er auf und begab sich auf direktem Weg zum Zimmermann Hans Reichl, der nahe dem Bauhof in einem bescheidenen Häuschen wohnte. Immer noch mit wirren Gedanken im Kopf pochte er an die Tür.

Magdalena Reichlin öffnete und sah ihn verwundert an. »Meister Frantz? Ihr hier?«

Er nickte, dann wurde ihm bewusst, dass es noch recht früh am Tag war. Trotzdem fragte er: »Dein Mann ist nicht daheim?«

»Nein, der kommt bestimmt erst in zwei oder drei Stunden von der Baustelle am Egidienberg zurück. Was wollt Ihr denn von ihm?«

»Wir müssen am Galgen einen Judenspitz anbringen, und weil sich dein Mann bisher nicht geziert hat … Aber ich kann es verstehen, wenn du nicht willst, dass er …«

Da lachte sie bitter. »Ausgerechnet ich soll noch um unseren Ruf fürchten, obwohl die ganze Stadt weiß, dass mich der Froschturmhüter geschändet hat? Kommt herein.« Sie zog die Tür weit auf.

»Soll ich nicht lieber später noch einmal herkommen?«

»Doch, das wäre besser, sonst geratet *Ihr* noch in Verruf.«

Da fiel Frantz etwas Besseres ein. »Oder ihr beide kommt zu uns ins Henkerhaus, wenn dein Ehewirt mit seinem Tagwerk fertig ist. Ich könnte nämlich seinen Rat auch noch in einer anderen Angelegenheit brauchen.«

»So?« Ihr neugieriger Blick ließ es nicht zu, sie auf später zu vertrösten.

»Eine Außentreppe am Henkerturm würde uns gefallen, dann können wir den Turm besser nutzen, wenn nicht ständig Leute durchs Innere trampeln.«

»Das wäre sicher besser. Wir kommen zu Euch.« Sie lächelte. »Ich freu mich drauf, Maria wiederzusehen.«

»Meine Frau wird sich bestimmt auch freuen.«

* * *

Nürnberg am Montag, den 21. September 1590

Max betrat die Kriegsstube, um sich über den Dienstplan für diese Woche zu informieren, und sah sich überraschenderweise Andreas Imhoff und Ernst Haller gegenüber. Beide schauten ziemlich grimmig drein. Von der sanften, aber bestimmten Art seines Vetters Martin Haller hatte der noch recht unerfahrene Stadtrat wenig an sich.

»Werte Herren, ist was passiert?«, fragte Max.

Imhoff atmete tief durch. »Wir haben die Hinrichtung des Mosche Jud für Donnerstag angesetzt.«

Haller erklärte: »Die Juden aus der Umgebung haben angefragt, ob sie den armen Sünder wenigstens ab dem Frauentor hinaus zur Richtstätte begleiten, ihm Trost spenden und mit ihm beten dürfen.«

Max nickte. Das hörte sich schon irgendwie angemessen an.

»Sehr wahrscheinlich werden wir das Gesuch ablehnen. In dem Fall wirst du mit allen Stadtknechten und einer beträchtlichen Zahl Schützen dafür sorgen müssen, dass sie der Hinrichtung fernbleiben.«

Er schluckte mühsam. »Wie denn?« Wenn ein paar Hundert Juden daherkämen, die er mit vielleicht fünfzig Mann zurückhalten sollte ... Das wollte er sich lieber nicht vorstellen.

»Ihr schickt sie fort; wenn sie sich weigern, zu gehen, schafft ihr sie durchs Wöhrder Törlein in die Stadt und werft sie ins Loch.«

Max klappte der Mund auf, doch schnappte er ihn schnell wieder zu. »Ist recht. Wissen die Herren, wie viele Juden ungefähr in der weiteren Umgebung Nürnbergs leben?«

»Nein, hat uns auch bisher nicht interessiert.«

Da erinnerte er sich an die Frage, die ihm der Nachrichter gestellt hatte. »Wie lange ist es schon her, dass ein Jude hier gerichtet wurde?«

Imhoff sah ihn überrascht an, antwortete aber, ohne nachdenken zu müssen: »Ich hab mich in der Kanzlei erkundigt. Vierundfünfzig Jahre sind seit der letzten Hinrichtung eines Juden vergangen. Deshalb werden wohl etliche Leute aus der Umgebung angelockt werden, und darunter mögen sich auch Juden befinden, was uns im Grunde gleichgültig ist, aber falls sie ganz offen den Mosche begleiten und womöglich hebräische Gebete sprechen wollen, müsst ihr das verhindern.«

Max verstand zwar die Gründe nicht recht, nickte jedoch. »Donnerstag also.« Er verließ die Kriegsstube und wanderte vom Rathaus zum Frauentor. Dahinter blieb er auf der Holzbrücke über den Stadtgraben stehen und schaute sich um. Die Juden würden sicherlich am anderen Ende der Brücke auf die Prozession mit dem armen Sünder warten oder den Weg zum Galgen säumen. Er ging weiter, um darüber nachzudenken, wie sie das Gelände am besten absicherten, und erspähte vier Männer, die Arbeiten am Galgengeviert vornahmen. Bevor er sie erreichte, drehte Max sich noch einmal um und blickte zurück in Richtung Frauentor. Das offene Gelände bot kaum Möglichkeiten, sich zu verstecken, abgesehen von den Holzstößen, die hier aufgeschichtet waren. Dann die Zäune und Gärten der nächsten Häuser.

Die Neugier trieb ihn weiter zur Richtstätte. Er erkannte Hans Reichl, der wie sein Geselle Zimmermannstracht trug. Klaus Kohler und Meister Frantz standen als Handlanger bereit, oder vielleicht als Aufseher? Die Handwerker benutzten natürlich nicht die Doppelleiter, auf der die armen Sünder mit Meister Frantz hinaufstiegen. Sie hatten zwei normale Leitern mitgebracht, die am Querbalken gegenüber den beiden zuletzt gehenkten Bemer und Frühauff lehnten. Sie stiegen einige Sprossen hinauf und ließen sich dann einen langen Balken von Klaus und Meister Frantz reichen.

»Kann ich helfen?«, rief Max, doch da hievten die Zimmerleute schon den neuen Balken auf den alten und ließen ihn an einem Ende zwei oder drei Ellen über den Pfosten hinausragen.

Der Nachrichter nickte Max zu. »Na, bist du neugierig, wie ein Judenspitz aussieht?«

»Schon, aber vor allem wollte ich mir das Gelände hier draußen anschauen.« Max ging einmal um das Geviert herum. Die Leichen der Räuber rochen etwas streng, nachdem sie hier schon gut zehn Tage hingen. Raben oder Krähen hatten ihnen die Augen ausgepickt und wohl auch die Wunden in die beinah unkenntlichen Gesichter geschlagen.

Der Henker und sein Knecht reichten jetzt den Zimmermännern lange Schrauben. Löcher waren offenbar schon in die Balken gebohrt worden, denn sie ließen sich bequem hineindrehen.

Meister Frantz meinte: »Du kennst das Gelände doch sehr gut. Was treibt dich wirklich her?«

Max atmete tief durch. »Wenn am Donnerstag der Mosche gerichtet wird, müssen wir dafür sorgen, dass keine Juden anwesend sind, ihn etwa vom Frauentor hierher begleiten, mit ihm beten wollen.«

Der Nachrichter legte die Stirn in Falten. »Wie sollst du das denn anstellen? Ist ja nicht so, dass Juden eine bestimmte Kleidung tragen, an der sie zu erkennen wären.«

»Wenn sich der eine oder andere unter die Zuschauer mischt, muss uns das nicht kümmern, nur wenn sie sich in die Prozession einreihen wollen, vielleicht hebräische Gebete oder Lieder anstimmen. Dann sollen wir sie verscheuchen, und wer sich nicht abweisen lässt, den stecken wir ins Loch.«

Die Furchen auf der Stirn des Nachrichters vertieften sich noch mehr.

Max seufzte. »Das kann was werden.«

* * *

Floryk lenkte das Fuhrwerk durch die Stadt. Die letzte Nacht hatte er im Anwesen der Familie Imhoff verbracht, dort durfte er auch die frohe Kunde vernehmen, dass noch zwei Räuber in Pommelsbrunn gefangen worden waren. Dieser Singer und der Cuntz, bei dessen Familie die beiden Unterschlupf gesucht hatten.

Nun hielt Floryk nichts mehr zurück. Er würde die Stoffballen seinem Vater übergeben und darum bitten, dass er weiterstudieren durfte.

Doch ganz so einfach fiel es ihm nicht, Nürnberg hinter sich zu lassen. Wenn er sich von allen Freunden hier verabschieden wollte, kämen ihm womöglich die Tränen. Er fuhr am Rathaus vorbei, winkte den Schildwachen zu und nahm den Umweg zum Spittlertor, rollte hindurch auf den Plärrer und warf einen letzten Blick auf das Rochus-Lazarett, das in Pestzeiten als Sondersiechenkobel diente. Hier hatte er vor ... fünf Jahren Kathi kennengelernt, als er Medizin und Essen lieferte und sie als Kustorin im Lazarett arbeitete. Eine schwierige, aber auch gute Zeit.

Sein Blick wanderte zur Richtstätte, wo bald wieder ein Mann vom Leben zum Tode gebracht werden sollte, bei dessen Verhaftung er mitgewirkt hatte. Mehrere Gestalten standen am Galgengeviert herum. Umstandslos hielt er darauf zu. Vielleicht war Meister Frantz unter ihnen. Je näher er kam, desto deutlicher erkannte er den groß gewachsenen Nachrichter von Nürnberg. Noch ein väterlicher Freund, genau wie Andreas Imhoff, und doch so anders. Max Leinfelder und zwei Unbekannte standen bei ihm. Das Geräusch der Hufe erweckte ihre Aufmerksamkeit.

Meister Frantz hob die Hand zum Gruß. »Du machst dich schon wieder auf den Weg?«, rief er ihm entgegen.

Floryk zügelte die Rösser und stieg ab. »Ja, ich will nicht noch einen Menschen sterben sehen, an dessen Verhaftung ich beteiligt war. So bald komme ich wohl auch nicht zurück.«

Der Nachrichter nickte. »Du gehst nach Italien?«

»Wenn mein Vater einverstanden ist. So eine Bildungsreise kostet ja doch einiges an Geld.«

Lächelnd klopfte Max ihm auf den Rücken. »Verdient hast du's dir. Alle Achtung.«

Meister Frantz blieb zurückhaltender. »Ich hoffe, du lernst fleißig.«

Floryk nickte. »Mathematik, aber vor allem Astronomie will ich studieren.« Bei dem Gedanken schwand das beengende Gefühl in seiner Brust. »Ja, den Kosmos besser verstehen. Vielleicht hat Kopernikus ja recht, und die Erde dreht sich um die Sonne.«

Meister Frantz zog die Augenbrauen hoch. »Ist das möglich?«

»Noch verstehe ich nicht genug von kosmischen Dingen. Danke für alles, Meister Frantz. Gehabt Euch wohl.«

Jetzt lächelte der Nachrichter. »Das Henkerhaus steht dir immer offen, wenn es dich wieder nach Nürnberg zieht. Möge Gott dich auf all deinen Wegen schützen.«

»Euch auch. Grüßt Maria und Kathi von mir. Wir sehen uns wieder.« Floryks Augen brannten, also hockte er sich auf den Kutschbock und ließ die Zügel auf die Rücken der Rösser klatschen. »Weite Welt, ich komme!«, rief er in den warmen Wind.

Nur schade, dass er nicht wusste, wo Stoffels Kate lag. Von ihm hätte er sich ebenfalls gern verabschiedet. Schließlich hatte der Mann ihn vor Prügeln und Schlimmerem bewahrt. Außerdem könnte er über Altdorf nach Neumarkt fahren, um sich von Clara und Lucas Korber und einigen der Professoren zu verabschieden. Dann sollte er aber auch im Pflegamt vorbeischauen. Er schüttelte den Kopf und entschied sich für den direkten Weg zu seinem Vater.

Als er auf die Handelsstraße bog, hörte er hinter sich einen Pfiff. Bevor er an den Zügeln zog, schaute er über die Schulter. Es mochte schließlich auch ein Hinterhalt sein. Aber nein, an der Weggabelung stand Stoffel, breitbeinig und grinsend, die Hände auf den Hüften. Floryk hielt an. »He, was machst du hier? Beinah hätt ich dich nicht erkannt.«

Gemächlich kam der Forstmann heran. »Mein Weib hat geschrien, wie ich ohne Bart ins Haus gekommen bin. Hat geglaubt, ich bin ein Fremder, der über sie herfallen will.« Er strich sich über die Wangen. »Gefällt ihr aber.«

Floryk feixte. »Heute so geschwätzig?«

»Lebwohl will ich dir sagen«, brummte Stoffel in gewohnter Manier. »Pass auf dich auf, jetzt wo ich das nicht mehr für dich übernehmen kann.«

»Du auch. Und wenn ich zurückkomme, stellst du mir deine Töchter vor?«

Kurz umwölkte sich die Stirn des Forstarbeiters, dann schürzte er die Lippen. »Hm, vielleicht.«

* * *

Nürnberg am Dienstag, den 22. September 1590

Frantz hätte beinah das Klopfen nicht gehört, weil die Zimmerleute beim Bau der Außentreppen zu seiner und des Löwen Wohnung reichlich Lärm machten. Max Leinfelder stand vor der Tür im Turm und berichtete: »Jetzt sind auch noch der Cuntz Wasserkräuter und der Singer erwischt worden.«

»Sehr schön. Wie denn?« Das Hämmern nahm wieder zu. »Ach, laufen wir draußen ein Stück. Hier versteht man kaum sein eigenes Wort.« Sie stiegen die Steintreppe im Turm hinunter. »Ich weiß noch nicht recht, wie wir die zwei Räume hier am besten verwenden sollen. Gerade für meine alten Patienten wär ein Behandlungszimmer im Erdgeschoss natürlich angenehm, aber dann bräuchten wir hier im Winter einen Ofen.«

»Ihr könnt natürlich auch Schweine im Erdgeschoss halten und darüber das Behandlungszimmer einrichten. Dann ist es schön warm.«

Frantz versuchte, sich vorzustellen, dass er während der Behandlung das Quieken und Grunzen von Schweinen hörte. Vom Gestank ganz zu schweigen. »Ich glaub, die Schweine lassen wir lieber auf dem Säumarkt.« Sie traten hinaus und liefen über den Steg unter der Wohnung des Löwen auf die Lorenzer Seite der Stadt hinüber. »Jetzt erzähl.«

»Die beiden sind tatsächlich in Pommelsbrunn bei der Familie vom Wasserkräuter aufgetaucht und haben es sich – nichts Böses ahnend – gemütlich gemacht. Der Nachbar hat dem dortigen Stadtknecht Bescheid gesagt. Der hat Verstärkung aus Hersbruck kommen lassen. Dort sitzen sie jetzt im Prisaun. Wahrscheinlich werden sie morgen ins Loch gebracht. Die Schöffen wollen so viel wie möglich über ihre Komplizen erfahren. Das könnte einige Arbeit für Euch geben, falls sie nicht gesprächig sind.«

»Gut, wenigstens sind die größten Schurken aus der Bande dingfest gemacht.« Auch dank Mosche …, dachte er unwillkürlich. »Wie steht es um die Vorbereitungen für die Hinrichtung am Donnerstag?«

Der Stadtknecht atmete tief durch. »Wenn ich wüsste, was wir zu erwarten haben … Ich hoffe, wir sind gut vorbereitet. So viele Juden werden schon nicht einen dahergelaufenen Dieb zur Richtstätte geleiten wollen. Oder doch? Der werte Martin Haller hat gemeint, bei den Juden würde immer möglichst die ganze Gemeinde den Leichnam beim Begräbnis begleiten. Hier in der Gegend wandern oder fahren sie zum jüdischen Friedhof in Baiersdorf. Ein ganz schön weiter Weg von Fürth oder Schnaittach aus.«

»Aber Mosche wird nicht begraben«, warf Frantz ein.

»Trotzdem könnten sich viele verpflichtet fühlen, herzukommen, um ihm auf seinen letzten Schritten die Ehre zu erweisen.«

Entgegen den Bedenken des Stadtrats hoffte Frantz, Mosche werde wenigstens ein paar bekannte Gesichter von Freunden oder Verwandten in der Menge ausmachen können.

* * *

Nürnberg am Mittwoch, den 23. September 1590
Max und Michel Hasenbart erwarteten vor dem Rathaus die Ankunft des Kä-

figwagens aus Hersbruck. Lediglich zwei Schützen bewachten ihn. Pfleger Huber sorgte sich offenbar nicht, dass jemand die Schurken befreien wollte.

Max gab dem Amtsdiener im Eingangsportal das Zeichen, den Lochschöffen Bescheid zu geben, dann folgten er und Michel dem Gefährt bis vor das Lochgefängnis. Im Tor standen der Lochhüter Schaller und sein Knecht Benedikt.

Schaller nickte ihnen zu. »Und ich hab gedacht, unsere Keuchen leeren sich allmählich wieder. Ist der Nachrichter schon unterwegs?«

»Nein, die Lochschöffen lassen ihn rufen, falls sie ihn brauchen.«

Schaller schmunzelte. »Meister Frantz ist nicht viel zu neugierig darauf, ihrer Befragung beizuwohnen?«

»So interessant sind die Kerle nicht, und wir wissen ja schon viel darüber, was sie alles angestellt haben.«

»Stimmt auch wieder.«

Die Schützen öffneten die Schlösser am Käfig und zogen die Räuber heraus. »Cuntz Wasserkräuter und Hans Ruprecht, auch Singer genannt«, verkündete einer. »Wir übergeben sie Eurer Obhut.«

»Dank Euch.« Schaller packte einen, Benedikt den anderen. Max folgte ihnen vorsichtshalber. Trotz der Eisenfesseln mochten die Kerle noch diese letzte Gelegenheit zur Flucht ergreifen.

Unten im Brunnenraum warteten bereits Andreas Imhoff und Martin Haller. Schreiber Dürrenhofer stand in der Tür zur kleinen Verhörkammer. »Immer herein mit euch. Ihr habt doch bestimmt viel zu erzählen.«

»Gar nichts werden wir sagen«, brummte der eine.

Imhoff blieb ungerührt. »Dann erzählen wir euch, was ihr alles angestellt habt.«

»Aber wir haben gar nichts gemacht! Ist es denn verboten, die eigene Familie zu besuchen?«

Ah, der mit den schwarzen verfilzten Haaren war also Cuntz Wasserkräuter.

Martin Haller schnaubte. »Hans Walter hat uns alles über eure Schandtaten erzählt. Mit einem gewissen Stolz. Der Rasch und der Bemer sind auch recht schnell sehr geschwätzig geworden.«

»Mist«, zischte der große Blonde, der Singer sein musste.

Imhoff nickte nun mit ernster Miene. »Es liegt ganz an euch, ob wir den Nachrichter holen oder ihr euch die Tortur ersparen wollt.«

Sowie sich die Tür hinter den fünf Männern schloss, wandte Max sich zur Treppe, doch dann fiel ihm Mosche ein. Er drehte sich noch einmal um. Benedikt stand vor der Tür zur Verhörkammer Wache, Schaller war nicht mehr zu sehen.

»Mosche will sich immer noch nicht taufen lassen?«

»Wo denkst du hin. Red mal mit der Schallerin. Die soll ihm doch an den zwei Tagen vor seinem Tod die besten Speisen kredenzen, aber das ist gar nicht so einfach bei einem Juden. Die wird noch ganz narrisch.«

»Oha, dann find ich sie in der Küche?«

»Bestimmt.«

Max folgte dem Geklapper von Geschirr und verstand, was Benedikt meinte. Die Haare der Schallerin waren auf einer Seite aus der Haube gerutscht, die Wangen gerötet. Auf ihrer Stirn standen Schweißperlen, während sie mit drei verschiedenen Töpfen hantierte. Eine neue Magd stand etwas hilflos dabei.

»Grüß dich, Schallerin.«

»Ach, Max, was machst du denn hier?«

»Hab dir zwei neue Gäste gebracht.«

»Noch mehr Arbeit. Aber ich sag's dir, einen Juden brauch ich so schnell nicht mehr in der Lochwirtschaft. Für den muss ein Tier auf besondere Art geschlachtet werden. Das kann in Nürnberg natürlich niemand. Schwein geht gar nicht, und aus einem Kumpen, in dem schon Schweinefleisch war, will kein Jude was essen.« Anna schnaufte schwer. »Ich soll mich nicht grämen, hat er gemeint, er begnügt sich mit Grütze.« Sie warf die Arme in die Luft. »Aber so geht das doch auch nicht.«

Max lächelte. »Ach, Schallerin, Ihr solltet auf den Mosche hören.«

Sie machte eine wegwerfende Handbewegung. »Red nicht, Max. Ich geb nicht so leicht auf. Morgen bekommt er koscheres Fleisch. So heißt das nämlich.«

Nun grinste er. »Eure Quelle verratet Ihr nicht?«

»Wo denkst du hin? Wäre ja noch schöner.«

Er nickte. »Ich kenn da einen gewissen Waldamtmann mit besten Beziehungen …«

»Oh, du weißt?«

»Ich ahne.«

»Dann ist's ja gut. Den Räten hab ich nichts davon erzählt. Du verstehst hoffentlich, dass es für mich Ehrensache ist, einem jüdischen Gefangenen ein Essen zuzubereiten, das er ohne Gewissensbisse wegen seiner Religion verzehren kann. Für die liederlichen Räuber vorher hab ich zwei Tage lang aufgekocht wie für Fürsten, und der nette Mosche verhungert mir fast.« Fragend sah sie ihn an.

Max nickte. »Du hast völlig recht, das kannst du unmöglich zulassen, Lochwirtin.«

Jetzt strahlte Anna Schallerin. »Die Speisen kommen morgen in aller Früh. Der Knecht vom Herrn Ha… ähm, jemand bringt sie.«

Max verkniff sich ein Grinsen. »Darf ich den Mosche kurz sprechen?«

»Ich weiß nicht. Der Magister Eusebius ist noch bei ihm. Ich sag's dir, der gute Mann fällt noch vom Glauben ab. Ich versteh nur die Hälfte von dem, was die beiden reden, aber inzwischen erklärt ihm der Mosche mehr als andersherum. Er ist aber auch ein sehr gebildeter Mann.«

»Na, dann verdrück ich mich lieber, bevor ich auch noch zum Judentum konvertiere.«

»Feigling!«, rief sie ihm nach. Das Lachen in ihrer Stimme war deutlich zu hören.

Als er an der Verhörkammer vorbeikam, stand Benedikt immer noch Wache, deshalb sagte Max: »Die scheinen ja recht gesprächig zu sein.«

Der Lochknecht nickte. »Leider versteh ich nichts, aber geschrien hat noch keiner. Ich schätze, die gestehen.«

»Dann wird der Nachrichter wohl nicht mehr gebraucht.« Er stieg hinauf ins Freie und wandte sich gen Henkerturm, um Meister Frantz wenigstens einen Zwischenbericht zu geben.

Kapitel 15

Nürnberg am Donnerstag, den 24. September 1590

Als die Rathausglocke ertönte, betrat Frantz das Henkerstüberl und fragte sich erst jetzt, ob er Mosche das blaue Mäntelchen umhängen durfte, das sonst die armen Sünder trugen. Niemand war da, den er hätte fragen können, außer Magister Eusebius, und der konnte auch nur raten. Der Geistliche saß mit Mosche am Tisch, auf dem einige leere Schüsseln standen. Sie hatten das Alte Testament aufgeschlagen.

Der Jude sah Frantz beinah aufmunternd an. »Nicht verzagen, Meister Frantz, bei mir wird es bis zum Jüngsten Tag halt etwas länger dauern, und doch hoffe ich, eines Tages einem gnädigen Richter entgegenzutreten.«

Die Augen des Geistlichen funkelten. »Ein sehr gelehrter Mann, der Mosche. Ich versuch seit Tagen, ihn doch noch zu bekehren, aber er weist mich auf schlampige Übersetzungen vom Hebräischen oder Aramäischen ins Lateinische hin, dass mir die Argumente oft genug ausgehen. Schade, dass er nichts aus seinem Leben gemacht hat.«

Mosche seufzte und stand auf. »Ihr Christen lasst uns eben kaum Möglichkeiten.« Er blickte zum Tisch. »Bitte dankt der Schallerin für das üppige Mahl.«

Frantz lächelte. »Sie wird sich über die leeren Schüsseln freuen.« Dann band er Mosche die Hände hinter dem Rücken zusammen und legte ihm eines der blauen Mäntelchen um. Ein armer Sünder war er ja doch. »Bereit?«

»Muss ich irgendwas darüber wissen, wie ich mich vor dem Richter zu verhalten habe?«

»Du musst bestätigen, dass du die Verbrechen begangen hast, die dir zur Last gelegt werden.«

»Wenn ich das nicht tue?«

»Sehen wir uns in der Folterkammer wieder.«

»Hm, reine Formalie also.«

»Richtig. Es gibt genug Zeugen, um die Tortur anzuordnen.«

»Sonst noch was?«

»Wenn du den Herren eine Freude machen willst, bedankst du dich am Ende für das gnädige Urteil.«

»Das auch noch?« Ein Anflug von Unwillen zeigte sich in Mosches Gesicht.

»Nur wenn dir danach ist.«

»Ich denk darüber nach.«

Schweigend gingen sie alle drei, begleitet von zwei Schützen, zum Großen Rathaussaal. Manche der zwölf Schöffen, die nicht direkt mit Mosches Fall zu tun hatten, betrachteten jetzt mit unverhohlener Neugier den ersten Juden seit vielen Jahren, der in Nürnberg vor Gericht stand.

Der Schreiber verlas das Geständnis. »Mosche Jud von Ottensoos, jetzt zu Ermreuth wohnend, du beim Heroldwirt zu Rückersdorf viermal etliches gestohlen, zweimal in Bruck beim Barthelwirt und in anderen Herbergen, hast viel erschnappt, darunter einen Kessel. Einem Karrenmann hast du einen vierzig Pfund schweren Sack Flachs gestohlen und einem Lakai fünfeinhalb Gulden. Das andere Mal hast du einem Fuhrmann, der im Stall schlief, zwanzig Gulden entwendet und dem Wirt zweiundzwanzig Stück Zinn …«

Die Liste setzte sich noch lange fort, und Frantz staunte, wie viel der Mosche erhascht hatte. Einem Bamberger Fuhrmann hatte er sogar hundert Gulden gestohlen, obwohl das Opfer nur vierzig davon angezeigt hatte. Woher die restlichen sechzig Gulden genau stammten, würde wohl für immer offen bleiben. Darüber hinaus hatte Mosche alles mitgenommen, was er unter den Juden hatte erschnappen können. Und diese Leute – Mosches Opfer – würden sich jetzt um seine Familie kümmern? Erstaunlich.

»Ja, all das hab ich getan«, antwortete Mosche mit bewegter Stimme.

Wie üblich schworen die Schöffen, dass das Urteil nach dem Recht des Heiligen Römischen Reichs Deutscher Nation abgefasst sei, woraufhin der Richter verkündete: »Mosche Jud, du wirst zum Tod durch den Strang verurteilt. Möchtest du noch etwas sagen?«

Mosche räusperte sich. »Wenn ich das alles höre, die lange Liste meiner

Diebstähle …« Er schluckte. »Danke für das gnädige Urteil.«

Der Richter nickte anerkennend. »Nachrichter, führt den Mosche Jud hinaus zur gewöhnlichen Richtstätte und hängt ihn außerhalb des Hochgerichts auf.«

Mosches Kopf schnellte zu Frantz herum. Die Worte verwirrten ihn offenbar.

Frantz nickte ihm zu und führte ihn hinaus. Erst auf dem Weg zur Seitenpforte erklärte er: »Wir haben extra für dich einen Judenspitz an den Galgen geschraubt. An dem wirst du aufgehängt, damit deine Gebeine nicht in die Grube zu denen von Christen fallen.«

Mosche schüttelte den Kopf. »Was seid Ihr doch für … Aber nein, ich weiß es zu schätzen, dass mir nichts Schlimmeres droht als einem Christen.«

Frantz ergänzte: »Der Judenspitz ist gen Osten ausgerichtet.«

Erst zeigte sich Verblüffung, dann huschte ein Lächeln über Mosches Gesicht. »Ihr wisst, dass wir unsere Verstorbenen mit dem Kopf gen Jerusalem begraben?«

»Der werte Martin Haller hat es mir verraten.«

»Danke, das ist überaus …« Mosche verstummte und zog die Nase hoch.

Frantz ging nicht wie sonst voraus zum Hochgericht, sondern wollte neben Mosche herlaufen für den Fall, dass es am Frauentor Probleme mit Juden aus der Umgebung oder sonstigen Aufruhr gab. Da fiel ihm etwas anderes ein. »Sag, warum hast du dem Herold einen Kessel geklaut?«

»Na ja, wir konnten einen neuen brauchen und … ich wollt ihn ärgern, weil er mich wegen meiner Schulden so getriezt hat.«

* * *

Max übernahm es lieber selbst, mit Michel Hasenbart an der Seite die Juden am Frauentor abzuweisen, falls sich welche trotz des Banns hertrauten. Die Ablehnung des Gesuchs war den jüdischen Gemeinden natürlich längst mitgeteilt worden.

Am Tor stiegen sie ab und führten die Rösser lieber. Der Wächter nickte ihnen zu. »Ihr kommt gerade recht. Da draußen treiben sich einige Juden rum.«

Sie traten durchs Tor. Tatsächlich standen in der Wiese jenseits des Stadtgrabens fünf schwarz gekleidete Männer mit sonderbaren Spitzhüten oder kleinen Kappen auf dem Kopf. Sie marschierten weiter, bis sie die Männer erreichten.

Max sprach: »Ihr müsst fort von hier, das wisst ihr genau.«

Ein weißhaariger Alter meinte: »Das ist Rabbi Lew, darf *er* wenigstens den Mosche auf seinem letzten Gang begleiten? Er ist ein Priester.«

Max musterte den Rabbi, dem das Unbehagen ins Gesicht geschrieben stand. »Tut mir leid, der Rat hat's verboten. Wenn ihr nicht sofort geht, müssen wir euch einsperren.«

Die Männer entfernten sich mit gemessenen Schritten. Bestimmt blieben sie in Sichtweite, um wenigstens aus der Ferne für Mosche zu beten. Ihm sollte es recht sein, solange er ihretwegen keine Schwierigkeiten bekam.

Aus der Stadt nahmen die Stimmen zu, die Prozession näherte sich bereits. »Sitzen wir auf.«

Hoch zu Ross entdeckte Max eine Gruppe Leute, die sich aus Richtung des Haller'schen Weiherhauses näherte. Der Waldamtmann Haller war durchaus ein Freund der Juden, die ihn deshalb auch oft genug in allerlei Belangen unterstützten. »Du bleibst hier, ich schau mir das mal an.«

Bevor Michel etwas sagen konnte, trat Max dem Ross in die Flanken. Unter den Leuten befand sich auch der Fürther Jude Abraham Rosenberg in gewöhnlicher Bauernkleidung mit Strohhut auf dem Kopf. Max vermied es, ihn genauer anzuschauen, sagte zu Hans Jakob Haller: »Der Rat hat offiziell verboten, dass Juden an der Hinrichtung teilnehmen. Ich wollte es Euch nur gesagt haben, falls Ihr welche bemerkt.«

Zwei jüngere Männer zogen die Köpfe ein. In einem meinte Max, Rosenbergs Sohn Noah zu erkennen. Er zwinkerte ihm zu. In gespieltem Entsetzen hielt sich Polyxena Hallerin, die Ehewirtin des Waldamtmannes, eine Hand vor den Mund. Oder wollte sie ein Grinsen verbergen?

Ihr Mann antwortete, ohne mit der Wimper zu zucken: »Dank dir, Leinfelder. Ich pass auf, dass sich keine unerwünschte Person unter uns mischt.«

»Habt Dank.« Max wendete das Ross und ritt zurück. Haller, der alte Fuchs, hatte ihm nichts Falsches versprochen, da die Juden schon unter ihnen waren.

Die ebenfalls schwarz gekleideten Honoratioren schritten bereits durch das Frauentor. Alles schien wie immer. Max schaute sich nach dem Rabbi und den leicht erkennbaren Juden um, konnte sie aber nirgends mehr entdecken.

Michel ritt jetzt neben dem armen Sünder her. Max hingegen ließ die Zuschauer an sich vorbeiziehen und lauschte. Gebete wurden heute nur vereinzelt von alten Weibern gesprochen.

Ein älterer Mann funkelte ihn böse an. »Einen Juden, der uns billige Waren verkauft, den hängt ihr auf, aber die Hexen dürfen weiter ihr Unwesen in der Stadt treiben.«

»Genau!«, stimmte ihm ein jüngerer Kerl zu.

Dessen Mutter oder Großmutter stieß ihm einen Ellbogen in die Seite. »Bist blöd? Willst mich auch auf dem Scheiterhaufen brennen sehen? Alte Weiber sind doch immer die ersten.«

Der Bursche sah sie an, zuckte die Schultern und senkte den Kopf. Da schnappte Max eine andere Schmähung auf: »Elendes Judengschmeiß, endlich geht's so einem an den Kragen.«

Interessierte es irgendjemanden, ob Mosche wirklich ein Verbrechen begangen hatte? Da sah er Kathi, Agnes, Augustin und Maria aus dem Tor schreiten und erlaubte sich ein Lächeln. Die Kinder hatten sie heute nicht dabei, aber Agnes und Kathi fürchteten sich jetzt nicht mehr vor Anfeindungen, weil der Hexenjäger sie vor wenigen Wochen Druden geschimpft hatte. Dabei wurde immer noch genug böses Zeug geredet.

* * *

Kurz nachdem sie durch das Tor geschritten waren, hörte Frantz Worte unbekannter Bedeutung aus Mosches Mund, die in etwa klangen wie »Baruch dajan ha emet«.

Frantz fragte sich, ob das Hebräisch war. Er warf dem Juden einen Seitenblick zu und bemerkte, dass sich die Augen des Priesters weiteten, der an Mosches anderer Seite schritt. »Nicht doch, wenn das die Leute hören!«

»Was bedeuten die Worte?«, fragte Frantz.

»Gelobt sei der wahrhafte Richter. Ein Segen, den wir sprechen, nachdem ein Glaubensbruder gestorben ist.« An den Priester gewandt sagte er: »Sprecht Ihr mit mir Psalm 91? Die deutschen Worte sind mir nicht so geläufig wie die hebräischen.«

»Was? Oh, gern. Welchen, sagtest du?«

»Wer unter dem Schirm des Höchsten wohnt und unter dem Schatten des Allmächtigen bleibt ...«

»... der spricht zu dem Herrn: Meine Zuversicht und meine Burg, mein Gott, auf den ich hoffe.«

Unwillkürlich fügte Frantz den nächsten Satz an: »Denn er errettet dich vom Strick des Jägers und von der schädlichen Pestilenz.« Zwar war er kein Jäger, und doch würde er Mosche den Strick um den Hals legen.

Schließlich stimmte Mosche mit kräftiger Stimme ein hebräisches Lied an, das wie eine Hymne klang. Frantz blickte zum Priester, doch der lauschte offenbar andächtig. Um sie herum jedoch wurden Proteste laut.

»Bringt ihn zum Schweigen!«, rief jemand.

»Elender Judas!«, rief ein anderer. »Steinigt ihn!«

Mosche standen Tränen in den Augen, doch er sang noch ein paar Worte, bevor er verstummte. Währenddessen musterte Frantz misstrauisch die Leute in ihrer unmittelbaren Umgebung.

»Ihr Juden trinkt das Blut von Kindern!«, schrie ein Mann, den Frantz vom Sehen kannte, weil er nach einer Hinrichtung mit dem Schwert oft einen Becher Blut des armen Sünders kaufte, um sich etwas von dessen unverbrauchter Lebenskraft einzuverleiben.

Die Beschimpfungen gingen weiter, bis sie den Galgen erreichten, wo die Honoratioren in einigem Abstand Aufstellung nahmen. Auch der Aufruf, Mosche zu steinigen, wurde immer wieder laut. Frantz stieg zwei Sprossen die Doppelleiter hinauf und betrachtete die Gesichter der Menschen. Viele wirkten ruhig, wenn auch neugierig, doch einige jüngere Kerle hoben tatsächlich Steine auf. Das würde er nicht wieder zulassen! Als er zum ersten Mal zwei Maiden mit dem Strang richten sollte, statt sie zu ertränken, waren er und die Delinquentinnen mit Dreck, Steinen und Eisbrocken beworfen worden.

Stadtknechte ritten um die Menge herum und wirkten ebenfalls irritiert von der Stimmung. Schützen mischten sich unter die Leute, doch was konnten sie schon tun, wenn Mosche und er angegriffen wurden?

Frantz achtete nicht mehr auf die Schmähreden, winkte zwei Schützen heran und hieß sie, Mosche gut zu bewachen, ihn zu schützen. Dann ging er mit weit ausholenden Schritten zu Richter und Schöffen. »Werte Herren, ich bitte um Erlaubnis, Mosche vor dem Galgen strangulieren zu dürfen, statt mit ihm die Leiter hinaufzusteigen.«

Imhoff fragte: »So feindlich ist die Stimmung?«

Frantz nickte in Richtung der Menge. »Einige heben schon Steine auf.«

»Gebt uns einen Moment.«

Frantz entfernte sich ein paar Schritte, damit die Herren beraten konnten. Vermutlich würde sich der Zorn der Leute gegen ihn richten, wenn sie keine Gelegenheit bekamen, Mosche ganz alttestamentarisch zu steinigen, doch das war gegen das Gesetz. Außerdem war er nicht darauf erpicht, selbst Schrammen davonzutragen.

Der Richter kam zu ihm. »Ihr habt unsere Erlaubnis, Meister Frantz, Tod durch den Strang ist es ja immer noch. Waltet Eures Amtes.«

»Danke.« Frantz ging zu Mosche, der mit geschlossenen Augen stumm zu beten schien. Er legte ihm eine Hand auf die Schulter.

»Was passiert?«

»Ich werde dich hier unten strangulieren und dann deinen toten Leib hinaufziehen.«

»Mein Sterben wird kein Spektakel für die Leute?«

»Nein, außer du möchtest gern hinaufsteigen und dich mit Steinen und Unrat bewerfen lassen. Und mich gleich mit.«

Mosche lächelte. »Danach verlangt es mich nicht.«

Frantz winkte Klaus heran, der mit dem Karren vorausgefahren war. »Gib mir den langen Strick und den Stuhl.«

Sein Knecht tat es und fragte: »Will er nicht selbst hinaufsteigen?«

»Ich will das jedenfalls nicht. Schau dir diese Meute an. Nur weil er Jude ist.«

Oben am Judenspieß baumelte bereits eine Schlinge.

»Komm.« Frantz führte Mosche unter den vorragenden Balken, schlang ihm das lange Seil unter den Achseln um die Brust und knüpfte einen Henkerknoten.

»Was macht Ihr denn? So erwürgt Ihr mich nicht.«

»Ich muss dich hinterher hinaufziehen können.«

Klaus stellte den Stuhl zurecht, auf dem sonst arme Sünder enthauptet wurden, wenn sie nicht stehen oder knien konnten oder festgebunden werden mussten.

»Setz dich.« Das andere Ende des Stricks legte er ihm lose um den Hals.

Ein Schütze blaffte die Leute rüde an, dass sie nicht so drängeln sollten. Unbeeindruckt davon rückten die Zuschauer immer näher, maulten, stießen Schmähungen aus und verlangten zu wissen, was vor sich ging. Die beiden Schützen, die Mosche bewachten, versperrten ihnen die Sicht, schauten allerdings auch selbst ziemlich ratlos drein.

»Ich denke nicht, dass du noch letzte Worte an die Leute richten möchtest?«, fragte Frantz den armen Sünder.

»An diesen Pöbel, der mich verachtet, weil ich nicht an Christus glaube, während sie zwar an ihn glauben, aber seine Botschaften in den Wind schlagen? Nein.«

»Bitte verzeih mir, dass ich dich gleich vom Leben zum Tode bringen muss.«

»Ich verzeihe Euch. Möge Gott Eurer Seele gnädig sein.«

Frantz erinnerte sich der hebräischen Worte und sprach sie nach: »Baruch dajan ha emet.«

Mosche blickte zu ihm auf und brachte ein kleines Lächeln zustande. »Nun hat mich der Jäger doch erwischt, weil ich nicht unter dem Schirm des Herrn geblieben bin. Es ist gut so.«

Frantz trat hinter ihn, überkreuzte den Strick und zog. Mosches Brust blähte sich ein letztes Mal, dann schnürte Frantz ihm die Luft ab. Der arme Sünder bäumte sich auf, kämpfte jedoch nicht gegen ihn, nicht gegen den Tod, rang lediglich um Luft. Frantz kämpfte gegen Mosches Zuckungen an. Die Muskeln in seinen Armen brannten, bevor Mosches Körper erschlaffte. Erst in dem Moment nahm er die Protestrufe um ihn herum wahr:

»Wir wollen was sehen!«

»Hängt ihn auf!«

»Steinigt ihn!«

Nachdem Mosche das Bewusstsein verloren hatte, hielt Frantz das Seil noch einige Zeit straff, da er sonst zu sich kommen mochte. Dabei schaute er auf die Rücken der Schützen, die die aufgebrachten Leute abwehrten. Endlich ließ er die Arme sinken, stützte Mosche mit einer Hand, damit der leblose Körper nicht zu Boden sank, während er das Seilende über den Judenspitz warf. Klaus packte es und zog. Frantz ließ den Leichnam los, und schüttelte die Arme aus, bevor er zu seinem Knecht ging und mit anfasste. »Ziehen wir ihn rauf. Wenn wir ihn oben haben, musst du ihn halten.« Sie hievten Mosches Körper so hoch, dass der Kopf den Balken berührte, direkt neben der Schlinge. Ein Raunen und Geschimpfe schlug ihnen entgegen.

»Ich steig rauf und leg ihm die Schlinge um den Hals.«

Klaus sah ihn aus großen Augen an, stemmte sein Gewicht gegen die Last des Leichnams. »Ist recht, ich hab ihn.«

Unter Schmährufen, die ihn einen Betrüger und Schlimmeres hießen, kletterte Frantz hinauf. Unbeirrt legte er die Schlinge um Mosches Hals, dann rief er seinem Knecht zu: »Kannst loslassen.« Als sich der Knoten zuzog, löste er das Seil um die Brust und ließ es fallen. Dann wandte er sich den Zuschauern zu. Die freundlichsten Gesichter schauten lediglich verwirrt drein, ansonsten blickte er vor allem in grimmige Mienen. Frantz musste etwas sagen, die Wogen glätten. »Wer ohne Sünde ist, werfe den ersten Stein.«

Ein junger Mann holte aus, doch ein älterer hielt ihn auf. Trotzdem erwartete Frantz, dass er jeden Augenblick getroffen wurde. Er sprach: »Es tut mir leid, aber ich konnte euch nicht vertrauen. Viele von euch wollten den armen Sünder um einen menschenwürdigen letzten Gang bringen und mir notfalls schaden. Juden sind auch Menschen, glauben an denselben Gott wie wir, nur eben nicht an Jesus, der ein Jude war.«

Von Neuem erhob sich ein Raunen und Murmeln, dann schleuderte ein Mann mittleren Alters einen Dreckbatzen und brüllte: »Judenfreund, elender!«

Frantz duckte sich nicht weg. Es hätte feige gewirkt, und womöglich wäre er dabei von der Leiter gefallen. Das Geschoss traf ihn auf der Brust.

Stille legte sich über die Menge. Entsetzte Blicke huschten herum. Frantz schaute den Werfer an. »Du willst Christ sein, wie Jesus die andere Wange hinhalten?«

Der Mann senkte den Kopf, fing sich ein paar Stöße von den Umstehenden ein und wohl auch Vorwürfe, die Frantz nicht verstehen konnte. Das musste reichen, denn wenn sich noch jemand erdreistete, ihn zu bewerfen, gäbe es sicher Nachahmer. Er stieg von der Leiter und blickte hinauf zu Mosche. *Baruch dajan ha emet*, wiederholte er im Geiste die Worte. Dann bat er den wahrhaften Richter um Gnade für Mosche und für sich selbst.

Nachwort

Selten fiel es mir so schwer, einen Roman über Meister Frantz zu schreiben, wie im Falle des Mosche Jud. Die Gegenwart wollte mich immer wieder vom Eintauchen in die Historie abhalten. Erst ließen mich die rechtsextremistischen Anschläge in Halle und Hanau zweifeln, ob ich einen Fall bearbeiten sollte, in dem ein Jude zum Verbrecher wird, dann überschattete das neue Corona-Virus alles andere. Gleichzeitig war ich froh, nicht über eine Pestwelle schreiben zu müssen. Die Geschichte der Juden in der Fränkischen Schweiz bildete schließlich eine willkommene und interessante Ablenkung. Und natürlich sind Juden Menschen mit Fehlern und Schwächen, auch wenn sie zu Meister Frantzens Zeiten wesentlich seltener straffällig wurden als Christen.

Leider gibt es nicht viele Informationen zum historischen Mosche außer der Liste seiner Vergehen und dass er ursprünglich aus Ottensoos stammte, dann mit Frau und Kindern in Ermreuth lebte. Welcher Arbeit er neben der Tätigkeit als Spion der Reichsstadt nachging, konnte ich nicht herausfinden, doch die Arbeit als Fuhrmann bot sich an, um ihm Gelegenheit zu geben, in so einem großen Gebiet Einbrüche und Diebstähle zu begehen. Ob die Wirtschaft des Herold tatsächlich Juden offen stand, konnte ich leider nicht herausfinden, doch aus dramaturgischen Gründen nahm ich mir die Freiheit, die Herberge auf nicht reichsstädtischen Grund zu stellen, ähnlich den markgräflichen Wirtschaften in Mögeldorf, das ansonsten Nürnberger Territorium war.

Das Gesuch der umliegenden jüdischen Gemeinden, Mosche auf seinem letzten Gang begleiten und mit ihm beten zu dürfen, ist überliefert, genau wie die Ablehnung durch den Stadtrat und die Anweisung, alle Juden zu verhaften, die es dennoch versuchen würden.

Über Mosches Todesart gibt es unterschiedliche Berichte. Meister Frantz schreibt in seinen Aufzeichnungen lediglich, dass er ihn am Galgen an einem Judenspitz erhängte. Eine andere Version lautet, dass Mosche auf einem Stuhl sitzend vor dem Rathaus vom Nachrichter erdrosselt wurde. Letzteres halte ich für unwahrscheinlich, weil es in anderen Aufzeichnungen heißt, Mosche habe auf dem Weg zum Hochgericht hebräische Lieder gesungen. Eventuell meinte ein späterer Chronist, mit Hochgericht wäre anstelle der Richtstätte das Rathaus gemeint. Das Erdrosseln habe ich jedoch übernommen und mir dazu entsprechende Gründe ausgedacht.

Was die Hinrichtung des Hensla Schmied in Lauf betrifft, stieß ich ebenfalls auf Unstimmigkeiten, die mich inspirierten. Frantz Schmidt schreibt, er habe ihn mit dem Schwert gerichtet, während in den Ratsprotokollen steht, dass man die Bitte des Pflegers von Schönberg ablehnte, der für Hensla

Schmied um den gnädigeren Tod durch Enthauptung ersuchte. Was ist wirklich geschehen? Hatte sich Meister Frantz womöglich nur verschrieben? Nein, das wäre doch zu einfach, also habe ich mir eine kleine Verschwörung zwischen Pfleger und Nachrichter ausgedacht.

Die weiteren beiden verhafteten Räuber aus der Bande des Hans Walter wurden am 8. Oktober alten Kalenders gerichtet, und schließlich wurde im Januar 1591 auch Georg Plemel gefangen und zum Tod durch den Strang verurteilt.

An dieser Stelle möchte ich wie immer meine wichtigsten Quellen nennen. Zur Geschichte des Judentums in Franken bildete der 11. Band der Schriftenreihe des Fränkische-Schweiz-Vereins eine faszinierende Grundlage: *Jüdisches Leben in der Fränkischen Schweiz*, hrsg. vom Arbeitskreis Heimatkunde im Fränkische-Schweiz-Verein, Erlangen, Jena, 1997.

Hinrichtungen und Leibstrafen. Das Tagebuch des Nürnberger Henkers Franz Schmidt, hrsg. von Geschichte Für Alle e. V. – Institut für Regionalgeschichte, Nürnberg, 2013.

Die Henker von Nürnberg und ihre Opfer. Folter und Hinrichtungen in den Nürnberger Ratsverlässen 1501 bis 1806, hrsg. von Michael Diefenbacher, Nürnberg, 2010.

Joel F. Harrington: *The Faithful Executioner*, Farrar, Straus and Giroux (19. März 2013), auf Deutsch erschienen unter dem Titel *Die Ehre des Scharfrichters: Meister Frantz oder ein Henkersleben im 16. Jahrhundert*, München, 2014.

Hermann Knapp: *Das Lochgefängnis. Tortur und Richtung in Alt-Nürnberg*, Nürnberg, 1907; Neudruck hrsg. von Geschichte Für Alle e. V. – Institut für Regionalgeschichte, Nürnberg, 2011.

Mitteilungen des Vereins für Geschichte der Stadt Nürnberg, hrsg. vom Verein für Geschichte der Stadt Nürnberg, verschiedene Bände.

Andrea Bendlage: *Henkers Hetzbruder*. Das Strafverfolgungspersonal der Reichsstadt Nürnberg im 15. und 16. Jahrhundert, Konstanz, 2003.

Nürnberg im Juni 2020
Edith Parzefall

Über die Autorin

Nach dem Studium der Germanistik und Amerikanistik in Deutschland und den USA arbeitete Edith Parzefall in der Softwarebranche. Wer sonst stellte zu Anfang dieses Jahrtausends promovierte Geisteswissenschaftler ein?

Als Schriftstellerin verbindet sie gerne ihre zwei Leidenschaften: Schreiben und Reisen. So verfasste sie nach dem Besuch eines brasilianischen Straßenkinderprojekts ihren Thriller *Die Streuner von Rio*. 2008 begab sie sich mit ihrem Lebensgefährten auf eine Reise durch die Atacamawüste. Als die beiden in ihrem Mietwagen zwischen zwei Lastern eingequetscht wurden, entstand die Idee zu *Knautschzone: Zwischen Sein und Schein*. Die *Adventure-Trek*-Trilogie wurde durch Wanderungen in den Alpen inspiriert. Zusammen mit Kathrin Brückmann verstieg sie sich dann auch noch in fantastische Gefilde, in denen *Der Eierkrieg* tobt.

Ihr Krimi *Germknödel in Burgundersoße* nimmt seinen verhängnisvollen Verlauf dagegen in heimatlichen Regionen. Für ihre Romane über *Meister Frantz*, den Henker von Nürnberg, die im 16. Jahrhundert spielen, tat sie sich schwer, einen Zeitreiseveranstalter zu finden, also begnügte sie sich damit, den Zeugnissen in der Nürnberger Altstadt nachzuspüren sowie Museen und Bibliotheken zu durchforsten.

Ihre historischen Romane über die Zeit des Dreißigjährigen Kriegs geben ihr allerdings hinreichend Anlass, in ganz Europa Museen und Schauplätze zu erkunden. Böse Zungen behaupten, sie habe die Reihe *Druckerschwärze und Schwarzpulver* nur begonnen, damit sie sich wieder in der Weltgeschichte herumtreiben kann.